スカルファロット伯爵家 長男
グイード
氷蜘蛛短杖《アイススパイダースタッフ》
スカルファロット武具工房長
ヨナス
魔剣闇夜斬り

伯爵家の四男であり、ここオルディネ王国の王城騎士団、魔物討伐部隊の隊員、そしてダリヤの友人である。

長身痩躯《ちょうしんそうく》で黒い絹の如き髪、形のよい額にすうと通った鼻梁《びりょう》、無駄のない顎《あご》のライン、輝く黄金の目——彼に似せた肖像画が描ければ高値で売れる、そう言い切れるほどの美青年だ。

もっとも、彼がその美貌を鼻にかけることは一切ない。

少年時代から行きすぎた想《おも》いと嫉妬を向けられ、対人関係で大変苦慮してきたためである。

生まれも育ちもまったく違う自分達は、偶然が重なって親しい友となった。

今では、ダリヤの家であるここ緑の塔で度々飲食を共にし、魔導具、そして魔剣の開発に打ち込むこともある。最近では、魔物討伐部隊関係の仕事を共にすることも増えた。

たまにヴォルフと恋愛関係なのかと尋ねられることもあるが、そういったことはまるでなく——

本日も住まいである緑の塔の台所、大鍋の前で料理をしながら話をしている。

先ほどからの話題はダンスだ。来年、男爵になる予定のダリヤ、その叙爵前のお披露目の日取りが決まったためである。

侯爵家で行われるそれは舞踏会形式、よってダンスは必須。

しかし、高等学院の音楽の授業以降、踊っていない自分としては、とてもハードルが高い。

お披露目前にダンスの講習を受けるのだが、そこで講師の足を踏みそうだ。

「俺でよければ、練習はできるかぎり付き合うよ」

「ありがとうございます、ヴォルフ」

とてもありがたい申し出である。彼の靴の爪先に、全力で硬化魔法を付与しておきたいほどだ。

そんなことを考えていると、時計の針が進んでいた。

「そろそろ煮えたかと……」

ミトンをつけて大鍋の蓋《ふた》を開けると、白い湯気がぶわりと広がった。

「とてもいい香りだ！」

金の目を輝かせるヴォルフを横に、箸で具材に火が通っているかを確認する。それが終わると、彼に居間へ大鍋を運んでもらい、その間に付け合わせを準備した。

あとはワインとグラスをそろえれば、気の置けない夕食の始まりだ。

「今日も鍛錬、お疲れ様でした。明日からの健康と幸運に乾杯！」

「ダリヤも今日の付与、お疲れ様でした、明日からの健康と幸運に乾杯！」

二人そろってテーブルにつくと、グラスを合わせて乾杯した。

「今日はアクアパッツァです。熱いうちに食べてくださいね」

「ありがとう、おいしそうだ……」

本日のメインは、大鍋いっぱいのアクアパッツァである。

選んだ魚はイサキ。ウロコ取りなどの下処理をしてから軽く焼き、きっちり砂を吐かせたアサリやざく切りのトマトと野菜を、塩にニンニク、バジルを入れて煮込んだ。

付け合わせは野菜サラダと薄切りチーズのみ。あとは長めのバゲットをスライスし、籠《かご》に山と盛ってある。

大鍋から深皿にこんもりと取り分けられたアクアパッツァは、とてもよい香りがしていた。

ダリヤは箸でイサキの身をそっと崩す。細く湯気を立てるそれをはふりと口に含めば、身がほろりと崩れた。

ちょっと塩みが強いか、そう思ったが、噛《か》みしめればイサキの淡い甘さのある脂、アサリの旨《うま》み、

そして、トマトの酸味にぴたりと味が定まった。

ゆっくりと味わって飲み込んだ後、中辛の白ワインに口をつける。酸味が少し強めのそれは、さわやかに口内を通った。

アクアパッツァの味に添い、もう一口と食欲を進ませてくれる酒である。

満足の吐息をつくと、向かいのヴォルフがイサキをひたすらに咀嚼《そしゃく》しているのが目に入った。

好みの料理で咀嚼回数が多くなるのは、彼の癖である。本日の料理も無事、好みに合ったらしい。

気分をよくしたダリヤは、バゲットに手を伸ばす。そして、スライスしたバゲットをさらに二つに割り、深皿の底、スープ部分に浸した。

ぱりりとしていたバゲットの先端が、スープを吸ってしんなりと形を変える。汁がこぼれぬよう持ち上げて少し待ち、そのままぱくりと口に入れた。

朝買ったばかりのバゲットの香ばしさ、小麦のふうわりとした甘さ、イサキとアサリ、そして野菜のおいしさを凝縮したスープの旨み——それらが混ざり合う味を、目を閉じてしっかり堪能した。

そうしてまたワインを飲もうと目を開けば、金の目がじっと自分を見ていた。

礼儀作法を咎《とが》めるものではなく、純粋に不思議そうな表情《かお》である。

「ヴォルフ、ちょっとお行儀が悪いですが、パンを汁に浸して食べるとおいしいですよ」

「わかった、やってみる！」

目を輝かせ、期待感満載の声で言われた。

バゲットを自分と同じように二つにした彼は、深皿の汁にそれを置く。上から人差し指でさらに押しているあたり、本当にしっかり浸すつもりのようだ。

貴族の子息に何を教えているのかというのは、とりあえず考えないことにする。

浸しきったバゲットは指では持ち上げられない。ヴォルフはそれをスプーンですくうと、ばくりと口にした。硬くはないはずだが、咀嚼回数はやはり多い。

しっかり味わい終えた彼は、二枚目のバゲットを指で持ち上げた。

「すごいね。パンが旨みを食べている……」

それを食べているのがヴォルフなのだが、うるりとした目に指摘しないことにする。

「おかわり、たくさんありますから」

「ありがとう、ダリヤ！」

そこからもグラスを重ね、大鍋のアクアパッツァと山のようなバゲットは、すべて完食された。

その後は食休みをしつつ、互いの今日を話し始める。

「今日もいつもの鍛錬だったよ。走って、基本運動して、打ち合い」

ヴォルフはさらりと言った。

だが、魔物討伐部隊の訓練は、長い距離の走り込みから腕立てや腹筋、背筋、その後に模造剣や模造槍《やり》で打ち合いと、かなりの運動量だ。

もっとも、鍛えている隊員達は平気らしい。以前の見学の際、腕立ての最中、背に他の隊員を乗せている者も多かった。

ちなみに、そのときヴォルフの背中に乗っていたのは後輩のカークである。横のランドルフの背中にはドリノが正座していた。

あれだけの負荷をかけて腕立てをしているのに、全員が余裕の表情で——ダリヤはとても感心したのを覚えている。

「今日の腕立てのとき、誰かを背中に乗せたりしました？」

思い出して尋ねると、ヴォルフはちょっとだけ苦笑した。

「ベルニージ様に『先輩、儂《わし》が重石《おもし》になりますぞ』って言われて乗られた。ちょっと緊張した」

「とても、想像できます……」

後輩を名乗るベルニージだが、年齢はヴォルフのはるか上、以前の魔物討伐部隊の副隊長で、ドラーツィ侯爵家の前当主である。

足の怪我《けが》で退役したのだが、魔導義足によって騎士に復帰、その後は新人隊員として再入隊を希望中、鍛錬にも顔を出しているそうだ。そのからからと明るく笑う声を思い出してしまった。

「ということは、ドリノさん達も？」

魔導義手や魔導義足によって復帰した騎士はベルニージの他にもいる。

もしかしてドリノの背には、彼らのうちの一人が乗っていたのだろうか。

「いや、ドリノはもう、ランドルフを背中に乗せてたから」

「えっ？」

思わず声が出てしまった。ランドルフはとても体格がよく、重さもありそうだ。

ドリノは身体強化の魔法を持っているとはいえ、大丈夫なのだろうか。

「その、平気なんですか？」

「二回落ちた。上にいるのはバランスが難しいって、ランドルフが。でも、途中からドリノと呼吸を合わせてできるようになってたよ」

「そうなんですね……」

ドリノがつぶれたのではなく、ランドルフが落ちたらしい。何か自分が知っている腕立てと違うような気もするが、これが魔物討伐部隊員だと納得することにした。

「ダリヤの方はどうだった？」

「魔導具制作部の二課で、最新の大型粉砕機を見学してきました」

先日、王城の魔物討伐部隊棟で、青汁——野菜ジュースの試飲を行った。

遠征中は食べるものが限られ、野菜不足になりやすい。栄養バランスの乱れ、食物繊維の不足から、お通じや肌荒れ、かゆみなどといった問題も派生する。

そのために王城で野菜ジュースを大量に作って冷凍、状態保存のかかった袋で遠征に持っていけないかを試すこととなった。

その野菜ジュースをまとめて作れるのが、魔導具の大型粉砕機である。

魔導具制作部によって試作されたそれは大型で、しっかりした出力があり見事な粉砕具合だった。

「攪拌《かくはん》力が強くて、一台に風の魔石を六つ使うんです。大量に作ってもダマが少なく、飲みやすい野菜ジュースができていました」

ダリヤが見る限り、前世のミキサーに遜色《そんしょく》ない、素晴らしいものだった。

「カルミネ様が作ったんだろうか？」

「ええ。大型なので、カルミネ様と他の魔導具師様達とが協力してお作りになったそうです」

試作の指揮をとったのは王城魔導具制作部副部長のカルミネ・ザナルディ。高い魔力と素晴らしい技術力を持つ魔導具師である。

ダリヤは彼から大型粉砕機の仕様書を見せてもらい、その内容に感動した。

「大型粉砕機のタンク部分は円柱なんですが、底の部分に丸みがとられていて、液のとどまりが最小限になるよう設計されていました。金属ブレードを三枚使うんですが、その形も工夫されていて。カルミネ様の描いた、風の魔石を使う魔導回路が――えっと、とてもすごいんです」

思わず魔導回路について事細かに語りそうになり、そこで止めた。

目の前のヴォルフは騎士である。魔導具師にしかわからぬような技術的内容を事細かに語ってどうするのだ。

「そうか、カルミネ様ってすごいんだね……」

ヴォルフが少し低い声でつぶやいた。同意したいが、これに関しては続きがある。

「ウロス様も、すごかったんです」

ダリヤとしては、カルミネの制作した大型粉砕機は完璧だと思った。

だが、その後に見に来たウロス――王城魔導具制作部長にとっては、そうではなかったらしい。

仕様書と本体に交互に視線を走らせた後、金属ブレードの形状をより破損しづらいカーブにしてはどうかと指摘、その上で魔導回路はさらに短くし、数パーセントほど魔力の効率を上げるよう提案してきた。

わずかな効率というなかれ、長く使えば使うほど差が出るのだ。

王城の魔導具にかかる費用はすべて国民の税金である。効率アップは欠かせない。

「見ただけで改良点がわかるなんて、ウロス様は本当にすごいと思いました！」

つい熱く語っていると、ヴォルフがじっと自分を見つめているのに気づいた。

夢中になって話しすぎてしまったかもしれない、そう思ったとき、彼はやわらかに笑んだ。

「ウロス様もすごいんだね」

「ええ、すばらしい大型粉砕機が完成すると思います。野菜ジュースが嫌いなグラート隊長も飲めるような、飲みやすいものができるかもしれません」

「きっと大丈夫だよ。それに、隊長はこの前の野菜ジュースも、打ち合わせの後で飲んでたっていうし。なにより遠征中の栄養は大事だから——こんなことが考えられるようになったのは、最近だけど」

魔物討伐部隊は魔物の出現に合わせ、国のどこへでも出向く。遠征が長期間にわたることも少なくない。このため、食料は輸送と日持ち、そして予算が優先され、味と栄養はその次だったという。

隊長となったグラートが尽力して改善、今年からはダリヤの開発した遠征用コンロも導入された。

次はカルミネによる大型粉砕機の野菜ジュースも追加されそうだ。

もっとも、輸送や保存などクリアしなければならない問題はまだまだあるのだが。つい、そちらを考えそうになったとき、ヴォルフが言葉を続けた。

「新人隊員が初めて遠征に加わるときは、最初の一食を以前の携帯食にしているんだ」

「黒パンと干し肉ですか？」

「うん、それにちゃんとドライフルーツもつけてるよ」

それは以前の遠征食だ。会って間もない頃、ヴォルフが嘆いていたのを覚えている。

「ほとんどの新人が、『予想よりおいしい』って言うんだけど、『それが毎日同じで、ずーっと続いていた』って言うと、全員、顔色が悪くなる」

「わかる気がします」

「そこで、『俺達はこれを何年も食べてたんだぞ』、ってドリノが言ったら、『我々は何十年単位だ。あと、これでも味はだいぶ良くなったのだぞ』って、隊長に言われた」

「グラート隊長が……」

遠征食の味の改良は、グラートが自家の資金をつぎ込んで進めたものと聞いている。

長期保存食は味が犠牲になりやすい。味を調えていくのは、とても大変だったに違いない。

「でも、その後で他の先輩が、『この黒パンと干し肉はとてもうまい。それに量も多いから、空腹で眠れないことがないぞ』って。その後、さらに昔の遠征食を教えてくれて……改良し続けてもらえたから今があるんだって、若手で言い合ったよ」

先人達の努力のおかげである。ダリヤは少ししんみりしつつ、続きを聞いた。

「その次の食事からは、遠征用コンロを出して、その由来を話して――皆で感謝して、おいしく食べてる。食事次第で遠征も捗《はかど》るって話してるんだ」

「それはよかったです。隊の相談役として、皆さんが元気に遠征から帰ってくるよう願っていますので」

遠征用コンロを開発した甲斐《かい》があった、ダリヤはつくづくそう思う。

気づかぬうちに笑みがこぼれていた。

赤髪の魔導具師の笑顔を見ながら、ヴォルフもまた笑んでいた。

なお、彼は意図的に、遠征用コンロについてどんなことを話しているのか、内容を伏せている。

魔物討伐部隊相談役である、ダリヤ・ロセッティ。

彼女が隊員達のため、努力と創意工夫を重ね、遠征用コンロを作ったこと、王城財務部長にも怯《ひる》まず魔物討伐部隊への導入説明をしてくれたこと、現在も価格を抑えて納めてくれていること、そして、遠征用コンロの裏に『ロセッティ』と刻まれていること。

先輩隊員達の感謝をこめての話、そして、ヴォルフの熱意高き解説により、新人隊員達は遠征用コンロのありがたさ、そして真摯《しんし》な魔物討伐部隊相談役について知ることになる。

それと共に、先輩騎士であるヴォルフが彼女に深く心酔していることも深く理解するのだが——口に出せる新人は一人もいなかった。

「お招きありがとうございます、ガブリエラ。本日はどうぞよろしくお願いします」

「そんなに緊張しなくていいのよ、ダリヤ。あらたまった席ではないのだもの」

本日、ダリヤは朝からジェッダ子爵の屋敷に来ていた。商業ギルドの副ギルド長であるガブリエラに、ダンスの練習に呼ばれたためだ。

招かれた屋敷は少し古めかしくはあったが、採光がよく、部屋も廊下も温かみのある上品な調度でまとめられていた。

「はじめまして、ロセッティ商会長」

広い部屋ですでに待っていてくれたのは、講師役の女性だ。ダリヤより一回りほど上だろうか。練習のため、黒の燕尾服《えんびふく》姿である。

続いて挨拶をしてくれたのはヴァイオリンの奏者だ。こちらは濃紺のワンピースを着た若い女性だった。

ダリヤは二人に挨拶を返したが、緊張で少しばかり声が上ずってしまった。

「ロセッティ商会長は今回、叙爵前のお披露目と伺っております。やはり緊張なさいますか？」

「はい。私はダンスを高等学院で最低限のことを学んだだけですので、皆様にご迷惑をおかけするのではないかと思いまして……」

正直にそう答えると、講師は優しく笑んでくれた。

「大丈夫ですよ。お披露目のファーストダンスで失敗したとしても、すべてお相手のミスということになりますから」

「え？」

「ファーストダンスの方は、初めて人前で踊るのです。多少の不備は当たり前、慣れている相手側ができるかぎり合わせて踊るのが当然とされますので」

余計にだめではないか！　ダリヤは頭を抱え込みたくなった。

最初に踊るのはディールス侯爵家当主で王城財務部長、そしてロセッティ商会の保証人、ジルドことジルドファンなのだ。

「ジルド様なら、たとえ転んでも笑う方はいないと思うわ」

続くガブリエラの言葉に、思わず拳《こぶし》に力が入る。

確かに、その場であれば誰も失敗について語るまい。

だが、その後、ダリヤが陰で笑われるのはともかく、ジルドが笑われるわけにはいかない。

自分のお披露目だけでも多大に手間をかけるのだ。さらに迷惑をかけたくはない。

しかも、その後に踊る予定は、ヴォルフ、そしてグラート隊長である。

誰にも迷惑はかけたくない、ダリヤはさらに拳をきつく握りしめた。

「皆様にご迷惑をおかけしないくらいにはなりたいので、どうぞご教授ください……！」

「もちろんです。では――」

差し出された白い手袋の手に、同じく長手袋の手を合わせる。

今、ダリヤが着ているのは、ガブリエラから借りたアイボリーの練習用ドレス。首回りと裾にレースのあしらわれた、かわいらしいデザインである。娘さんが使っていたものだそうだ。

ふわりと広がる裾は爪先しか見えないぐらいに長く、油断すると踏んで転ぶ。

視線を上げてまっすぐに、爪先でドレスの裾を踏まぬよう確認して前へ――ガブリエラにそう教わったが、じつは歩くだけでも危うい。

ロングドレスで優雅に踊れるという貴族女性に対して、尊敬の気持ちすらわく。もっとも、それが我が身が目指すものなのが泣けるが。

ヴァイオリンがダンスの基礎曲、その旋律を響かせる。

ダリヤは講師に合わせ、最初のステップを踏み出した。

「ありがとうございました……」

休憩を一度はさんで、基礎の三曲を三度。

結果、やはりダンスは久しぶりすぎた。講師は基本がしっかりしていると褒めてくれたが、久しぶりなのでリズムがつかめない上、ステップの幅が安定しない。

曲の合間に注意を受け、通して踊れるようにはなったが、優雅さは皆無だ。

ダンスの授業は、あと三回。付け焼き刃でもなんとかなることを願いたい。

講師と奏者が退室すると、ダリヤはガブリエラに客間へと案内された。

テーブルをはさんで座り、果物ジュースを受け取ると、ようやく息をつく。

「思っていたよりずっと上手だったわよ、ダリヤ」

「ありがとうございます。でも、先生の足を二回踏んでしまいました……」

「大丈夫よ、ダンスの先生の靴は鉄板が入っているから。私なんか踏みまくって覚えたわよ」

フォローしてもらってはいるが、本当にきっちり踏んでしまった。

もしものため、当日、自分と踊る男性陣の靴にはすべて鉄板を入れてもらえないだろうか、真面目にそう思えるほどだ。

「そんなに気負うことはないわ、ダリヤ。まだ貴族ではないのだから、お披露目ではなく顔つなぎだと思えばいいのよ」

「はい……」

「楽しみなのはジルド様の選んでくださるドレスね。準礼装だから長くても今と同じ丈《たけ》ぐらい、これなら踊るのも問題ないと思うわ」

「だといいんですが……」

「この手のことは慣れよ。叙爵前の練習だと思えばいいわ。ダリヤが男爵になったら、グイード様が正式にお披露目をしてくださるでしょうし」

想像するだけで、くらりとくる。いつか男爵になるのは夢見ていたが、侯爵家でお披露目をされる立場など、夢にも思っていなかった。

「その、男爵になってからのお披露目は、なるべくひっそりと、人数少なくというわけにはいかないものでしょうか……？」

「グイード様は今度、侯爵よ。自分が貴族後見人をしているダリヤが男爵になるのだもの、そのお披露目を、地味にするわけにはいかないでしょう？」

いえ、そこは地味でかまいません、そう言いたくはあるのだが、グイード様に失礼になってしまうだろうか？　父カルロの叙爵のときには、どのようにしたのだろう？

父が生きていたらこんな胃の痛いことにはなっていないか、もしくは親子で胃痛を抱えていたか——少なくとも今よりはましなはずだ。

「デビュタントとは違うし、ダリヤの年齢なら白以外のドレスね」

胃に手を当てかけたとき、ガブリエラがドレスの話に戻した。

「デビュタントのドレスって、全員が白なんですか？」

「基本はそうだけれど、白は十八歳ぐらいまでかしら。庶民から貴族になったりして、それより上の年齢のときは色付きのドレスが多いから」

「なるほど……」

十八歳をとうにすぎているダリヤとしては、ぜひ、存在と汚れの目立たない濃いめの色、大人しいデザインを希望したいところである。

ちょっと遠い目になりかけていると、ガブリエラがデビュタントについてさらに教えてくれた。

「貴族女性のデビュタントは、基本、白いドレスと手袋、踵《かかと》の高すぎない白い靴と決まっているの。それで、黒い燕尾服の父親か婚約者、いなければ兄弟か、後見人とファーストダンスを踊るのよ」

いかにも貴族らしい流れだ。その様子を見学するだけなら楽しいかもしれない。

「うちの娘も夫と踊ったわ。カルロが生きていたら、きっとダリヤと踊ったでしょうね。向こうでとても残念がっていると思うわよ」

「どうでしょう、父と踊るのが想像できないのですが……ガブリエラは最初にどなたと踊ったんですか？」

ガブリエラは庶民の出身と聞いている。デビュタントはなかったかもしれないが、ファーストダンスはあっただろう。

自分のように貴族の保証人関係か、それとも夫であるレオーネだろうか、そう思いつつ尋ねた。

「オズヴァルドよ」

「オズヴァルド先生ですか？」

意外な名前に、オウム返しで聞き返してしまった。

「ええ。仕事で舞踏会に参加せざるを得なくなって。ダンスは講師がいたからなんとかなったけれど、客先に失礼にならないよう予習をしたいと思って、ちょうど廊下にいたオズヴァルドに、ダンスの練習ができるような舞踏会を教えてと頼んだの。それで、ご実家の内々の舞踏会に呼んで頂いて、友人として踊ったわ」

「オズヴァルド先生は、その――ファーストダンスだと知っていらっしゃったんですか？」

おそるおそる尋ねると、ガブリエラににっこり笑まれた。

「いいえ。踊っているときに『ファーストダンスはどなたと？』って聞かれたから、『今です』と答えたら、思いきり足を踏まれたわ」

一瞬で思いきりオズヴァルドに同情した。

「あ、あの、その頃、レオーネ様は……？」

「私の上司だったわ。『大切な仕事の舞踏会でどうしてもパートナーが見つからないから出てくれ』と言って、庶民の部下に不経済なドレスを準備するような」

「……わぁ」

なんだろう、誰にどう同情していいのかわからない。

とりあえず、オズヴァルドが一番危機的状況で、レオーネは一番慌てたのではないかと思う。

目の前で涼やかに微笑《ほほえ》んでいるガブリエラに関しては、想像がつかない。

話の切れ間に、ちょうどノックの音がした。

ガブリエラが了承すると、入ってきたのはレオーネだった。

話をすると本人が来るというのは本当らしい。ダリヤは必死に表情《かお》を整える。

「ジルド様から届いた。靴擦《くつず》れを起こさぬよう、馴《な》らしておくといい」

「あ、ありがとうございます……」

レオーネの従者から渡されたのは艶《つや》やかな赤茶の箱、表面の蔦《つた》模様は金色の細かな彫り込みだ。

その高級感に固まってしまう。

テーブルを借り、おそるおそる開けると、深いワイン色のダンスシューズが入っていた。足首に結ぶリボンがあり、ちょっと踵が高い。

「ここにリボンがあれば脱げることはないわ、安心ね」

「踵の高さがありますね……」

「今の靴とそう変わらないと思うけれど、慣れね。これならドレスも同系色かしら？　叙爵予定とはいえ、まだ貴族ではないからあまり華美にはできないわね。胸も背中もそう出せないし」

そこは出さなくて結構です、むしろ隠した上で体型のわからぬ、ゆるく地味なドレスにしてほしい、希望としてはそうである。舞踏会で許されるとはさすがに思わないが。

「そういえば、手持ちのアクセサリーはある？　ドレスのデザインを聞いて、合いそうなものをいくつか貸しましょうか？」

「いえ、結構です、ガブリエラ」

「それは避けてもらいたい」

斜め向かいに座るレオーネと、声がかぶってしまった。

ガブリエラのアクセサリーは、きっと全部レオーネが吟味して贈っている。そのような大事なものを借りるわけにはいかない。

「アクセサリーはあちらで準備する。それと――『贈り手』との兼ね合いもあるのでな」

そう言ったレオーネを、ガブリエラが猫のような目で見つめる。

無言で夫婦の会話がなされているようなので、ダリヤは黙って待つことにした。

ついと紺の視線をずらしたのは、ガブリエラの方だった。

「ダリヤ、ドレスの件だけれど、私と一緒に行った行きつけの服店があるでしょう？　あそこはジルド様の遠戚の商会なの。だから服飾師にだけサイズを知らせるようにお願いしたわ。問い合わせに答えたのが昨日で、今日、靴が届くとは思わなかったけれど」

ジルドもその遠戚も仕事と行動が大変早いらしい。だが、追加の心配事が生まれた。

「あの、服のサイズが……以前お店に行ったときよりもその、少し太りまして……」

「見た限り変わらないじゃない。それにドレスは当日縫いがあるから大丈夫よ」

「当日縫いって、何ですか？」

「余裕をもって作っておいて、ちょうどいいサイズに縫うのよ。だから気にすることはないわ」

「それでも、持っている服を考えても、ちょっと本体を縮めたいです……」

今年の春先、ガブリエラと共に店に行き、きちんと合うサイズで買った服。あれが着られなくなったらいろいろと負けた気がする。あと、純粋にもったいない。

「スタイルより健康の方が大事よ。私も手持ちの服が入らなくならないようにしたいというのはあるけれど」

「それならば、いつでも同じデザインでサイズを合わせたものを作らせるが？」

真顔で言うレオーネを隣に、ガブリエラは優雅に笑う。

「この通り、上司が不経済で困るのよ」

金のイヤリングと騎士

その男が店に入ってきた途端、客の声と動きがぴたりとやんだ。

高めの背、黒檀《こくたん》のごとき黒髪と整った面差《おもざ》しは、ひどく人目を引く。

何より、窓からの陽光を揺らす黄金の目は、自慢の装飾品さえ色あせそうなほどだ。

名乗りなどなくてもわかる。義父、商業ギルド長のレオーネ・ジェッダから届いた手紙、そこにあったヴォルフレード・スカルファロット、その人だろう。

固まりかける店員を止め、店主は自ら応対することにした。

スカルファロット伯爵家は、来期に侯爵に上がる。本来であれば宝飾商を屋敷に呼びつけて当たり前だが、その子息が自ら足を向け、一人の客として訪れた。

際立つ美貌を持つ青年は、王城騎士団の魔物討伐部隊の赤鎧《スカーレットアーマー》、そして女達の華やかな噂《うわさ》の対象として有名である。

今、店にいる女性達の多くが、彼に視線を向け、耳をそばだてている。

明日には彼がこの店に来ていたことが噂となるだろう。

義父レオーネは、店の宣伝をよくよく考えてくれたらしい。

「ようこそ、お越しくださいました。私《わたくし》、店主のロレンツ・ブレッサンと申します」

「ご挨拶をありがとうございます。ヴォルフレード・スカルファロットと申します。本日、探しているものがあり――」

前置きもなく切り出そうとする彼に近づくと、その目の下、隈《くま》が見えた。

華やかな噂通り、いろいろとお忙しいのかもしれない。

「スカルファロット様、どうぞ上の部屋へ。お探しのものについて詳しくお伺いさせてください」

店内では、装飾品よりこの男が観賞品になりつつある。

こんな視線を受けながら装飾品を探すのは、この青年でも落ち着かぬだろう。せめて椅子に座ってもらい、落ち着いて選んで頂きたいものだ――そう思いつつ、ロレンツは彼を二階へと案内した。

応接室の一つに入ると、ロレンツは店員の一人に紅茶の準備を命じる。

テーブルをはさんで座ると、疲労感漂う青年に尋ねてみた。

「スカルファロット様、本日はどのようなものをお探しでしょうか？」

義父レオーネの手紙にあった条件は、『素材は金／二十代女性がつけるに向いたもの／侯爵家でも通るもの』だ。そこから外れたものは除外しろということだろうが、身につける相手のわからぬ装飾品は、慎重にならざるをえない。

「女性向けの金のイヤリングをお願いしたいのです。特にそれ以外は決めておりません。レオーネ様のご紹介に与《あずか》り、拝見してからと思いまして」

そこまで言うと、黒髪の青年はひどくまっすぐに自分を見た。

どうやら、気軽な贈り物ではないらしい。店の格さえも判断されるかもしれぬ。

ヴォルフレード・スカルファロット――この青年は、スカルファロット家の一員である。

かの家の別名は『水の伯爵』。だが、今はもう一つの方が有名になりつつある。

『氷の侯爵』――爵位が上がること、氷の魔石の増産、そして、その関係者が氷魔法の強さを誇ることが理由だ。

そして、敵となった者には容赦なく、その動きを凍らせるとも聞こえ伝わる。

そんな家の者が相手なのだ、希望から外れた品を推すことは避けたい。

スカルファロット家の一員である青年ならば、目は肥え、こだわりもあろう。

店に置いている装飾品の価格帯は広いが、それなりに良い品ばかりだ。好きなだけ見て判断して頂ければいい。

ロレンツは背筋を正し、話を続ける。

「もちろんですとも。三百ほどありますので、こちらに分けて持ってこさせましょう」

「え、三百もですか？」

黄金の目が丸くなり、その後に影が宿った。

もしかすると、選び考える時間すら惜しいか、いや、これは店主である自分が試されているということか。

組んだ腕、青年の左手首に腕輪が光った。白銀の上、絶妙な金の輝きを放つそれ。

貴金属はそれなりに目の利く自分が、見ただけでは判断ができぬ。

付与のある魔導具かもしれぬが、それにしては魔力の揺れを感じない。ただわかるのは、ひどく希少な腕輪であろうことだけ。ロレンツは緊張しつつ切り出した。

「よろしければ、お勧めをお出ししてもよろしいでしょうか？」

「ぜひお願いします。私はこういったものにうといので、ご助言頂ければと……」

女性への装飾品など贈り慣れているであろう、いや、山ともらい慣れてもいるだろうが——その美貌の青年が、声低く自分に願う。

まったく、どんな冗談だ。ここは店主である自分の目利きとセンスの試されどころであろう。

ロレンツの緊張は、さらに高まった。

「贈る方の髪と目、肌のお色、特徴、好んでお召しになっているお洋服の感じなどをお教え頂けますでしょうか？　合うと思われるものを、こちらにお持ち致します」

「ええと……髪は明るくやわらかな赤で、目は透明度の高い翠玉《エメラルド》……肌はわずかに薔薇色《ばらいろ》の入った白です……普段の服は、ワンピースや上下揃《そろ》いの上品なものが多く……作業着であることもあります。色は白、紺、濃い緑、茶など、落ち着いた色合いが多いように思います……」

目を伏せ、とても大切そうに記憶をたどる青年に、いろいろと察した。

そして、相手が貴族女性ではないらしいことが引っかかった。

「日常でお使いでしょうか？　それとも式典のご予定が？」

「イヤリングをつけるのは、舞踏会でのお披露目です。友人は来年、男爵位の叙爵が決まりましたので。できれば、それ以降も——男爵となっても使えるものをお願いします」

まるで我が事のようにうれしげに言う彼に、つられて笑んでしまう。

「叙爵とは大変おめでたいことです。では、プレゼントであり、『お祝い』でもあるのですね」

「はい、そうです。できれば、ずっとつけていてもらいたいのですが……」

祈るように言葉を終えた青年は、あまりにやわらかに、そして、はかなく笑った。

まるで女へ渡す己の形見を探しに来たようだ、そう思いかけて、瞬時に振りきった。

縁起でもない。美しい黄金の目に、いつの間にか自分も呑《の》まれかけていたらしい。

その黄金から視線をずらし、ふと机の上にゆるく組まれた青年の手を見――失礼ながら、二度見してしまった。

幾本かの爪にはヒビがあり、手の内側、指と手のひらに血のにじむ剣ダコがいくつも見えた。

服の上からでもわかる鍛えられた体躯《たいく》、剣の負荷による右肩の少しの下がり――華やかな噂通り女遊びに興じていたならば、こんな手には、こんな身体にはならぬ。

ああ、そうか、その黄金の下の隈《くま》も同じ。女遊びなどではない。遠征か、きつい鍛錬の後か、魔物討伐部隊員の過酷な任務の合間、無理を押して来店してくれたのだろう。

そして、義父からの『素材は金／二十代女性がつけるに向いたもの／侯爵家でも通るもの』という条件を思い出し――ロレンツは悟った。

金のイヤリングを贈る相手は、身分差のある恋人だろう。

女性はこの男のため、苦労に苦労を重ね、男爵位を得ることになったに違いない。

庶民と伯爵家の子息という立場の違い、ましてこの美丈夫だ。想《おも》う女性への摩擦を減らすため、貴族との見合いを避けるため、この男はあらぬ噂を自ら立て続けてきたのだろう。

その想う人こそを、『友人』としか呼べぬままに。

だから義父は手紙に、『侯爵家でも通るもの』と書き添えたのだ。

いずれこの青年の隣にその女性が並び、同じ姓を名乗る日を願って――

「努力家の……とても大切な、ご友人なのですね」

「はい……！」

ロレンツの言葉に彼は深くうなずき、今度は少年のように笑んだ。

それはまごうことなき、深い恋慕《れんぼ》をこめた表情《かお》で。

駆け引きのいる相手だと思い込み、ただ店をよく見せようとしていただけの己を恥じる。

相手をただ大切に想い合う二人。先の道はまだ長く険しくとも、その想いが成就することを願いたい。

この青年にとっても、受け取るその女性にとっても、最高の贈り物となる一品を——それこそが、装飾品店を営む己の務めであろう。

ただ一つだけ悔しいのは、おそらくはすべて予測済み。店を増やし広げた自分の慢心を見抜き、商売の礎《いしずえ》、客への心を思い出させせんと、この青年を紹介してきた義父。

いまだその手のひらの上、レオーネ・ジェッダに商《あきな》いは敵《かな》わず。

我が道もまだまだ長そうである。

「スカルファロット様、お勧めのイヤリングを持って参ります。本日はお時間の許す限り、どうぞごゆっくりお選びください」

ロレンツは精一杯の笑みで言った。


「ふぅ……」

ヴォルフは浅く息を吐いた。

商業ギルド長に紹介された、中央区の装飾品店。ショーウィンドウに並ぶまばゆい輝きのアクセサリー、それを見つめる着飾ったご婦人方——なかなかに高級そうな店へ、緊張しながら足を踏み入れた。

レオーネに紹介状を書いてもらったので、ヴォルフレード・スカルファロットとわかるよう、妖精結晶の眼鏡をかけずにやってきた。

結果、店に入るなり視線がまとわりつき——幸い女性に声をかけられる前に、人当たりの良さそうな店主、ロレンツが迎えてくれた。

視線が向けられる中で選ぶのは落ち着かない、そう思っていた自分を気遣ってくれたらしい。

ありがたいことに、二階の別室で彼が応対してくれることとなった。

ロレンツは、アクセサリーにうとい自分をわずかも見下すことはなく、贈る女性について聞いた後、階下にお勧めのイヤリングを取りに行った。

彼を待っている間、ヴォルフは出された紅茶を飲んで一息つく。

ここのところ、ちょっとばかり睡眠不足が続いている。

夢見がいいのか悪いのか、眠りが浅いこと数日。ダリヤへの装飾品を何にするかで悩むこと数日。

ひたすらに悩み、答えは出ず、兄であるグイードに相談した。

兄はジルドに装いの確認をとってくれ、イヤリングを贈るよう勧められた。

仕立てたドレスは庶民向けで胸元の空きが少なく、ペンダントなどは目立たないのだという。

そして、スタンダードなものから今の流行まで、イヤリングについてまとめられた冊子を渡され——悩みはさらに深まった。

昨日の鍛錬の後、自分の隈《くま》を気にかけたランドルフが、兵舎の部屋に来てくれた。

悩みがあるのかと尋ねられたので、隠すことなくダリヤのイヤリングに関して相談した。

彼は話を聞いてくれた後、自分にあっさりと言った。

「自分も装飾品に関しては詳しくないが、ヴォルフがダリヤ嬢に似合うと思うものを、素直に贈ればよいのではないか？」

「その似合う似合わないの判断がつかない……」

「お前がダリヤ嬢らしいと思えるものであれば、それでよいと思う」

ランドルフの言葉に彼女を思い出しつつ、ぱらぱらと冊子をめくった。

ふと目についたのは、細い金の鎖の先、半透明の青く丸い石が下がったもの。

ダンスの際、耳に軽く揺れそうなそれに、つい思い出すものがあった。

「これならブルースライムっぽいから、ダリヤらしいかも……」

「ヴォルフ、デザインとしてはきれいだと思うが、そのような理由でダリヤ嬢に渡すべきではない。スライムが似合うと言われて喜ぶ女性はいない」

いつもおだやかな友に容赦なく否定され、さらに悩む。

一瞬、スライム養殖場のイデアリーナが頭に浮かんだが、振りきった。

「店員に、『金のイヤリングで、貴族の未婚女性向けのものを見せてくれ』と願えばいいのではないか？　その中でお前が似合うと思えるものを選べば、まず外さないだろう」

うなりかけていた自分に、ランドルフが助け船を出してくれた。

確かに、装飾品店の店員は装飾品のプロだ。素直に尋ねて助言を受ければいいのだ。

友に礼を言い、久しぶりに安堵《あんど》して眠ったところ、呆《あき》れた夢で目が醒《さ》めた。

先日、緑の塔の一階で、ダリヤのスカートを溶かしたブルースライムが、大活躍していた。

「おのれ、あのスライム……」

ヴォルフは呪詛《じゅそ》のごとくつぶやくと、赤茶の布を溶かすブルースライムを、心の深海に沈めきった。

そして本日、午前は自由鍛錬だった。

とことんこの身を追い込めば、愚かな夢は見なくなるのではないかと思い、同期、先輩と続け、最終的に見学していた大先輩方にまで手合わせを願った。

大先輩方とは魔力不使用の手合わせだ。勢いで行ったはいいが、丁寧なご指導を受け、見事に地面に転がった。

最終的に、大先輩には同情を込めた顔で言われた。

「ヴォルフレード、自棄《やけ》を起こすな。若いうちは失恋の一度や十度はあるものだ」

「失恋などしておりませんっ！」

「あはは！　やっと肩の力が抜けたではないか」

ベルニージの豪快な笑い声に、からかわれたのだとようやく気づいた。

打ち合い続けている他の隊員には聞こえていないようだが、なんとも居心地が悪い。

「若いうちは何事も経験だ。気がかりなことがあるなら、さっさと済ませてこい」

彼にそう言われ、鍛錬に身が入っていなかった自分を恥じ、午後の休みをとった。

湯を浴びて着替え、そのまま店にやって来ての今である。

「お待たせ致しました」

紅茶が半分ほど空いたとき、ロレンツが黒いビロードのケースを二つと白い絹手袋を持ってきた。

「スカルファロット様、こういったイヤリングはいかがでしょう？」

手袋の手がそっと開ける箱の中、白い絹の上に並ぶのは、四つのイヤリング。どれも濁りのない金で、きらきらと繊細な光を放っている。

一番左のものは、小さな雪の結晶の形だ。その先には長めの細い鎖が付いている。

その右隣は、金の細工と白い真珠を耳元に、長く伸びる鎖の先、小さな真珠が付いているイヤリング。

続く一つは、繊細な透かし細工が入った、金色の楕円《だえん》が下がるもの。

一番右のイヤリングは、少し大きめの丸い花。見方によっては金色のダリアのようにも見える。その下には涙の滴《しずく》を思わせる透明な石が下がっていた。

どのイヤリングも美しく、ダリヤにとても似合いそうだ。

「どれもダンスなど、動きがあるときにより映えます。無爵のうちはこのままで、爵位を頂いた後に、こちらに光る石を足すのがお勧めです」

ロレンツはもう一つのビロードの箱を開けた。それは細かく区切られ、それぞれに小さな石があった。赤、黄、緑、青、黒、白——形も丸型、滴型、球体と様々だ。

「スカルファロット様、こちらを。どうぞどちらも手に取って、じっくりご覧になってください」

アクセサリーに触れるための白手袋を受け取りかけ、己の手にはっとした。

鍛錬に必死になりすぎたらしい。手のひらと指の内側、肉刺《まめ》が破れて血がにじんでいた。これでは手袋を汚してしまう。

貴族は庶民より傷を早く消そうとする。傷を受けるほどに弱いのか、ポーションも買えぬのか、治癒も受けられぬのかと難癖をつけられることがあるからだ。

魔物討伐部隊ではこういった傷は当たり前のものなので、うっかり治療をせずにここにきてしまった。こんな状態で装飾品に触るのは失礼だろう。

「すみません、このような有様で。手袋が汚れてしまいますので、見るだけで結構です」

「何をおっしゃいますか、民を守る美しい手です。まさに騎士の手ではありませんか」

ロレンツの言葉に、咄嗟《とっさ》に返す声が出なかった。

思い返せば、彼はここまで一度も、自分に敵意も羨望《せんぼう》も向けていない。

家柄にも容姿にもふれることはなく、ただ、庶民から男爵に上がるダリヤを努力家だと、鍛錬で荒れたこの手を、騎士の手だと褒めてくれた。

たとえこれが営業用のリップサービスでも、ただうれしく——ヴォルフはようやく礼を述べ、素直に手袋を借りる。

並ぶイヤリングの一つをそっと持ち上げると、そのあまりの軽さに驚いた。

自分では、耳から落ちても気がつかないかもしれない。

ロレンツの助言に従い、少しだけ揺らすと、細い鎖がシャランとわずかに音を立てた。

光に当てる角度によって、きらきらと細やかに金の色合いが変わる。イヤリングごとに形状も輝きもそれぞれが違い、なんとも不思議だ。

どれも美しく、悩み抜き——それでも候補が二つから絞れない。

「こちらとこちらで、迷っております」

選んだのは、小さな雪の結晶のイヤリングと、ダリアを思わせる花のイヤリングの二つ。

先日、ダリヤと話していたとき、雪の結晶が好きだと言っていたことを思い出す。

そして、もう一つの方はひねりがないが、ダリアの花から彼女らしいと思えた。

「雪の結晶のイヤリングは、この時期に合います。夏でも逆に涼しげだからとつける方も多いですよ。この鎖は取り外せますので、普段はこの結晶部分だけをつけていて頂けます。叙爵後は鎖の先に色石をつけるのもよろしいかと」

「なるほど……」

一つのアクセサリーで形を変えるという発想がなかったので、驚きつつ聞いた。

確かに、それならば長く使えそうだ。

「こちらの花は、中央の小さい花と外側の花弁が分割できます。ドロップ部分も外せます。普段は花のイヤリングにすれば、何か作業をするときも邪魔にはならないでしょう。男爵となられてからはこのドロップの水晶を、お好みの色石に変えてはいかがですか？」

こちらも、一つのアクセサリーで変えていけるようだ。外側を外された小さな花も、ダリヤには似合う気がした。

「どうぞ、こちらの石もご覧になってください」

色とりどりの石を見ていると、一つの石で目がとまった。

そっと持ち上げると、黒の中に光が宿る。それでも、他の石のように華やぎはない。

不意に、商業ギルドでレオーネに勧められたことを思い出した。

ダリヤには、銀よりも金の装飾品が似合う、そう言われて納得した。

そのとき考えていたのは、ダリヤの赤い髪と緑の目であり、けして自分のこの金の目のことではない。彼女には、自分の髪のような暗い色は、似合うとは思えず——

それにイヤリング自体、このままで完成している気もする。下手に石を付けずともいいだろう。付けるとしても、ダリヤの希望の色を尋ねればいいのだ。

「そちらは黒瑪瑙《ブラックオニキス》です。邪悪なもの、危険なものから心身を守ると言われている石です。お守りになさる方もいらっしゃいますよ」

「そうですか。でも、彼女に黒は……暗い色は合わないような気がします」

答えながら、ビロードの箱に石を戻す。そこで自分の白い手袋ににじみ始めた血を見て——なぜかひどく目の奥が痛んだ。

指でこめかみを押していると、店主がイヤリングの一つをそっとひっくり返した。

「雪の結晶デザインと、こちらの花のデザインでしたら、耳に当たる部分の裏石《うらいし》に——裏に石を薄くして貼ることもできますよ」

「見えないところに貼るのですか？」

「はい。金属が肌に当たるのを苦手とする方は耳に当たる部分すべてに貼られます。あとは魔導具関係のアクセサリーは、内側に石や素材を付けることが多いです。こちらの石には、ある程度魔法が付けられます。馬車の酔い止めや毒消しなどを付与されることもありますよ」

どうやらイヤリングも魔導具になるらしい。それならばまさに、ダリヤらしい。

「それは便利そうですね。では、黒瑪瑙《ブラックオニキス》を裏石に。最初の付与はなくてかまいません。本人に聞いてみます」

彼女ならば自分で何らかの付与をしそうである。とても楽しみで——わずかに心配だ。

なお、裏石は二日で付けられると聞いて安堵した。お披露目には余裕で間に合う。

しかし、選択はまだ続いている。

「ただ、雪の結晶かダリアの花かで、やはり悩みます……」

「それでは、雪の結晶を秋冬に、ダリアの花を春夏用にしてはいかがですか？」

「なるほど！　そうします」

「ご予算に合わない場合は、来年向けの仮ご予約でもかまいませんので」

「いえ、こちら二つともを一緒にお願いします」

ありがたい申し出ではあるが、これまでそう使うことがなかったので、貯金はそれなりにある。

今まで無駄遣いをしてこなかった自分を褒めたいところだ。

「花の方も裏石をお付けしますか？　酔い止めなどでしたら、どちらもあった方がよろしいでしょうから。ご一緒にご購入でしたら、こちらの分は当方でもたせて頂きますので」

「お気遣いをありがとうございます。ですが、裏石ありで、価格はそのままでお願い致します」

黒い石を付ける分を、店側にもってほしくはない気がして――いや、そうではない、来年、スカルファロット家は侯爵家となるのだ、ここはきっちり自分が支払うべきだ。

そして、この店主、ロレンツであればと思い、ヴォルフは相談を追加する。

ランドルフにぎっちりと注意された――いや、ありがたい助言を受けたことである。

「来年となりますが、男爵となればネックレスも必要になると思うので、この二つに揃《そろ》いのものか、添うデザインのものを、追加でそれぞれお願いできればと」

「わかりました。喜んで、男爵、そして淑女にふさわしい品をご提案させて頂きます」

うなずいた店主が、大変に頼もしく見えた。

「では、できあがりましたら、二つまとめて、記入した住所の方にお願いします」

「スカルファロット様、失礼ながら――お相手の方に、一度に贈るのはお勧めしません」

「え？」

まったく知らなかったが、女性にアクセサリーを贈るのに、そんなルールがあるのだろうか？

まとめて渡してしまった方が、己の緊張が少なくて済むのだが。

「一度に贈るより、何かの都度に分けて贈った方が喜ばれることが多いのです。冬に雪の結晶、春少し前に花、叙爵の後にそれぞれに合うネックレス、というように。それに折々に贈ることが、お二人のよい思い出となるかと思います」

「なるほど……」

「なにより――お相手の一度の笑顔より、四度の笑顔をご覧になりたくありませんか？」

ロレンツの言葉に、ダリヤの笑顔を鮮やかに思い出し――とても納得した。

購入手続きの書類に丁寧にサインをし、ヴォルフはようやく姿勢を戻す。

ほっとしたところに、ロレンツが新しい紅茶を淹《い》れてくれた。それを受け取りながら礼を述べる。

「いろいろと教えて頂き、ありがとうございます。自分はこういった贈り物は初めてで……」

「皆様、初めてがあるものです。些少《さしょう》でもお力になれればうれしく思います」

「いえ、本当に助かりました」

「それはよかったです。よく『失敗して覚えよ』と言われますが、できれば先人の助言を活かし、大切な方への贈り物は外さずにいて頂きたいと思いますから」

余裕と優しさの混じるロレンツの笑みに、つくづく大人らしさを感じる。

大人になるというのは重ねた年数ではないらしい。

自分は今までずいぶんと子供すぎた、その思いが強くなるばかりだ。

「確かに、贈り物を外したくはないですね……」

ダリヤに残念がられるような贈り物はしたくない、そう思ってのつぶやきに、店主が深くうなずく。

「ええ、外した者としては心からそう思います」

「え？　まさか外されたことがあるんですか？」

ロレンツの意外すぎる言葉に、つい聞き返してしまった。

彼は目を少し伏せ、一段声を低くする。

「貴族に対する学びが足りぬ頃、妻――当時の憧れの女性へ、自分の店のイヤリングを贈ったのですが、手紙でのご挨拶も顔合わせもないうちで……私《わたくし》が庶民で知らなかったとはいえ、大変失礼なことを致しました」

「そうだったのですか……」

貴族の正式な交際には一応のルールがある。憧れた相手がいても、婚約者がいたり交際中の相手がいる者に声をかけるのはマナー違反、双方の身元確認も必要になる。

基本の順番としては、まず交流を願う手紙を親あるいは保護者と本人へしたため、許可を得られれば顔合わせに進む。

顔合わせができたら会えた喜びをしたためて花束を添えてお礼。それで互いに相性が良いと判断すれば、お茶会などで交流を深めていく。

イヤリングなどのアクセサリーを渡せるのはその後、親しくなってからが礼儀とされている。

もっとも、自分はそういった交際をした女性は一人もいないので、知識としてしか知らないが。

「舞踏会のパートナーになれるような間柄でなければ、イヤリングやピアスを贈るのはふさわしくないと……贈ってから知りました」

庶民であり、貴族に関して詳しくなければ、わからなくて当然だ。

だが、それを許してくれるかどうかは相手の家次第だろう。

ロレンツの妻の父は、商業ギルド長のレオーネ・ジェッダ子爵。その厳しい横顔を思い出しながら、ヴォルフも声低く尋ねる。

「もしかして、レオーネ殿が抗議を？」

「いえ、義父はその日のうちに店へ、イヤリングの代金を自ら支払いにいらっしゃいました」

「ご自身で……」

レオーネらしいと言うべきか。しかし、イヤリングを返されなかったということは、すでにそのご息女に想いは通じていたのかもしれない。

「浅学にも、『売り手と客としてしか付き合うな』という意味だと思い、『告白の品なので、男として受け取れぬ』と申し上げましたら、『順序を学べ』とテーブルに金貨を置かれ——意味がわからずにおりましたら、その日のうちに貴族付き合いの本と商業関係の本が山と届き、翌日、店に関する注意と意見が書かれた長いお手紙を頂きましたが、値千金《あたいせんきん》の教えでしたね」

「そうだったのですね」

じつにレオーネらしい、今度こそ、そう思えた。

娘の夫候補に貴族のことを教えるのは子爵として、商売人として育てようとするのは商業ギルド長として、どちらの面でも腕が長い。

ヴォルフはふと、ダリヤの父、カルロ・ロセッティについて考える。

自力で男爵をとった有能な魔導具師。娘であるダリヤを育て、魔導具師として導いた人。

彼女が最も信頼し、おそらくは目標としている者である。

一度、カルロと会ってみたかった。そう思うのは親しい友人の父親だからであって、それ以上は何もなく――思考が乱れかけたとき、ロレンツの声が響いた。

「これは私《わたくし》の持論ですが……夫というのは、妻の男親とは競わねばならぬものですよ、たとえ生涯勝てなくてもです」

「……生涯、勝てなくても……」

ヴォルフは曖昧にうなずくと、紅茶に口をつける。

思い浮かべていた人物は、なかなか頭から消えなかった。

その後はしばし歓談し、紅茶を飲みきったところで暇《いとま》を告げる。

「それでは、これで失礼します」

「スカルファロット様、本日はありがとうございました。ぜひ、またお越しになってください」

「こちらこそ良い買い物ができました。アドバイスをありがとうございました。次もまた、ご相談させてください」

本当に良い買い物ができた――そう安堵しつつ、ヴォルフは立ち上がる。

そして、もう一度、箱にある黒瑪瑙《ブラックオニキス》にじっと目を向けた。

きらきらと光る金のイヤリングの裏、影のように貼られる黒い石。

ダリヤの背縫いと同じかもしれない。誰にも見えなくてかまわない。

二人、共にある日も、その隣にいられぬ日も、こめる願いは一つだけ。

ただ、君を守りたい――と。


「まさか筋肉痛になるなんて……」

塔の階段をいつもと違う歩みで下りながら、ダリヤは苦笑いをしていた。

昨日、ジェッダ子爵の屋敷でダンスを教わる際、覚えるのにプラスして、少しでもウエストの余剰分が落ちないかと、気合いを入れてがんばった。

そして今朝、ベッドから起き上がろうとし、足腰の痛みに固まった。

一角獣《ユニコーン》のペンダントもしっかり肌に当たるようにつけ直してみたが、違和感は消えない。

裏面の岩山蛇《クラギースネイク》の牙は、痛みを一定時間麻痺《まひ》させてくれるが、使い切りになってしまう。

鈍い痛みよりも、動きが不自然になることが気になり、考えた末に痛み止めを飲んだ。

今日はこれからヴォルフの屋敷へ行き、ダンスの練習をする予定なのだ。心配はかけたくない。

彼が迎えに来るまでには、まだ時間がある。

ダリヤは作業場のテーブルの上、大きめの銀の箱をそっと開いた。

中にあるのは、アイボリー色のまっすぐで短い棒――ここのところ試行錯誤している、水魔馬《ケルピー》の短杖《スタッフ》がぎっしりと並んでいる。

そのうちの一つを持ち上げると、みっしりとした重みがあった。空蝙蝠《スカイバット》の骨の倍ほどだろうか、骨密度の違いかもしれない。

商業ギルド長ではなく、レオーネの個人名で届いた、一ダースの短杖《スタッフ》。それに加え、短杖《スタッフ》回路の設計参考書が一冊、基本設計と仕様書が四枚、水魔馬《ケルピー》の骨の注意事項がメモで一枚。

別日、これらの支払いをしようと申し出たら、レオーネに『見積もりに込みだ』と言われてしまった。

一般的な剣と短杖《スタッフ》に対する魔法の付与料金は、金貨四枚。けして高くはない。

いや、レオーネのような高魔力の魔導具師や魔導師に頼むなら、むしろ安いと思える金額だ。

ガブリエラに叙爵の際の付添人を頼む条件で、そこを金貨一枚に下げてくれるわけだが、気を使われたとしか思えない。

イヴァーノに相談したら、『レオーネ様は損をかぶる方ではないので、気にする必要はありませんよ』と笑顔で言い切られた。

「うーん、やっぱり表面積が足りないのよね……」

短杖《スタッフ》は意外に短く、持つとほんのわずかに楕円だ。その表面に魔法で魔導回路をひき、氷の魔石を使って、氷魔法を付与する。

魔法補助の短杖《スタッフ》として、目指す機能は、二つ。氷の結晶と粒が出せ、目くらましに使えること。

そして、氷を短剣のような形状で出せ、咄嗟の威嚇や防御に使えることだ。

試行錯誤の結果、魔導回路自体は設計できたが、表面積が足りない。

二つ目の機能を削れば入るが、少しでも使用者であるグイードの安全につながるようにしたい。

魔導回路全部をどうにか入れる方法はないか——考えを巡らせていると、ノックの音が響いた。

短杖《スタッフ》について考えていて、思わぬ時間が過ぎていたらしい。ダリヤは慌ててドアへ向かった。

「こんにちは、ダリヤ」

「いらっしゃい……ヴォルフ」

急いで開いたドアの外、立っている彼の姿に目が釘付《くぎづ》けになった。

肩にマントをのせてはいるが、黒の燕尾服《えんびふく》に白絹のシャツ、黒のタイ、白い手袋——完全にダンス向けのきちんとした装いで、あまりにも似合う。完璧な『王子様』姿である。

この姿で舞踏会の広間にいたなら、ダンスを希望する貴族女性が列を成しそうだ。つい当日が心配になったのは内緒である。

ただ、これから彼の屋敷に行くはずなのに、赤い花の入った籠《かご》を持っている。途中でどこか寄るところがあるのだろうか。

「ダリヤ、そのドレス、よく似合っているね。当日もそのドレス？」

「いえ、これはガブリエラから借りたものです。練習着だそうです」

アイボリーのドレスは、叙爵のダンス練習が終わるまで使うようにと渡された。

首回りと裾にレースがあり、自分にはかわいすぎるのではないかとちょっと不安である。

「すぐに練習に行った方がいいですよね。今、コートを羽織りますので——」

「ダリヤ、怪我《けが》してない？」

コートを取りに行こうとし、数歩進んだだけで呼び止められた。

忘れていたが、ヴォルフはこういうことにひどく目が利く。

「してないですよ、大丈夫です」

「無理はいけないよ。調子が悪いなら練習は別の日にしよう」

とても心配そうになった彼に、慌てて理由を告げる。

「本当に大丈夫です。昨日ダンスの練習をちょっとがんばったら、軽い筋肉痛になりまして。さっき痛み止めは飲んだので――」

「筋肉痛？　痛み止めを飲むほどって、かなりひどいんだよね？」

「いえ、たいしたことはないです！」

説明している間にも、ヴォルフの表情《かお》の険しさが増していく。

もっと早く痛み止めを飲むべきだった。

「ダリヤ、君が努力家なのはわかるけれど、練習しすぎはやめた方がいい。倒れたりしたら大変だし、肉離れなんかを起こすとクセになりやすい」

「いえ、本当にほんの少しなんです、日頃の運動不足がたたっただけです……」

結局、ヴォルフをとても心配させてしまった。

今年の春まで、片道一時間くらいは平気で歩いていた。それが今はすべて馬車移動である。

今後は塔の階段の上がり下りを多めにし、庭を歩こう。あと食事を少し減らそう。

何度目かの誓いを深めつつ、話題を変えようと慌てて口を開く。

「あの！　ヴォルフも今日の装いが合っていて、とても素敵です」

「ありがとう……そう言ってもらえるとうれしい」

ヴォルフは黄金の目を丸くした後、はにかんだ笑いを返してきた。

本当にうれしそうな笑顔に、続けようとした言葉がすっぽり抜け落ちる。内で語彙《ごい》の海を必死にかき集めているところ、赤いブーゲンビリアの飾られた籠を差し出された。

「ダリヤ、あらためて、お披露目おめでとうございます」

「ありがとうございます……」

お礼を言いつつ記憶をたどるが、ブーゲンビリアの花言葉が出てこない。

貴族女性には冬に贈られることの多い花だったような気がするのだが——後で貴族のマナー本を確認しよう。

「あと、これを君に——」

続けて差し出されたのは、真っ白い小さな布包みだ。

ダリヤは花籠を作業テーブルに置くと、ヴォルフからそれを受け取った。

白い布を外すと、現れたのは赤いビロードの小箱。その蓋《ふた》を慎重に開けると、金色の輝きが見えた。

雪の結晶を模した、小さなイヤリング。金の輝きはまばゆく、こまやかな細工は腕のいい職人が作ったものだと一目でわかる。

おそるおそる持ち上げると、結晶の下に付けられた細い鎖がしゃらりと小さく歌った。

角度を変えただけで瞬《またた》くように光り、ため息が出るほどに美しい。

「あの、これは？」

「できれば、これをお披露目でつけてもらえればと思って」

目の前のヴォルフが、少しだけ表情《かお》を硬くした。

思い出したのは、スカルファロット家の家紋。氷の結晶を思わせるそれと、このイヤリングのイメージは重なる。

自分の貴族後見人はグイード、ロセッティ商会の保証人の一人がヴォルフだ。二人ともスカルファロット家なのだから、こういった式典向けのアクセサリーをつける必要があるのかもしれない。

このような高級品、絶対に落とさないようにしなくては、そう強く思う。

「ありがとうございます。すごくきれいです。落とさないよう、気をつけてお借りしますね」

「いや、ちょっと待って！　それは君に、俺からのプレゼントだから！」

ヴォルフに全力で否定され、声高くプレゼントだと告げられ、理解するまでに間があった。

「え？　あの、ヴォルフが、私に、プレゼント、ですか？」

驚きで区切り多く聞いてしまった自分に、彼は落ち着かなげに説明する。

「この前、商業ギルドにヨナス先生の依頼で行ったとき、レオーネ殿に装飾品のお店を聞いて行ってきたんだ」

「そのお店で、ヴォルフの物を買わなかったんですか？」

「それはその、ダリヤのお披露目だし、お祝いにと思って……あ、何の付与もないから、必要なものがあれば裏石に付けてほしい」

「裏石、ですか？」

ダリヤの手のひらの上、金のイヤリングを、ヴォルフがそっとひっくり返す。

「これ、耳に直《じか》に当たる部分は、黒瑪瑙《ブラックオニキス》なんだ」

「黒瑪瑙《ブラックオニキス》……」

ヴォルフの髪と同じ色。それはまるで恋人に贈るアクセサリーのようだ。

いや、待て、落ち着くのだ。仮にでもおかしな想像をしてはいけない。

耳に直に当たる部分が石ということは、金属アレルギー防止かもしれない。

今世に来てから金属アレルギーの話はあまり聞いたことはないが、アクセサリーの苦手な人はそういったこともありえるではないか。その防止のためかもしれないのだ。

ぐるぐると思考を立て直していると、ヴォルフが言葉を続けた。

「地味な色だけど、黒瑪瑙《ブラックオニキス》は邪悪なものから心身を守ると言われてるんだって。だから、君のお守りになるかと思って。それに軽い魔法なら付与ができるから、馬車の酔い止めなんかもいいんだって。もちろん、ダリヤの好みじゃなかったら他の色に貼り替えるよ」

少し早口で、少し不安そうに言う彼は、きっと懸命に選んでくれたのだろう。

装飾店は女性が多い場だ。ヴォルフにとっては、これを購入するのも大変だったに違いない。

「いえ、石はこのままで――このままがいいです。勘違いしてすみません。本当にきれいなイヤリングをありがとうございます、ヴォルフ」

「どういたしまして」

お礼を言うと、彼がようやく表情《かお》をゆるめた。

それに逆に比例するように、ダリヤの動きにはぎこちなさが加わる。

「ええと、その、私もヴォルフにありまして……仕上げたばかりですが、早めの方がいいかと思いまして」

ダリヤは棚に置いていた縦長の魔封箱を持ち上げる。ちょっとだけ重い。

「この前、ヴォルフが睡眠不足だって言っていたので、『仮眠ランタン』です。よろしければ使ってください」

作業用テーブルに箱を載せると、なぜかヴォルフは困った表情《かお》となった。

「いや、その、君にそんなに気を使わせ――いや、心配させた上に、手間のかかるものを、すまない……」

「そう難しいものではないですから。それに月光蝶《げっこうちょう》の翅《はね》はウロス様からの頂き物です。魔物と戦うのは大変ですよね。疲れがたまると眠りが浅くなったり、悪い夢を見たりすることもあると思うので……」

ヴォルフがいつか言っていたことがある。母の亡くなった悪夢をいまだに見ると。

最近は見なくなったが、ダリヤも一時悪夢に悩んだ。前世、己が死ぬときをなぞるような夢だ。

その後はなかなか眠れずに、そのまま朝を迎えてしまったこともある。

だから、寝入りをよくする他に、悪夢を見なくて済むことを願い、同じ仮眠ランタンを先に作って試した。時間がなくて模様などは入れなかったが、なかなかによく眠れた。悪い夢も見なかった。

できればヴォルフにも効果があってほしいと思う。

「ちょっとだけ使い方を説明しますね」

薄青い丸ガラスがはめこまれた、金色のランタン。スイッチは二つ。通常の灯《あか》りのものと、睡眠効果の後に自動で消えるものだ。スイッチの機構は、もらった仕様書を見て少し組み替えた。より使いやすくなったのではないかと思う。

そして、丸みのあるガラスの表面には、雪の結晶の模様を魔魚《まぎょ》のウロコでいくつも入れた。

ランプをつけると、薄青い光の中、雪の結晶が壁や天井にその形を投影する。

「雪の結晶！　すごいね、とてもきれいだ……」

ヴォルフが声を弾《はず》ませ、部屋に現れた模様を目で追っている。

これで気持ちよく眠れ、いい夢が見られればいいのだが――こればかりはわからない。

「今夜、寝るときにでも試してください」

「ありがとう、ダリヤ。大事にする」

ヴォルフの笑顔に満足しつつ、ランプを魔封箱に入れ、大きめの白い布で包んだ。その布の端、押されているのは小さな商会紋――赤い花を背負ってそこにいる、黒い犬のシルエット。

イヴァーノが『ロセッティ商会だとすぐわかるように！』と、強硬に赤と黒の二色を主張したので、二色スタンプである。

なお、説明はしないが、ランプの裏にも商会紋とロセッティの文字が入っている。販売品ではないので入れなくてもいいのではないか、そう気づいたのは、きっちり彫り込んだ後だった。

「ああ、そうだ。ダリヤ、一度イヤリングをつけてみない？」

「そうですね。私は鏡がないと、うまくつけられないので……」

イヤリングをつけることが少ない上、この繊細な細工が曲がったらと思うと怖い。

棚に鏡を取りに行こうと思ったとき、白手袋の指先がイヤリングを持ち上げた。

「俺がつけてもいいかな？」

「ええと、お願いします……」

ヴォルフにイヤリングをつけてもらうという、大変予想外なことに、口とは裏腹に身体が固まる。

彼は自分の真横に来ると、あまり耳に触れずにつけてくれた。その動作は、意外なほど手慣れていた。

「とても似合うよ。留め具、きつくない？」

「大丈夫です、ありがとうございます」

「よかった。昔、出かけた先で母のイヤリングを直すのが俺の役目だったんだよね。母は普段つけないから、自分でやると左右で位置が違って、落とすこともあって。でもピアスを勧められたら、怖いから嫌だと言ってて――なんだか、急に思い出した」

なつかしげに語る彼に納得した。なかなか優しい息子さんだったらしい。

そして、失礼ながら、ヴォルフの母君に共感を覚える。

「もう一つも、つけ――」

彼が言い終えぬうち、ドアが強く三度叩《たた》かれた。

ダリヤがうなずくと、ヴォルフがすぐにドアを開ける。

そこに立っていたのは、スカルファロット家の御者だった。ヴォルフと共にダリヤを迎えに来て、門前で待機していてくれたらしい。

「失礼致します！　ヴォルフレード様、王城から三度、赤の光が上がりました！」

「わかった、すぐ行く！」

王城から三度、空に赤の光が上がる――それは魔物が出て、王城内待機の魔物討伐部隊員だけでは足りぬ、そう判断された招集の合図。

　めったにないそれに、大量の魔物か、あるいは大型の魔物の出現を覚悟する。

　思わず我が身を抱くようにした腕、上腕に指が食い込みかけた。

「心配ないよ、ダリヤ。たぶん、緑のワイバーン」

「え？」

「少し前に目撃情報が出てて、カークと先輩が一撃目指して準備してるし、隊長はワイバーンの鎧《よろい》を着て、灰手《アッシュハンド》で一撃を目指してるし。きっと俺に出番はないよ」

　とても明るく言う彼に、なんとかうなずく。だが、出番がないはずはない。弓騎士やグラート隊長の待ち構える場所、そこにワイバーンを引き込むのは、きっと赤鎧《スカーレットアーマー》の役目だ。

「ごめん、ダリヤ。なるべく早く戻るつもりだけれど、魔物と状況によっては、お披露目に間に合わないかもしれない。君の大切な日なのに」

「私は大丈夫です。魔物討伐は、人の命を守る大事なお仕事ですから……」

　本当は止めたい。お披露目などどうでもいい、ヴォルフに危ない討伐に行ってほしくはない、そう思ってしまう。

　だが、これはヴォルフの、魔物討伐部隊員の仕事だ。

　どうか何事もなく、戻ってこられますように——自分はそう祈るしかできない。

　だからダリヤは、ただ精一杯に笑んで、彼を送り出す。

「どうか、気をつけて……行ってらっしゃい、ヴォルフ」

　自分の言葉に笑みを返した彼は、一言を告げて駆け出していく。

「行ってきます、ダリヤ！」

見送る背中はたちまちに遠くなり――片耳のイヤリングの先、金の鎖がしゃらんと鳴いた。

ワイバーン釣りと苦い鎧

東街道を進み、山沿いに入った浅い谷。背の高い木々に身を隠すのは、鎧《よろい》姿の魔物討伐部隊員達だ。

一昨日午後の招集の後、昨日一日は馬で移動、本日早朝から徒歩で森に入った。

風は冷たいが、濃灰の防寒マントと、背中にある携帯温風器のおかげで冷えはない。

だが、ある一人の周囲だけは、温度がとても下がっているように感じられた。

「おのれ、ワイバーン……ダリヤのお披露目がもうすぐなのに、俺達のダンスの練習の邪魔を……」

黒髪の青年が黒い刃の短剣を昏《くら》い目で見つめながら、呪詛《じゅそ》のごときつぶやきをこぼしている。

他を寄せつけぬその有様は、魔物以上に近づきたくない。

「うわぁ、だいぶきてんな、ヴォルフ。こりゃ、魔王に八つ当たりされるワイバーンになりそうだ」

「ワイバーンに同情する。間《ま》が悪い」

ドリノが額に手を当てる横、ランドルフが浅いため息をつく。

少し距離をとった魔物討伐部隊の仲間達は、ぼそぼそと話し合っていた。

「ワイバーンが地面に落ちたら、ヴォルフ先輩が八つ裂きにしそうですね」

「八つ裂きで済めばいいな。微塵《みじん》にしたがっている魔王にしか見えん……」

「おい、いざというときはヴォルフレードを止めるぞ。今回は王城の魔導具制作部が丸ごとご所望だ。素材として価値が下がっては困る」

「俺はワイバーンより、あのヴォルフを止める方が怖えよ」

今回の討伐対象は、緑のワイバーン。先日、隣国へ手紙を届けた龍騎士が見かけたとのことで、まだ若い小さめの個体らしい。

とはいえ、飛んでいたのは村々が点在する人の領域である。人も家畜も襲われる可能性がある。できれば早めに対応したい。

幸い、冒険者達がワイバーンのねぐらを早期につきとめてくれた。

今日は周囲の村々や近い宿場街に警戒を呼びかけ、各所に見張りの騎士を置いた上で、魔物討伐部隊の精鋭が討伐に来ている。

本来、ワイバーン相手なら龍騎士が対応するのが最も効果的だ。

だが、オルディネ王国に龍騎士は少ない。隣国のようにワイバーンの繁殖技術が確立されていないので、騎龍《きりゅう》であるワイバーンがいないのだ。早々増える予定もない。

龍騎士は伝達役としての役目が最優先とされ、魔物との戦いには基本、参加しない。

現在、王城で輸入したいもの第一位が、隣国の調教されたワイバーンだと言われている。

「今年、ワイバーンが出たのは四頭目だっけ？　なんか多いよな」

「どこぞの山で増えているのかもしれん。縄張り争いで弾《はじ》かれた個体は、かなり遠くに移ると言われている」

野生のワイバーンはあまり見かけることのない魔物だ。人の領域に来ることも少ない。

それが、今年はすでに街道や人里近くに四頭目。移動範囲が広く、その強さ故、過去の戦闘では人的被害がひどかった。魔物討伐部隊としても、最大限に警戒している魔物である。

「ヴォルフ、そのへんにしておけ。剣の手入れはもう十分だろう」

「ああ、ちょっと集中しようとしてただけ……」

友に声をかけられ、ヴォルフはようやくワイバーンへの怨念《おんねん》を押しとどめ、刃を鞘《さや》にしまった。

ダリヤのお披露目まであと数日。本音を言えば、今すぐ王都に戻りたい。

万が一、遠征が長引いて間に合わぬ場合を考え、遠征前に同じ隊のベルニージに頼んだ。『自分がお披露目に間に合わず、ダリヤが緊張しているようなら、勇気づけて頂けませんか？』と。

彼は自分のような若造の願いを、二つ返事で受けて、安心するようにこの肩を叩《たた》いてくれた。

ベルニージは、何も言わなくてもダリヤを気にかけてくれただろう。だが、それでもお願いしておきたかった。

舞踏会の主催者であるジルドに願う方法もあったのだが、言いづらいというか、言いたくない。

彼のダリヤに対する最初の態度のせいか、その後に彼女にいろいろと手回しが良すぎるせいか、どうにもいい印象がない。

お披露目でダリヤとファーストダンスを踊るのが彼というのも、ちょっとだけ引っかかるものを感じる。

商会の保証人としても、後ろ盾としても、侯爵家当主であるジルドが最適なのはわかってはいるので、口に出すつもりはないが。

なお、ベルニージを含め、魔導義足や魔導義手を本日のワイバーンで試したいと盛り上がっていた大先輩方——入隊希望の新人達でもあるが——は本日の遠征には来ていない。

グラート隊長が、まだ試験前だからと王城に置いてきたのだ。

戻ったら入隊の筆記試験をするそうで、一同、新しい魔物が追加された参考書を手に唸《うな》っていた。

ちょっとかわいそうだった。

「ヴォルフ、そういえば花はどうした？」

ドリノに声をかけられ、ヴォルフは頭を切り替える。

「大丈夫だと思う。今回は本を見て自分で選んだから。ブーゲンビリアの赤」

「……そうか」

ランドルフにもうなずかれたので、問題ないのだろう。

先日、ヴォルフはゾーラ家に贈る花で失敗した。

オズヴァルドの第三夫人であるエルメリンダとの鍛錬に夢中になり、怪《け》我《が》をさせてしまった。

そのお詫《わ》びで贈った花はネリネ。お見舞いのつもりが、その花言葉は『幸せな思い出・再会を楽しみにしています』と、まるで恋文のようだった。

幸いオズヴァルドから苦情はこなかったが、自分の無知さを反省した。

このため、ダリヤに持っていく花はよくよく考えた。

最初にランドルフに相談し、お披露目に避けた方がいい花——暗い色合いのもの、日持ちのしない花などを教わった後、貴族のマナー本を読んだ。

そこで女性のお披露目にお勧めとされる花をメモし、花屋で目についたブーゲンビリアを、ダリヤの髪を思わせる明るい赤で頼んだ。冬は花瓶の水替えも大変だろうと思い、花籠《はなかご》にしてもらった。

ブーゲンビリアの花言葉は、『あなたは魅力に満ちている』、本にはそう書かれていた。

ダリヤが緊張せず、自信をもってお披露目に向かえれば――そんな願いを込めて贈ったのだ。

受け取った彼女は驚きの表情を浮かべた後、とてもきれいに笑んでくれた。

「そろそろ時間かな？」

「そのようだ」

これから赤　鎧《スカーレットアーマー》の一人が谷の真ん中に下り、塊肉《かたまりにく》をくりつけた板を背負う。肉はワイバーンの好きな若い牛のものだ。血は別に準備しており、その臭《にお》いを上空に風魔法で拡散し、おびき寄せる。

そのまま谷を駆け上がる先には、疾風《しっぷう》の魔弓と大剛弓《だいごうきゅう》を持った弓騎士達と、黒い鎧を身につけ、灰　手《アッシュハンド》を持った魔物討伐部隊長が待っている。

隊員の自分が言っていいことではないが、なんともひどい罠《わな》である。

「じゃ、足の一番速い俺がワイバーン釣りに行くということで！」

「今日は俺が行くよ。ドリノの方が足は速いけど、この谷底は足元が悪いから、跳ねて逃げられる俺の方が向いてる」

手袋の下にある天狼《スコル》の腕輪を、指で軽く叩く。

ドリノは一度口元をきつく結んだが、すぐにほどき、勢いをつけてうなずいた。

「よっしゃ任せた！　じゃ、今日は俺の華々しい出番はなしだな」

「ドリノ、解体と後片付けの先陣をきる栄誉をもらうといい」

「ランドルフ、お前も一緒にな。ま、気をつけて行け、ヴォルフ。またお持ち帰りはされるなよ」

「武運を祈る」

「ああ。行ってきま……す……？」

友に答えかけた声を散らし、ヴォルフはそのまま動きを止める。

脳内できれいに再生されたのは、ダリヤの『行ってらっしゃい』の声。

「あれ、『行ってらっしゃい』って……？」

小さなつぶやきを拾い上げ、ドリノが怪訝《けげん》な顔をする。

「ん？　俺らに『行ってらっしゃい』って言ってほしいのか？　なんかの縁起《えんぎ》担《かつ》ぎか？」

「王都ではそういうものが流行《はや》っているのか。では――ヴォルフ、気をつけて、行ってらっしゃい」

「行ってらっしゃい、ヴォルフ先輩！　早く帰ってきてくださいね！」

「お前らは夫を送る新妻か！」

続く言葉に、ドリノがからかいを入れる。

仲間の笑い声を背に、ヴォルフは少しばかり角ばった動きで準備に向かった。


友の背を見送ると、ドリノは顔の向きを変えた。

「なあ、ランドルフ、ちょっと聞きたいんだけど……」

「なんだ、ドリノ？」

「俺もちょい前に、花街で赤いブーゲンビリアとかいうのを買ったんだけど。花売りは『あなたしか見えない』っていう意味だって言ってたぜ」

「本によっては色についての解説がないものもある。それに花言葉は一つではない。同じ花でも複数あるし、良い意味合いも悪い意味合いもあることが多い」

「うわ、まじかよ。せっかく気合い入れて贈ったのに、勘違いされたらやだなぁ」

紺色の髪をがじがじとかきながら、ドリノは眉を寄せた。

そんな彼に、緑の目の後輩が明るく声をかける。

「ドリノ先輩、花に手紙を付けた方が喜ばれますし、勘違いされませんよ」

「無理言うな。俺の作文試験はずっと赤の上を匍匐《ほふく》前進だったんだぞ」

「伝えたい花言葉と名前をカードに書いて、封筒に入れれば手紙になります。きれいなカードと封筒のセットを、前もって何組か準備しておくといいですよ。最近は香り付きのものもありますし、ラメ入りインクも多くあるので、贈る相手の好みや色に合わせるのもいいかと」

「そういうのって、どこで買うんだ？　俺、見かけたことがないんだけど」

「北区寄りの中央区にお勧めの文具店があります。二階の奥に、女性向けの手紙のセットとかカードがあって――」

丁寧に説明するカークに、次第に周囲の隊員達の視線が集まっていく。顔の向きはそのままに、耳だけを向けている者もいた。

「さすが、婚約者持ち！　言うことが違う……！」

「これに関しては、『カーク先輩』と呼ばせて頂きたい……」

「からかわないでくださいよ。ごく普通のことじゃないですか」

爽やかすぎる笑顔の後輩、その肩を、ドリノはがっちりとつかんだ。

「カーク、次の打ち上げでは、お前が『迷える男達』の講師な！」

緑の目を丸くしたカークだが、周囲の隊員達のうなずきで拒否権はなかった。


風の向きがわずかに変わった。

ヴォルフは短剣を懐《ふところ》にしまい直し、底に銀色の短い爪がある靴に履き替える。危うく靴紐《くつひも》を固結びにしかけ、慌てて直した。

目立つ赤鎧《スカーレットアーマー》を隠していた濃灰のマントを外すと、両手で頬《ほお》を強めに叩く。

これから背の肉でワイバーンを誘い出し、追われたら谷を駆け上がって逃げるだけの簡単なお仕事だ。

谷の途中には、カークを含め、疾風の魔弓を持った弓騎士と魔導師四ペア、そして、強化された大剛弓《だいごうきゅう》を構える弓騎士が六人、待機する。

その先にいるのは、隊の最高戦力、魔剣、灰手《アッシュハンド》持ちの隊長だ。

自分が知る限り、最も進んだ形の『ワイバーン狩り』である。

谷底は水に濡《ぬ》れて滑りやすく、砂も小石も多い。一度でも転べば、二度目のお持ち帰りコースになりかねない。

だが、ヴォルフに警戒心はあっても、それほどの恐怖はなかった。

以前とは違い、自分にはダリヤの作ってくれた天狼《スコル》の腕輪がある。フェイントをかけて跳べば、ワイバーンからでも逃げられる自信がある。

その上、万が一噛《か》まれてもいいようにと、赤鎧《スカーレットアーマー》達の兜《かぶと》と鎧には、空蝙蝠《スカイバット》の肉から抽出した液体が被膜にしてつけられている。

空蝙蝠《スカイバット》の肉はすさまじく苦いので、魔物が齧《かじ》りづらい、あるいは齧っても吐き出すことが多い。

試作の革を試しに一度だけ噛んだドリノは、二日間味覚がおかしいと言い続けていた。

だが、この画期的な被膜を作ったのも、鎧につける作業をしたのも、ダリヤではない。王城魔導具制作部の部員達である。

今まで魔物討伐部隊と王城魔導具制作部には、一定の距離があった。

武器や防具に関しては武具関係者に依頼し、その担当者が王城魔導具師に頼むか、他に頼むかを判断していた。

できあがってきたものを試すにも、武具の担当者を仲介とし、何をどうしてほしいかを書面にして渡すことが多かった。

それぞれの区分、予算、立場、責任範囲、力関係などの兼ね合いがあったからだ。

よく言えばそれぞれが独立した——悪く言えば距離は遠く時間がかかり、融通も利かない、そんな状態だった。

それを魔導具制作部副部長のカルミネが、『よりよい物を作るため、今後は各部で詳しい者を担当とし、全員横並びで話し、試作をしていきたい』と提案したという。

魔物討伐部隊長と王城魔導具制作部長は、即座に同意。武具関係者が渋るかと思ったが、『案件担当者に総合的な進行役を、もちろん別途手当付きで』——その追加説明であっさりまとまった。

財務部長のジルドまでが噛んでいるのは、誰の目にもあきらかだった。

もっとも、魔物討伐部隊としてはありがたいばかりなので、一切の不満はなかったが。

そうしてできあがった苦みのある鎧に、ミスリルの爪をつけられた軍靴。左手には天狼《スコル》の腕輪、右手には魔導具制作部から借りた、痛みを一時的に麻痺《まひ》させる腕輪——と、ヴォルフの装備も過去最強である。

軽量化をかけられた背の板は軽いが、漂う肉の生臭さだけが残念だ。

本来であれば、出てくるワイバーンを自分がざく切りにしたいところだが——残念ながらその力はない。ダリヤがいずれそんな魔剣を作ってくれると思うので、あせってはいないが。

今は一刻も早くワイバーンを釣り上げ、皆に仕留めてもらい、王都に戻りたい。

彼女のお披露目の前には、絶対に帰りたいのだ。

記念すべきファーストダンスの相手は自分ではないが、せめて緊張する彼女を緑の塔へ迎えに行き、二番目のダンスを踊りたい、そう強く願う。

「早く帰って、『ただいま』と言えたらいいんだけど——」

谷へ駆け下りて行く彼の、小さなつぶやきを聞く者はない。

その背の空遠く、緑の影が近づいてきていた。

浅い谷底には川とも呼べぬわずかな水流があり、大小の岩が点在している。

雨が多くならないかぎり水位は上がらないのだろう。丈の短い草が風にそよいでいた。

ヴォルフは岩を足場に、大きく跳ねるよう、ゆっくり谷を登る。空にいるワイバーンに、できるかぎり気づいてもらうためだ。

谷底はそれほど広くない。大きく曲がっているので先の目視はできないが、この先の山側の切れ間に、弓騎士、そしてグラート隊長が待機しているはずだ。

できるかぎりその近くまで引きつけるのが、自分の役目である。

少し進むと、周囲の血の臭いが一気に濃くなった。風魔法を使える魔導師達が、空に向けて臭いを拡散させているのだろう。

他の魔物までも呼びそうなその濃さの中、次の少し遠い足場めがけて跳ねた。岩の上、滑りかかった足元を、ミスリルの足爪がガチリと止める。

不意に、鳥の声に似た笛の音が響いた。遠見《とおみ》のできる魔法を持つ者が、ワイバーンを空に確認した合図だ。

ヴォルフは振り返らず、緊張を散らす息を吐いて、登る速度をさらに落とす。背負う塊肉が、ちょっとだけ重く感じられた。

予測よりだいぶ早いお出ましだが、むしろありがたい。うまくいけば、ダリヤの元へ早く帰れる。

ワイバーンには、なんとかここで自分を餌とまちがえてもらい、ついてきてもらいたいものだ――そう願ったとき、鳥の声に似た笛の音が、一段高く二度響いた。

あれはヴォルフへの注意音、どうやら、自分はワイバーンに餌として捕捉されたらしい。

そして、血の臭いはやはり他の魔物か動物を呼んだようだ。ギャッギャッという叫びが、あたりにこだまする。そちらは他の隊員達が対応してくれるだろう。

少し笛の音は聞き取りづらくなったが、もう関係なさそうだ。

ヴォルフの横、谷底に大きな影がくっきりと映った。

「そういえば、ワイバーンもクラーケンも、丸ごと使えるんだっけ」

ふと、以前、ダリヤと話したことを思い出す。素材によし、食べてよし、薬によし。ワイバーンもクラーケンも、その体で捨てるところはほとんどないのだという。

王城の魔導具制作部がワイバーンを丸ごと希望しているが、ダリヤにもぜひ、希望の部位を手にしてもらいたい。

彼女なら、案外ワイバーンもおいしく料理してくれるかもしれない、そう思ったら、こんなときなのに口角が上がってしまった。

自分はこの春、ワイバーンに連れ去られ、餌になりかかった。なのに冬の今、餌として追われているのに、餌にすることを考えている。まったく、とんでもない変わりようだ。

ダリヤと会って、本当に、なにもかもが大きく変わって——

上空、風の音がざらりと重くなる。

背中から降りかかる強い殺気に、ヴォルフは身体強化を一気に引き上げた。

「釣れた……！」

足元の影が急激に大きくなる間合いを計り、天狼《スコル》の腕輪に体内魔力を限界まで流す。

まるで風に乗るかのごとき感覚に身を預け、人とは思えぬ速度で岩々を駆け抜ける。

あとは囮《おとり》として、ただただ走るだけ。少しでも弓騎士、そして隊長の近くへ——

魔物討伐部隊員対ワイバーン、命懸けの鬼ごっこが始まった。

「グラート隊長、よくお似合いです」

「着心地は悪くないぞ。兜を下げると少々視界が悪いが」

グラートは谷の隙間から、雲の点在する空を眺める。

身につけているのは、ブラックワイバーンの革で作られた、兜、全身鎧、戦闘靴、手袋の一式。王城魔導具制作部渾身《こんしん》の装備である。

しかし、ワイバーンを少々不格好に小型化したようなこれは、鎧と呼んでいいものなのか。

頭から背中にかけては背びれのようなものが生やされ、小さいながら羽までついている。おまけに鞭《むち》になりそうな尻尾まである。

『できるかぎりワイバーンに近づけてみました！』と、担当魔導具師には満面の笑みで説明された。グラートには新種の魔物に見えて仕方がなかったが。

多忙と理由をつけて着るのをためらっていたところ、ベルニージに『若ければ儂《わし》が着たかった』と、うらやましげに告げられた。

続いて、ジルドには、『開発予算分は活かせ』といい笑顔で言われた。

覚悟を決めて着てみたが、鏡を見て、鎧と呼んでいいのかさらに疑問がわいた。

だが、着心地は悪くない——というか、納得いかないのだが、ひどくいい。

まず大変に軽い。その上、革の強度差と丁寧な造りのおかげだろう、部位によっての動きがぴたりと合う。普段身につけている鎧より格段に動きやすかった。

それでいて、防御力は高い。魔法防御力は普段の鎧の三倍以上。裏にはイエロースライムによるクッション材を貼り、衝撃も刃も牙も通しづらい。

さらに、攻撃力も上がっている。手袋と戦闘靴はワイバーンの爪を使って魔法を付与したそうで、一定の腕力がある者は岩が砕けた。

身体強化魔法を強くかけられる者なら、魔物相手に素手で殴る蹴るができそうである。

これほど高性能であれば、できることなら隊員全員に欲しい装備だ。

全員で着て並んだところを想像すると――少しばかりどうかとも思うが。

ちなみに、試着した鎧の調整は簡単だったが、その命名で思いのほか時間がかかった。

最初は、『黒の鎧』『ワイバーン鎧』というわかりやすいものから始まった。

だが、それでは浪漫《ろまん》がないとひねりを入れようとした者達が、『漆黒の罠』だの『竜に死を告げる者』だの、訳のわからない名を提案してきた。

『その名だと鎧かどうかわかりづらい』と答えたところ、神殿から来ていた神官のエラルドが、『漆黒をまといし鎧《コラッツァートルチエンテ》』と強く提案してきた。一部の者が目をきらきらさせていたが、全力で却下した。

まとまりがつかず、『これが一作目で、まだまだ改良します！』という担当魔導具師にかこつけ、『黒の一号』にした。だいぶ不満が出たが、隊長権限で押しきった。

そして、『黒の一号』を身につけた自分が、魔剣片手に待ち構えているのが今である。

「――来たか」

上空の濃緑の影がみるみる大きくなり、ワイバーンだとはっきり目視できた。

笛の連続音が二度響く。谷の両壁で構える弓騎士達、その準備も済んだらしい。

谷底では、勢いよく駆け上がってくるヴォルフが見えてきた。勾配のある川底、滑るはずの岩をこともなげに足場とし、ワイバーンに合わせ、速度を調節しながら駆けてくる。

グラートは噛みしめていた奥歯を少しだけゆるめた。

ここまで来れば、万が一、彼が転倒しても、弓騎士による援護が可能だ。

ヴォルフの一《ひと》駆《が》けで釣れるとは、我々にはとても運がよく――あの緑のワイバーンには、ひどく運がない。

グラートは左手に持つ剣の柄《つか》に指をかける。

魔剣灰手《アッシュハンド》は出番が待ちきれぬというように、リリッと、小さく魔力を揺らした。


人間対ワイバーン――本来であれば絶望的な鬼ごっこは、一方の最高潮のいらつきと共に続いていた。

クオゥ！　と怒りをこめて鳴いたのは緑のワイバーン。

目の前、捕まりそうで捕まらずに走るのは、背中の肉をむき出しにした獲物である。

初めて見る獲物で、すぐに餌にできると思えたが、かぎ爪がぎりぎり届かない。

浅いとはいえ谷底、一度降りれば再度飛ぶために翼を広げる場が必要で、時間もかかる。だから、捕まえきれぬ獲物の深追いは危険である――若いワイバーンは群れをはぐれたため、そういったことの学びが足りなかった。

爪が獲物の背の肉をかすり、血肉がわずかにはねる。その甘い匂いに、ワイバーンは誘われた。

あと少し、もう少し。翼をたたみ気味に空を滑り降り、最高速で獲物に爪を立て――その塊肉だけが、ずるりと落ちた。

「キュア!?」

理解不能のことに動きを止め、危険を感じて空へ戻ろうとする。

だがそのとき、緑のワイバーンは見た。谷の大岩にいつの間にかいた、とても小さなワイバーン。

色は黒、見慣れぬ姿ではあるが、まちがいなく同種の匂いだ。

ワイバーンは同種でも上下関係が厳しい。雄雌関係なく、会えば一度は序列闘争をする習性がある。

ただし、例外は恋の相手――これほど儚《はかな》げで美しい同種を見たのは初めてだ。

黒く細めの身体は、餌が足りぬからだろうか。ちょっと下げた頭は、もしや弱っているのだろうか。背の翼は小さすぎて、飛ぶのも心配になりそうだ。

それなのに、その皮はひどく艶《つや》やかで、とても澄んだ熱い魔力をまとっていた。

威嚇するか、それとも近寄るか――迷いに心を大きく揺らすと、左右から細い突風が吹いた。

「ギャン!」

喉から叫びをあげ、翼と腹に刺さる熱さに驚く。

ようやく周囲を確認し、小さな生き物が群れを成しているのに気がついた。

あれは自分に餌をくれたこともある生き物。そして、自分を追い立てる生き物――ワイバーンは、この『ニンゲン』というものの理解ができなかった。

小さく弱い生き物なのに、前にいた群れの年嵩《としかさ》は絶対に戦うなと言う。それを今になって思い出した。

飛んでくる痛い風を咄嗟《とっさ》に防御すると、自慢の翼が半分、斜めに落ちる。

風の吹いてきた方へ魔力を込めて吠《ほ》えると、崖の上からいくつかの影が落ちた。

地面に転がる矮小《わいしょう》な者達、それを足でつぶそうと進むと、赤い体躯《たいく》で平たいものを持つ、ただ一匹が前へ出た。

お前は動けるのだから、逃げればよかろうに——そう思ったとき、ぞくりとする殺気が刺さる。

小さき者の赤茶の目は燃えるように輝き、身体に合わぬ咆吼《ほうこう》をあげて向かってきた。

負けぬはずの小さき相手、駆けてくる足も速くはない。それなのに、恐ろしい。

小さき者の背後、そして周囲への警戒も忘れ、ワイバーンはその小さき者を鉤爪《かぎづめ》で弾《はじ》き、岩壁へ二度叩きつけた。

その間にも、自分の背や尾には次々と痛いものが刺さる。

いつのまにか、皮と肉は深く切れ、地面に赤いものがこぼれていた。

この翼では、この身体では、空へ帰ることはもうできぬ。けれど、動きを止めるつもりはなかった。

小さき者に怯《おび》え負けるなど、あってはならぬこと。

せめて、目の前の美しき黒のワイバーンに、最期の序列戦を——

緑のワイバーンはそちらに向き直ると、傷だらけの身体を無視して進み始めた。

「全員無事だな」

グラートは、はやる気持ちを抑え、大岩の上に立っていた。

ワイバーンの風魔法で崖から叩き落とされた隊員、そして、彼らをかばって前に出、岩壁に叩きつけられたランドルフにあせったが、銀襟の神官が手を上げたのに安堵《あんど》する。

あれは『全員治療可能、命に別状はない』の合図だ。

そして、すでに緑のワイバーンは、ランドルフや谷底の隊員達に興味を失っている。

見つめているのは、この自分だ。

龍種は誇り高く、最期まで戦うことが多い。人間達を率いるのが自分だと判断したか、それともこのワイバーンの鎧を同種だと思い、序列闘争を望んでいるのかはわからない。

だが、片翼を失い、多数の弓に射られて、なお立ち止まることなく闘志を燃やすワイバーン、その深緑の目はとても美しかった。

できることならば、このような罠にかけることなく、一対一、剣一本で戦いたかった。それが傲《ごう》慢《まん》な夢にすぎぬのは、よくわかっているが。

ワイバーンの目をまっすぐ見つめ、グラートは口の中だけでつぶやく。

「すまぬ……」

その想《おも》いは通じたか、ワイバーンはクワン！　と最後の咆吼《ほうこう》をあげ、剃刀《かみそり》のごとき風を走らせた。

グラートは、それを避《よ》けない。魔法防御に優れた黒の鎧はそれを受けてなお傷一つつかず——ただ、己の右目の下が、皮一枚切れた。

わずかに滲《にじ》む赤、それが合図のように駆け出す姿は、まるで黒き魔物。

背にある飛べぬ羽は揺れ、血の通わぬ尾が跳ねる。

遠目で見る者達がそれを目で追う中、ぶわりと大きな魔力が揺れる。

ワイバーンの首と交差する黒い影、二つの咆吼《ほうこう》が重なり——赤光《しゃっこう》が一閃《いっせん》、宙を裂いた。

「灰手《アッシュハンド》！」

主《あるじ》に呼ばれた魔剣は、リリリッ！　と高く鳴き応えた。

「クァア……」

ワイバーンの鳴き声は、あがりきれずに途絶える。

どさりと崩れ落ちる身体、その首に深く刺さる魔剣から、真白い煙がたなびき始めた。

「手空《てす》きの者は解体を！　血の臭いで他の魔物や獣が来るかもしれん、警戒を怠るな！」

魔剣を引き抜いてワイバーンから下りると、グラートは声高く告げる。

重なり合う多くの歓声と共に、応！　と隊員達の声が返ってきた。

「隊長、頬が切れておられますので、今、ポーションを」

「必要ない。薄皮一枚だ」

グラートは壮年の騎士の申し出を断った。

そう血も出ていない。数日で痕《あと》すらも残さず治るだろう。

汗で少し蒸れる兜を外すと、ワイバーンに振り返る。早くも解体は始まっており、矢を抜こうと苦労している者、部位を切るもの、肉を樽《たる》に入れる者と様々だ。

谷底を見ると、ランドルフが神官から治療を受けていた。その背の出血が気になったが、すでに立てるほどには回復している。

仲間に笑われながら蜂蜜の小瓶の蓋《ふた》を開けているあたり、そう心配する必要はなさそうだ。

王都に戻ったら、今回の報償として王家御用達の一級蜂蜜を差し入れることにする。

少し離れた場所では、ヴォルフがタオルで汗を拭《ぬぐ》っていた。無理な動きを重ねたせいで、汗がひかないのだろう。まだ顔は赤く、その身から湯気が出そうである。

「ヴォルフ、ご苦労だった」

「隊長、すごかったです！　俺もいつかその鎧が着たいです！」

「……そうか」

命懸けで囮《おとり》役を務めた部下をねぎらうはずが、まぶしいほどに目を輝かせた笑顔で返された。

魔剣好きの部下は、この鎧、黒の一号も気に入ったらしい。

「そういえば、ベルニージ様達もそちらを着たがっておられましたね」

「隊員の中にも着てみたいと言っている者は多いです。格好いいですから！」

「神官の方にも、防御服として申請が通らないかとご相談頂きました。厳しいでしょうとお答えはしたのですが……」

壮年の騎士の苦笑に納得する。

その神官は『漆黒をまといし鎧《コラッツァアートルチェンテ》』と名付けようとした者に違いない。己の防御服として手にしたならば、さぞ大層な名前をつけることだろう。

振り返ると、解体されたワイバーンの片翼と尾が運ばれていくところだった。

若いワイバーンとはいえ、あの大きさだ。新しい鎧を作るのには十分間に合うだろう。

問題は、誰が着るかだけである。

「『緑の一号』は、争奪戦になりそうだな」

グラートは少し遠い目でつぶやいた。

魔物討伐部隊員の選択

「これで近くに住む方々には、安心して頂けますね」

「そうだな。ワイバーンが相手では、牛も人も持っていかれるからな」

副隊長のグリゼルダの言葉に、グラートが額の汗を拭《ぬぐ》ってうなずいた。

オルディネ王国には魔物も獣も当たり前にいる。村人とはいえ手をこまねいてはいない。

猟師となって魔物を狩る者、魔物向けの罠《わな》を作る者、毒餌を作る者と様々だ。

しかし、相手がワイバーンではどれも難しい。

腕のいい冒険者パーティか、魔物討伐部隊一丸となってかからなければならない魔物——のはずだったのだが、今回は大怪我《おおけが》をした者は一名、すでに回復済み、他に被害はない。

隊員達も交替で一息入れているところだ。ヴォルフも疲れの残る足を屈伸運動でほどいていた。

ワイバーンの解体は、隊員達が和気あいあいと手際よく進めた。

今は凍らせて防水布に包み、馬車の積載量限界を試している状態である。積み荷のワイバーンを嫌う馬達の機嫌を、リンゴと梨でとりながらだが。

「この時間なら王城の予算会議に間に合うな……追加予算取りをしてくる。街道の街と村の確認があるので、隊を二つに分け、半数を先に戻らせよう」

そう告げるグラートは、すでにいつもの鎧《よろい》姿だ。新開発の鎧『黒の一号』を、愛馬がとても嫌がるためである。

黒の一号はワイバーン製。囮《おとり》になることも考慮し、王城のワイバーン達の臭《にお》いをたっぷり付けてきたのだ。馬に嫌われるのも当然だろう。

「ヴォルフ、お前も前隊に来るといい。ロセッティのお披露目準備があるだろう」

「ありがとうございます、隊長。ですが、ランドルフを休ませたいので、殿《しんがり》は俺とドリノが務めます」

ランドルフの怪我は、すでに神官が治療し終えている。だが、流した血の分までは回復できない。本人は平気だと言うが、まだ足元が危ういので、神官と一緒の馬車で移動させたい。貧血での落馬や急な容態悪化もありえるからだ。

そうなると、最後尾の守りは赤鎧《スカーレットアーマー》であるヴォルフとドリノの役目である。

どのみち、王都には半日の違いだ。ダリヤのお披露目には十分間に合う。

「なんなら俺が殿《しんがり》を代わるぞ。これでも昔は赤鎧《スカーレットアーマー》だからな」

声をかけてきたのは、青灰の髪をした先輩騎士である。

「アストルガ先輩はだめです！」

「ニコラは早く戻って結婚式の準備だろう！　冬祭りまで日がないぞ」

ヴォルフと中年の騎士が同時に声を高くする。他の者もうなずいたり、相槌《あいづち》を打ったりと同意していた。

だが、この冬祭りに結婚式の決まっている男――ニコラ・アストルガは照れも笑みもせず、斜めに視線を泳がせる。

「いや、男の俺のやることなどそうない。むしろ、両家の母が準備に本気になっていて、屋敷にいづらい。女性の服でどれが似合うかと聞かれてもわからぬし、同じ色のドレスなど見分けがつかん……」

「アストルガ先輩、それ、俺も同じかも……」

「女って、似ていてもちょっと違うっていうものを持ってくるよな」

「大体、懸命に考えて勧めても、そっちを選ぶことは少なかったりする……」

ニコラの微妙な声に、隊員達がさらに重ねる。

「お前達、それを女性の前で口にしたら、いろいろと終わると思え」

きっぱり言い切ったグラートに続き、碧《あお》の目を細めたグリゼルダが続ける。

「好みは多様ですから、自分が勧めたものを手に取られなくても気にしないことです。二着で迷っているようなら、『どちらも似合っていて選べない、一着は自分に贈らせてくれ』と願えばいいのです。お相手の母君が喜びますよ」

「さすが、グリゼルダ副隊長、理想的解決策！」

「財布が重くないとできないがな……」

「その前に相手がいるだけいいという話になるわけでな……」

数人が苦笑し、数人がひどく遠くを見ている。

理想的な解決策がわかっても、実行は難しいようだ。

「ニコラ、品物がよく、肌の露出の少ないものを勧めると、向こうの父君が安心するぞ」

「さすが、アルフィオ先輩、娘四人持ちのお言葉……」

褒めているのか苦笑いなのか、判断しがたい表情《かお》でドリノがつぶやく。

しかし、ニコラはうなずくと、その碧い目でアルフィオを見つめた。

「なるほど、そんな選択が……アルフィオ先輩、あちらの父君から礼装の三つ揃《ぞろ》えや外出着を仕立てさせてくれと言われているのだが、めったに着ないのでもったいなく——どのようにお断りをすればいいだろうか？」

「『親心知らず』だな、それは断ってはならん」

断り方を相談した騎士に、アルフィオは厳しい声を返す。

「娘の横に立つ男、息子になる男だぞ。己の財布を軽くしてでも、いいものを身につけさせたいに決まっているだろうが。素直に受け取って礼を言え。そして相手を泣かせないこと、家族として幸せになることを考えろ」

「は、はい！」

ニコラは背筋を正してうなずいた。

既婚騎士は少しばかり微笑《ほほえ》ましげに、ヴォルフを含める独身騎士一同は、きつく口を閉じて見守った。

全員を見渡すように視線を動かしたグラートが、口角を吊《つ》り上げる。

「さて、いい学びも得たところで、休憩は終わりだ。出発の準備をせよ。王城の魔導具師達と、魔物討伐部隊《うち》の魔導具師殿がワイバーンをお待ちだ」

今回の遠征に参加した魔物討伐部隊、その半数がグラートと共に先んじて出発して半日。

積めるだけのワイバーンを積んだ馬車と共に、後続組も帰路につくこととなった。

山沿いには野営に適した場所は少ない。街道を進み、途中の草原まで来るとすでに夕刻だった。

今日は早めの野営とし、明日早朝から王都に戻る予定である。

ここからなら、明日の夕方か夜には王都に余裕で戻れるだろう。

「夜間は三交替で馬と馬車の見張りです。もっとも、ワイバーンの臭いがするのでそうそう来ないとは思いますが。最初の見張り役は先に食事をとるように」

グリゼルダの声に従い、食事をする者、馬車から馬を外して世話をする者、テントを張る者など、それぞれに分かれて行動する。

ワイバーン討伐ということで、往路《おうろ》はかなり緊張していた者が多かったが、今は一様にほっとした表情《かお》になっていた。自分もきっとそうだろう。

ヴォルフ達は平らな場に防水布を敷き、ようやく腰を下ろす。そして、遠征用コンロで魚の干物を焼き、湯を沸かして熱いスープを作った。

身にしみるその味わいを堪能しつつ、友に声をかける。

「ランドルフ、今日の見張りからは外れて、休んでほしい」

「大丈夫だ、ヴォルフ。もうなんともない」

呆気《あっけ》なく答える彼は、カップに息を吹きかける。白い湯気を立てるのは蜂蜜入りホットワインだ。どこまでも甘さで体力回復を図るつもりらしい。

「なんともなくはねえだろ、あれだけ岩を真っ赤にしておいて」

「ドリノ、心配のしすぎだ。滋養強壮《じょうきょうそう》にいい蜂蜜をとっているから平気だ」

「蜂蜜はすぐ血にはならねえよ！」

ランドルフがいつもの調子で答えると、ドリノが声高く言い返す。

それでも、微笑む友の顔色はいつもより白く、先ほどまでの歩幅も少しばかり狭かった。

どう言ったらランドルフへきちんと伝わるものか――そう考えていたとき、副隊長のグリゼルダが歩み寄ってきた。

「ランドルフ、仲間の意見は聞くものです。他の隊員が今日のあなたと同じぐらいの怪我をして、それでも『夜の見張りをしろ』と言えるならやりなさい。そうでなければ、今日は食事をとって休みなさい」

「……申し訳ありませんでした、副隊長。休みます」

穏やかな声の注意に、ランドルフが頭を下げる。

ヴォルフはようやくほっとした。

食事を終えると、防具と剣を確認した後、見張りに向かう。

だが、ワイバーンの素材を乗せた馬車の周りには、獣の気配すらなかった。この臭いだけで遠ざかろうとするからだろう。響くのは虫の声だけだ。

見張りでは眠気に襲われぬよう、一定時間で場所を変わり、隣の者と少し話す。

そうして夜、何事もなく交替の時間がやってきた。

今日はけっこうな距離を全力疾走したので、さすがに疲れがある。今夜はぐっすり眠れそうだ。

「ん？」

馬と共に、耳のいい何人かが、街道方向に顔を向けた。

悲鳴にも聞こえる馬のいななき――よほど急ぎか、それとも何かから逃げているのか。

ドリノと視線を交わすと、魔導ランタンを持ち、街道へ走る。

「うわ、大丈夫か!?」

泡を吹いた馬が、ばたりと道の上に崩れた。

投げ出されるように前のめりに落ちた男は、そのまま自分達へ向かって這《は》いずってくる。

その姿は農作業に向いた上着にズボン姿だ。この季節、しかも夜の乗馬だというのに、厚い上掛けもマントもない。そして、荷物もなかった。

「騎士、様……助け……くださ……」

「神官を呼んでくる！」

呼ばれて走ってきた神官が、慌ただしく男と馬に治癒魔法をかける。その後、隊員達が水を飲ませた。

息を途切れさせながら男は、街道沿いから山際に少し入った村が、赤熊《レッドベア》が二匹に襲われていると告げてきた。

運悪く、村、そして隣村の猟師達の多くが猟に出ていた。ワイバーンが出てから猟に出られず、家で待機していたため、討伐の報が届いてすぐ猟に出たのだと言う。

今は山羊《やぎ》や馬などの家畜が襲われている。戦える者は屋根の上から弓を射たり鍬《くわ》を投げて攻撃し、戦えぬ者は丈夫な家の床下に隠れた。しかし、限られた武器で仕留められるとは思えない。

村長の息子であるこの男は、熊の間をぬって助けを呼びに出た。

そうして、街道の街を目指し、馬を無理に走らせていたところ、魔物討伐部隊と出あう形になった。

本来、この時期に熊系の魔物は山から下りてこないはずだ。

急な縄張り争いに敗れたか、それともより強い魔物が現れて逃げていたか——視界の隅に入るのは、馬車に満載のワイバーン素材。時期的にもぴったり合う。

「すぐ村まで行き、赤熊《レッドベア》を討伐しましょう」

話を聞いたグリゼルダが即決した。

隊員達の半数が即座に移動準備を始める。全員が一度に移動しないのは、馬車の方向転換や野営地の撤収のためだ。

疲れてまだ動きの遅い馬もいる。餌と休養を与えないと、村人の乗ってきた馬のように倒れかねない。無理をさせるのは元気な順に半数、その後に交替させる形である。

ヴォルフが戦闘靴の紐《ひも》を結び直していると、グリゼルダが隣にやってきた。

「ヴォルフレード、戦力的には間に合います。馬を一頭預けますから、あなたは王都に戻りなさい」

「——いえ、俺も行きます」

かっこ悪くも、一拍迷った。

本音を言うならば、このまま王都に戻りたい。

お披露目で緊張しているであろうダリヤを、その隣で励ましたい。

だが、彼女は言ってくれた。『魔物討伐は、人の命を守る大事なお仕事ですから』と。

前は、魔物を倒すことが魔物討伐部隊の仕事だと思っていた。

けれど、自分のこの手で守れた命があった、そして、これからもある――それに気がつけば、このまま一人王都へ帰ることはできない。

確かに、この隊員数であれば討伐に問題はないだろう。

だが、赤鎧《スカーレットアーマー》である自分がいなければ、時間がほんの少し長引く可能性はある。

その間に、誰かが死ぬかもしれない。ひどい怪我を負うかもしれない。

それは、自分が失った母のように、ダリヤが亡くした父のように、きっと――誰かの家族で、誰かの大切な人。

ならば、自分は魔物討伐部隊員として、それを防ぐのが仕事だ。

「この時間で赤熊《レッドベア》を討伐するのであれば、夜目の利く先駆けがいた方が確実です。自分が参ります」

力も強く、動きも速い赤熊《レッドベア》だ。先駆けで派手に気を引いて、あとは隊員で一斉攻撃をかけるのが一番安全なはずだ。

赤熊《レッドベア》二匹の連携を食らわぬよう、できるかぎり被害少なく仕留めたい。

「わかりました。では、準備に向かってください」

「はい！」

ヴォルフは馬達のいる場に向かって歩き出す。

予備の短剣を懐《ふところ》に確かめると、一度だけ強く握りしめる。

声に出さずにつぶやいた名は、己の耳にすら届くことはなく――歩みは駆け足へと切り換わった。

副隊長は部下の高い背を見送り、静かに笑みを浮かべる。

「本当に、一人前の魔物討伐部隊員になりましたね、『ヴォルフ』」


先に行く隊員達の準備が整うのは早かった。

残る半分の隊員に片付けを任せ、武器と防具の確認をする。

「ランドルフ、まだ本調子ではないかと思いますが、馬車の守りを頼みます。もしかすると、他の赤熊《レッドベア》や熊が下りてきているかもしれません」

「わかりました、副隊長。ご武運をお祈り致します」

グリゼルダの声に、ランドルフはいつものように答えたが、その後に唇を噛《か》みしめていた。

赤鎧《スカーレットアーマー》の己が安全な場所にいることに、思うことがあるのだろう。

ワイバーンを馬車に積んでいる以上、その臭いで獣も魔物も逃げる。ある意味、馬車の周囲は一番安全な場所だからだ。

「んじゃ、ちょっと行ってきまーす！」

短剣四本を腰のベルトに入れたドリノが、友の肩を勢いよく叩《たた》く。

「ランドルフ、戻ったら蜂蜜少し分けてくれよ。黒パンに塗って赤ワインと食べるとおいしいって、ファビオラちゃんが言ってた！」

「わかった、戻ったら分けよう。それと王城に帰ったら家から送られた小瓶を一つ渡す。次に行くとき、お前の彼女へ持っていくといい」

「うわ、お前の貴重品をくれるのか。んじゃ、赤の熊さん、さっさと倒してくる！」

底抜けに明るい声のドリノに、周囲から笑いがこぼれる。

だが、そのまま歩み進むにつれ、表情《かお》は引き締まり、それぞれ馬に跨《また》がった。

そうして、魔物討伐部隊は、残る者、村に移動する者とに分かれる。

グリゼルダが村人と一緒に八本脚馬《スレイプニル》に乗り、先頭を駆ける。その横にはヴォルフ、後ろにはドリノ、そして精鋭達が続く。

選りすぐりの馬とはいえ、夜半少し過ぎ。照度を上げた魔導ランタンで照らしても、道は暗く先は見えない。

より早くと気は急《せ》くが、全隊の進みもある。村までの距離が、より遠く感じられてならない。

そうして、ようやく馬を止めたのは、街道から山間《やまあい》に入る道だった。

「村は、この道を入って、少しのところです……」

助けを求めた村人が、きつく拳《こぶし》を握りしめて説明する。

家族を含め、村の者達の安否が気にかかり、駆け出したい想《おも》いだろう。

だが、赤熊《レッドベア》相手では、魔物討伐部隊といえど、準備と作戦なしでの戦いはできない。

馬を止め、装備を点検する。熊の攻撃力を考え、近接戦の可能性がある者は兜《かぶと》をつけた。

だが、直接対峙《たいじ》の可能性があっても、赤鎧《スカーレットアーマー》達と副隊長のグリゼルダは兜をつけない。視界を優先させるためである。

「人員は二班に分けます。それぞれ赤熊《レッドベア》へ、赤鎧《スカーレットアーマー》が先駆けで熊を釣り、弓騎士と魔導師で中距離攻撃を、その後に第一陣の騎士が進みます。赤熊《レッドベア》と距離がとれなくなった場合は各自の判断で近接戦を。どちらかの班が済み次第、援護に回ってください」

声を低めに説明するが、隊員全員がきっちりうなずいた。

ここからはいかに赤熊《レッドベア》を短時間で仕留めるか、それだけだ。

「どうか、どうか、村の者達をお願いします――」

村人は深く頭を下げたまま、両手を白くなるほどに組んでいる。

山沿いの空が白み始めていた。


村の二階建ての集会所、必死に弓を構える者達に、村長の息子が魔導ランタンを大きく振り、その顔を見せる。

その後、鎧姿の騎士が横に立ち、助けが来たことを知らせた。赤熊《レッドベア》とまちがえて、魔物討伐部隊員達を射られては困るためだ。

「左、近いな。俺が行ってくる」

「じゃあ、俺は右で」

ドリノとヴォルフは別の班、左右に分かれた。

先に赤熊《レッドベア》へ向かったのは、ドリノ達一班だった。

村人の視線が向く先、あるのは大きな鶏小屋。山から下りてきた赤熊《レッドベア》にしてみれば、餌の宝庫である。けたたましい鶏の鳴き声がそれを伝えていた。

「うおりゃ、出てきやがれ！」

ドリノが一人で踏み込み、赤熊《レッドベア》の背中へ向けて短剣を投げた。

くわえていた鶏のせいか、グオゥとくぐもった咆吼《ほうこう》が響き、熊がようやくこちらを向く。

ドリノが外に出ると、怒れる熊もそのままついてきた。

卵と血で全身どろどろになった上、鶏の茶色い羽根が身体中についている。

「うわ、絶対くっつかれたくねぇ！」

大変素直な感想が叫ばれた。

「足止めします！」

「土捕縛《ストーンバインド》！」

弓騎士達が赤熊《レッドベア》の足を剛弓《ごうきゅう》で射る。それに続き、魔導師二人が土魔法で足を捕縛した。

「出番だ、ミロ先輩！　カーク！」

近くの家の屋根に上がっていた弓騎士が、疾風《しっぷう》の魔弓を射る。

その隣、若い騎士が無手でありながら、その矢の軌道を補助した。

ギュン、と弓が鳴いた次の瞬間、ドリノの目の前、赤熊《レッドベア》の首と右腕がごろりと落ちる。

「はあ!?」

「おぁっ!?」

弓を構えていた村人達から、ひどく疑問を込めた声があがった。

無理もない。疾風の魔弓――魔法を付与した強力な弓と矢。同時に撃たれた二本の矢はミスリル線でつながれている。矢の軌道を風魔法で調整し、見えぬ刃《やいば》の如く赤熊《レッドベア》を倒したのだ。

仕組みを知らなければ理解できないだろう。

「ああ、首だけ落とすつもりだったのに……！」

「惜しかったな、カーク。次で挽回しよう！」

無手の騎士と弓騎士が話しつつ、屋根から降りてくる。

村人達の歓声は、その後にようやくあがった。

地面の赤熊《レッドベア》の目は、何も理解できていない丸さだった。


一方のヴォルフ達二班は、村の奥へ走っていた。

その先では、鍬《くわ》と鋤《すき》を持った村人数人が、倉庫らしい建物に入ろうとしているところだった。

「我々が行きます、下がってください！」

ヴォルフがそう叫ぶと、男達は必死の形相で叫びを返した。

「騎士様、ここの熊は手負いだ！」

「俺達にも行かせてくれ、女子供がそこの地下蔵にいるんだ！」

男達の叫ぶような話をまとめると、矢に片目を射られて恐慌状態になっている赤熊《レッドベア》が、倉庫の厚い戸をぶち破り、中に踏み入った。地下室には女性や子供達が隠れているという。

おそらく熊は、そこにいる人間の気配に気づいたのだろう。

地下蔵の木の扉は括《くく》りつけられたロープで上に引き上げて開ける形だ。赤熊《レッドベア》に力任せに開けられないとも限らない。

「俺達は魔物討伐部隊です。任せてください！」

その声に、男達は祈るように頭を下げ、距離をとってくれた。

「行きます！」

ヴォルフは、一人、倉庫に飛び込んだ。

暗い倉庫は荒れ放題で、床一面に穀物が散乱している。

その奥、赤熊《レッドベア》は唸《うな》りながら地下蔵の扉を引っ掻《か》き壊していた。

扉には、すでに赤熊《レッドベア》の手が少し入るほどの隙間が出来ている。そのまま開けられては、下にいる者達に被害が出てしまう。

地下蔵からはいくつもの悲鳴と泣き声があがっている。残り時間は、そうない。

ヴォルフはそのまま全力で駆け、太い首筋を狙って剣をふるう。

だが、野生の勘か、赤熊《レッドベア》がいきなり姿勢を変え、肩を浅く斬るにとどまった。

グワーッと高い咆吼《ほうこう》をあげ、熊はそのまま自分に突進してくる。

地下蔵の扉に戻らぬよう、ぎりぎりに距離を測りながら、なんとか外へ飛び出した。

「やったな、ヴォルフ！　よく釣ってきた！」

「あとは任せろ！」

仲間達の声に半ば安心する。あとは弓騎士と魔導師の攻撃ができるよう、速度を上げて赤熊《レッドベア》と距離をとって――そう思った瞬間、がくりと右膝《ひざ》が抜けた。

「ヴォルフっ！」

何が起こったのかがわからない。

とりあえず鍛錬通りに地面を横に回転し、状況を把握しようとする。

赤熊《レッドベア》からの攻撃ではない。それを確かめ、ようやくわかった。

昼、ワイバーンを背に走ったときに、身体強化を限界まで使った。そのせいで、膝がすでにもたなかったのだろう。把握していなかった自分が悪い。

転がった先へ、獰猛《どうもう》な気配が追いかけてくるのがわかる。とっさに飛び起き、剣を構えた。

しかし、一瞬動きの遅れたヴォルフが見たのは、後ろ足で立ち上がった赤熊《レッドベア》、その振り上げた右腕。間近で見ればまるで丸太かと思えるそれが、眼前に迫る。

攻撃は無理、回避は間に合わぬ、防御は腕二本でも足りぬ、当たればすべて終わり。

思考が滝のように流れる中、一人の女の笑顔が浮かび——怒鳴り声にかき消された。

「馬鹿野郎、一人で戦おうとすんな！　俺達がいるだろうがっ！」

ドリノが風のように駆け、赤熊《レッドベア》を真横から斬りつける。

熊の敵意が彼に向いたとき、ヴォルフはいきなり後ろに引きずられた。鎧をつかむ赤茶の髪の騎士が、声高く叫ぶ。

「ここまでだ！　毎回お前にいいところを持っていかれては、娘達に自慢ができぬ！」

「アルフィオ先輩、かっこいい！」

「褒めても酒は奢《おご》らんぞ！」

その間に、ドリノがフェイントをかけて赤熊《レッドベア》から逃げる。

弓騎士達は即座に熊の足に矢を射かけた。続いて、魔導師達も足止めの土魔法を放つ。

先ほどの赤熊《レッドベア》よりも一回り大きいせいか、それでもまだ勢いを殺し切れない。

「ニコラ！　婚約者殿にかっこいい話を持って帰れ！」

弓騎士がそう言うと、剛弓を引き絞り、熊の膝を貫いた。

「礼を言うっ！」

飛び込んだ青い目の騎士は、赤熊《レッドベア》を胸から腹へと勢いよく斬り裂く。その傷の深さは、誰がどう見ても致命傷だ。

しかし、熊はそれでも倒れなかった。多量の赤を地面に流しつつも、再び四足歩行で逃げようとする。

皆に緊張が走る中、熊の目前へ青髪の巨体が進み出た。

「一番おいしいところは、私が頂きましょう」

手にする青の長槍《ながやり》か、それとも得意の水魔法の水槍《ウォーターランス》で赤熊《レッドベア》を貫くのか、隊員一同がそう思ったとき、聞き慣れぬ詠唱が響いた。

「来たれ、水の精――水箱《アクアボックス》！」

手元の青い槍がほのかに光り、赤熊《レッドベア》の頭を中心に、四角い水の立体が生まれた。

水は流れ落ちることなく、そのまま停止した。

「は……？」

熊に隊員、そして、鋤《すき》や鍬《くわ》を持っていた村人達も、唖然《あぜん》としたまま動けない。

最初に動いたのは赤熊《レッドベア》だった。おそらく咆吼《ほうこう》しようとしたのだと思うが、口を開けた瞬間に水を飲んだらしい。

だが、げほげほとする動作はあっても、水の箱に頭がすっぽり入っている状態である。暴れてもどうにもならない。

「うわ、あれ、絶対溺れてるわ……」

「おい、誰かトドメを刺してやれよ……」

「いや、副隊長がやっている以上、そうしていいものか……？」

ぼそぼそと隊員達が話す中、のたうっている赤熊《レッドベア》がくたりと倒れ——それきり、動かなくなった。

水の箱は当たり前のように流れ去り、地面に染みこんでいく。

「新しい槍を購入したのですが、固定魔法が役立ってよかったです。これからは爬虫類《はちゅうるい》に近づかず、確実にとどめが刺せます」

碧い目を細め、にこやかに笑む副隊長に、居合わせた多くの者が寒気を覚える。

「と、討伐完了！」

誰の声か、勢い任せに告げたそれに、ようやく勝利と歓喜の声があがった。


「本当にありがとうございました！　魔物討伐部隊の皆様は、本当にすごいのですね……」

「魔物討伐部隊のお話は伺っておりましたが、強さに感服致しました……！」

助けを願いに来た村人が、父である村長と共にしみじみと言う。

朝焼けの中、村の中央にはたき火が燃やされ、魔導ランタンがまだ淡く光っていた。

村人達が見守る中、赤熊《レッドベア》が解体され、そのまま焼き肉とスープになりつつある。

村人は赤熊《レッドベア》の襲撃を受けてから食事をしていないうえ、家畜も穀物貯蔵庫も被害を受けていた。

魔物討伐部隊の馬車は、すでにワイバーンでいっぱいだ。

グリゼルダの判断で、赤熊《レッドベア》の肉は皆の朝食になることとなった。

猟師がいない状態での、赤熊《レッドベア》の急襲。家畜はかなりやられたが、一人の犠牲者もいない——それが村人を大いに沸かせていた。

その上、オルディネ王国で有名な魔物討伐部隊と共に赤熊《レッドベア》で食事ができるというのだ。

家から酒や作り置きの料理、菓子を持ってくる者も多く、もはや、宴会のようになってきた。

もっとも、怪我人は少し出た。

ヴォルフが身体強化で膝を傷めていたこと、弓の連射で手首を傷めた弓騎士が一人。

そして、討伐完了に喜び、屋根の上から跳ね落ち、足を打撲した村人が一人。

転がる赤熊《レッドベア》を見て驚き、腰を傷めた村人が一人。

赤熊《レッドベア》の解体中に手を滑らせ、手のひらを切った者が一人。

地下室で泣いて転んだ幼子の赤い膝も含め、全員、銀襟の神官が治療済みである。

滅多に見ることのない高魔力の治癒魔法に、村人達は大変感激していた。

誰一人欠けなかったことを、村人も隊員も喜び合い、朝食会はにぎやかに進んだ。

そうして、朝日が完全に昇った頃、待機していた魔物討伐部隊の残り半数が、馬車と共に村に追い着いてきた。

互いの状況を確認し、伝令の隊員が、周辺の村に警戒を伝えに向かう。

ここに来るまでは商隊と運送ギルドの馬車としか会わず、彼らからも動物や魔物の話はなかったという。他の村にも被害が出ていないことを祈るばかりだ。

「氷を追加します」

馬車の方では、魔導師達がワイバーンの肉や皮が腐らぬよう、氷を足し始めた。

馬達はその臭いに落ち着かぬらしく、恨めしげだったので、追加でリンゴを与えられていた。

ヴォルフはにぎやかな朝食会には加わらなかった。神官から膝の治療を受けた後、パンを赤ワインで喉に通し、馬車の中で休んでいたからだ。

手首を傷めた弓騎士は、治癒魔法を受けた後、村人との歓談に向かった。一緒に行かないかと声をかけられたが、治癒魔法を受けた後は少しだるくなる、それを理由に断った。

「……情けない」

ヴォルフは目を閉じたまま、浅く吐息をつく。

少しでも誰かを助ける力になりたいと、ダリヤのお披露目に行かないことを選択し、その結果がこれである。かっこ悪いことこの上ない。

昼間にワイバーン討伐で走ったのが原因だとしても、隊の足を引っ張ってしまった。

自己管理不足に判断不備——深く反省することばかりだ。

ここから馬を走らせても、ダリヤのお披露目には間に合わない。

それに、今から一人だけ王都へ戻らせてくれと願うのもだめだろう。

お披露目を祝えないのは残念だったが、王都に戻ったら花を持って緑の塔へ行き、お祝いの言葉を告げることにしよう——そんなことを考えていると、瞼《まぶた》が下がった。

今日の疲れは、それなりに重かったらしい。少しばかりうとうとした後、小石を踏む足音に目を開く。

馬車の小窓から、グリゼルダが歩いてくるのが見えた。ヴォルフはすぐに馬車を降りる。

「副隊長、先ほどはご迷惑をおかけして、申し訳ありません」

「謝ることはありませんよ。ワイバーンも赤熊《レッドベア》も見事に釣り上げた、赤鎧《スカーレットアーマー》として素晴らしい働きです、『ヴォルフ』」

自分の謝罪を否定されたことより、名を短く呼ばれたことに驚いた。

隊の多くが『ヴォルフレード』から『ヴォルフ』呼びに変わる中、副隊長はそのままだったからだ。それでも呼ばれたことに違和感はなく、むしろ馴染《なじ》みがよいようにさえ感じる。

「体調はもう大丈夫ですか？」

「はい、膝に治癒魔法をかけて頂きましたので」

「体調管理に関しては、自分ではわからぬこともあります。次から連戦になる場合は、全隊員に注意を促《うなが》すようにしましょう。さて——体調が戻ったなら、伝令役をお願いできますか？　これを王城の騎士団窓口へお願いします」

その手紙はすでに閉じられ、封には封蝋《ふうろう》の代わりに、グリゼルダのサインが青いインクで綴《つづ》られていた。

「はい、お預かり致します」

ヴォルフは不思議に思いつつも、封書を受け取る。

伝令役を頼まれたのは初めてだ。赤鎧《スカーレットアーマー》は基本、伝令役をしない。

それに、伝令役の騎士がいない場合でも、通常は馬に負担の少ない小柄な騎士が代理になる。

なぜ長身の自分が、そう思ったとき、副隊長が言葉を続けた。

「こちらの村に関する補助と、街道・町村の見回り強化に関する書類です。ワイバーンの影響で他の魔物や動物が移動している可能性があります。急ぎの知らせですから八本脚馬《スレイプニル》を預けます。出発前に神官に健康確認をしてもらってください。王城での健康確認がいらなくなりますから。その後はもう一つ——あなたしかできない任務があります」

「何でしょうか？」

ヴォルフは気を引き締める。今日の失態を埋めるためであれば、どのような任務でも引き受けよう。そう気負う自分に対し、グリゼルダは碧い目を細めて笑んだ。

「魔物討伐部隊相談役、ダリヤ先生のお披露目、そのお祝いです。舞踏会には間に合わなくとも、ダリヤ先生にお祝いを述べるのはヴォルフの役目でしょう。商会保証人でもありますし、魔物討伐部隊にロセッティ商会を推薦したのもあなたなのですから。きちんと花を持ってお祝いに行ってください」

「ありがとうございます、副隊長！　そうさせて頂きます。では、神官の方に願ってきます」

その役目は絶対に引き受けたい——ヴォルフは足取りも軽く進み始めた。

「大丈夫そうですね」

グリゼルダの視線の先、ヴォルフの早足が駆け足に変わっている。膝は本当にきっちり治ったようだ。

微笑ましく見守っていると、入れ替わりにランドルフとドリノがやってきた。

二人にはヴォルフの準備を頼んでいた。

ランドルフが連れてきたのは大きな黒い八本脚馬《スレイプニル》。いつも彼が乗っている一頭である。

ドリノは携帯食料とワインの入った革袋、そして、瓶入りの水やポーション、包帯、各種魔石などを馬にかける鞄《かばん》に詰めて持ってきた。移動中の食料と、もしやに備えた物資である。

もう片手にはヴォルフの防寒用の黒い外套《がいとう》と、顔を覆える兜を持っている。

冬、速度の出る馬上はなかなかに寒いからだ。

「調子はどうでしょう？」

そう言って、黒い八本脚馬《スレイプニル》に目を合わせてみたところ、ついとそらされた。その視線はちらちらとランドルフへ向いている。おそらく、慣れた彼以外、乗せたくはないのだろう。

けれど、通常の馬ではヴォルフを乗せ、王都まで駆け続けるのは難しい。

「君には少々がんばってもらわないと――」

グリゼルダは懐《ふところ》から薄型の魔封箱を出すと、中に入っていた緑の平たい物体を持ち上げる。

その途端、八本脚馬《スレイプニル》が首を大きく曲げて自分を見た。

「特別ですよ」

そうささやくと、八本脚馬《スレイプニル》は黒い目を輝かせていなないた。

その口元に、グリゼルダは手にした緑の平たい物体を、そっと差し出す。

「グリゼルダ副隊長、八本脚馬《スレイプニル》に何食べさせているんです？」

「『薬草煎餅《せんべい》』です。本当は怪我をしたとき用ですが、ちょっとがんばってもらおうと思いまして。八本脚馬《スレイプニル》にとっては、甘くておいしいらしいですよ」

「……甘い……」

じっと馬の口元を見るランドルフに、ドリノと共に苦笑する。

「人間には不向きですよ」

「やめとけ、ランドルフ、腹壊すぞ」

八本脚馬《スレイプニル》が大変おいしそうに食べている薬草煎餅――実際はグリーンスライムの粉に魔法の付与を行った加工品だ。

イヴァーノが内々に納めてきたこれの経緯、そして効果のほどはグリゼルダも大枠で聞いている。

もし隊員に何かあった場合の搬送、魔物の急襲による移動など、非常用にと一定数をもらった。

『副隊長の携帯分に』と包みを別に渡されたのは、こういったときのことを予測したためなのか――判断はつかない。

ただ、イヴァーノという男がとことん有能な商人であり、ロセッティ会長の片腕なのはよくわかる。

そして今、その効果のほどもよくわかった。

咀嚼《そしゃく》した薬草煎餅を飲み込んだ八本脚馬《スレイプニル》は、高くいなないた後、前足で地面を抉《えぐ》る。

いつも乗っているランドルフに顔を向けると、早く乗れと言わんばかりに鼻息を荒くした。

乗り手のランドルフと似て、落ち着いた気性だと思っていたが、意外な一面もあるらしい。

「これから、自分ではなく友が乗る。王都までよろしく頼む」

八本脚馬《スレイプニル》の首を撫《な》でながら、ランドルフが優しい声で告げる。

「自分が王城に戻ったら、角砂糖をたくさんやろう」

八本脚馬《スレイプニル》は再び高くいななき、鼻面《はなづら》をランドルフの肩にぐいぐいと擦《こす》りつけた。甘い物好きは主《あるじ》と一緒のようだ。

口角が上がるのを止められずにいると、八本脚馬《スレイプニル》は虫歯にかからないのかと、ドリノに小声で尋ねられた。それに関しては、今まで聞いたことはない。

そんな話をしているうちに、ヴォルフが戻ってきた。

「身体に異常はありませんでした。確認のサインも頂いてきました！」

銀襟の神官はすでに宴の酔いが回っていたらしい。書類には、いつもより二回りほど大きく、『健康確認済み！　エラルド』とサインがされていた。

いろいろと省略されているが、一目でわかるのでいいだろう。

「ヴォルフ、気が急《せ》くかと思いますが、途中で人や馬車をはね飛ばさないように、安全な手綱捌《さば》きを願います」

「はい！　気をつけて参ります」

「この八本脚馬《スレイプニル》には『薬草煎餅』を二枚食べさせました。早駆けにもついていけるでしょう」

ヴォルフも薬草煎餅に関しては知っている。王都まで休憩を最小限に、かなり速く進めるかもしれない――そう気づいたらしく、消せぬ笑みが浮かんだ。

「副隊長、お気遣いをありがとうございます」

深く一礼した後、黒髪の青年は八本脚馬《スレイプニル》の高い背にひらりと飛び乗った。

「気をつけてな、ヴォルフ！」

「武運を祈る」

「ドリノ、ランドルフ、ありがとう！　安全に急ぐよ」

やわらかな笑顔で言うと、ヴォルフは八本脚馬《スレイプニル》の手綱を握る。

ここから王都までは、馬で約一日半。日はすでにそれなりの高さ。いくら八本脚馬《スレイプニル》の足が速くとも、明日の夕刻からのお披露目には間に合うまい。

だが、舞踏会の花を守る騎士とはなれなくても、ダリヤ先生へ最初に言祝《ことほ》ぐ役ぐらいはさせてやりたい。

魔物討伐部隊員として一人前になった後輩への、ささやかな祝いだ。

「さて――『薬草煎餅』の効果のほどを祈りましょう」

駆け行く八本脚馬《スレイプニル》は一陣の風のごとく、たちまちに見えなくなった。

なお、この数日後、魔物討伐部隊に対し、街道の偵察依頼が複数寄せられる。

目撃されたのは、漆黒の八本脚馬《スレイプニル》と、その背の黒い影。

『人も馬車もその場にないかのごとくすり抜け、この世のものではありえぬ速さで駆け去っていった。首をつけた状態の首無鎧《デュラハン》の恐れがあり――』

執務室で書類を手にした副隊長は、しばらく額を押さえていたという。

お披露目とファーストダンス

お披露目の日、ダリヤは午前中からジルドの屋敷に招かれた。

庶民の自分が侯爵家に行くことに落ち着かなかったが、商会の副会長兼従者役として、イヴァーノがついてきてくれた。とても心強い。

貴族街、高い塀《へい》で見えぬ中にあったジルドの屋敷は、少し古風で落ち着いた感じだった。

黒い屋根に少し白の強い灰色の壁。窓が小さめで、金属製のきちんとした雨戸があるのは、部屋の温度調整のためだろうか。

玄関の両開きの厚いドアは、とても一人では開けられそうにない。高位貴族らしさを感じる反面、火事などの際はどうするのかと、つい心配になってしまった。

そして、ぐるぐると廊下と階段を過ぎて通されたのは三階の奥。なかなか広い部屋である。

馬車の幌《ほろ》用防水布を折らずに広げて付与の作業ができそうだ、緊張からの逃避に、ダリヤはついそんなことを思ってしまった。

「ようこそ、ディールス家へ。ティルナーラ・ディールスと申します」

白に近い水色のドレスをまとう女性の名は、すでにイヴァーノから聞いていた。

ティルナーラ・ディールス侯爵夫人、ジルドの妻である。

背はダリヤより低め、少しふくよかで、金色がかった明るい茶色の髪と深い茶の目をしていた。

話し方も少しゆっくりで、とても優しく穏やかそうで――大変失礼な言い方だが、ジルドの神経質さを反転させたように感じられる。

「魔物討伐部隊で相談役を仰せつかっております、ロセッティ商会のダリヤ・ロセッティと申します。この度はお披露目の場を設けて頂き、誠にありがとうございます」

「ロセッティ会長、どうぞ親戚の家とでもお思いになって、お楽になさってください——とは言っても、初めてのことですもの、緊張なさるのは当然ですわね」

ティルナーラはそう言うと、薄紅の唇で優雅に笑んだ。

「私も最初のお披露目のときは、腹痛で延期しましたもの」

「それは——ご心労の深かったことと思います」

高位貴族のご令嬢のお披露目である。本日よりはるかに盛大で、参加者も多かっただろう。

通常、お披露目は十代だ。緊張して胃痛にもなるに違いない。

同情していると、ティルナーラはゆっくり自分に近づき、口元に象牙の扇をするりと広げる。扇に描かれた花々があでやかに咲いた。

「期間限定のお菓子を食べすぎて、ドレスがきつくなり、『通りのよくなるお薬』をまとめて飲みましたの。それでお披露目が延期になってしまって……女の情けで、父には内緒でしたが。母には礼儀作法の時間を、倍に増やされましたのよ」

そのささやきに、どうにか笑うのを堪《こら》え、真面目な顔を作る。

イヴァーノが不思議そうにしているところを見ると、内容は聞こえていないらしい。

しかし、後で説明するのもいけない気がする。

「では、ドレスの合わせを始めましょう。娘のドレスを選ぶように、とても楽しく選ばせて頂いたのです」

深い茶の目をゆるめ、本当に楽しげに微笑《ほほえ》む彼女は、母性にあふれて見え――不意に胸の奥がわずかに冷えた。

今世の母は、一度でも娘である自分の服のことを考えたりしたのだろうか？　それとも、ダリヤの存在自体を忘れたかっただろうか？　緊張のせいで愚かなことを考えてしまった自分に、ティルナーラがやわらかな声で問う。

「ロセッティ会長、せっかくの機会ですから、『ダリヤさん』とお呼びしても？」

「あ、はい！　もちろんです」

「では、私のことも『ティル』とお呼びになって。そうね、親戚の叔母とでもお思いになって、どうぞお楽に」

相手は侯爵夫人である。本来、ダリヤが気安く話しかけられる相手では絶対にない。

だが、こうして気を使ってもらえるのはありがたい。ダリヤは素直に受けることにした。

「イヴァーノ、いつもの客室にお茶を運ばせます。積んである本でもご覧になっていて」

「ありがとうございます、ティル様。お言葉に甘えさせて頂きます」

イヴァーノは一礼し、部屋を出ていく。男性である彼は、ここから別行動だ。

それにしても、イヴァーノはジルドの屋敷に何度も出入りしているというだけあって、侯爵夫人とも親しげに言葉を交わしている。その余裕と交際力を、切実に分けてもらいたい。

「ダリヤさん、コルセットはゆるめときつめ、好みはおありかしら？」

「ゆ、ゆるめでお願いします」

ダリヤは緊張しつつ、ティルと共に別室に移った。

窓のない部屋に移ると、あっという間に服を脱がされた。

最初に身につけたのは滑りのいい白絹のアンダードレス。その上、白絹のコルセットを締める。

ゆるめのサイズにしてもらったはずが、慣れぬせいか、かなりきつい。空気が口からこぼれる思いだ。

「こちらぐらいでどうでしょうか？　あと拳《こぶし》一つは締まりますが」

そう笑顔で言うメイドに、『口から中身が出そうです』とは返せない。『慣れぬのでこれぐらいでお願いします』と弱々しく答えると、ティルが察し、二段ゆるめてくれた。本当に助かった。

その後、ようやくドレスに袖を通すことになった。

用意されていたのは、深いワイン色のドレス。先に受け取っていたダンスシューズよりもわずかに明るい色合いで、首元と肩を隠す同色のレースがふわりと揺れる。

露出は少なく、それでいて古さはない、とても上品なデザインだ。

ドレスを着て立つと、背中側で生地を調整してもらう。それなりにゆるめに作って頂いたようで、布は足りた。一安心である。

本縫いの間はコルセットを外し、元の服を着て、ティルと食事となった。

ダリヤが緊張しないようにという配慮であろう、二人だけのお茶会形式で、軽食と菓子を勧められた。そこで意外にも、ティルと魔導具話に花が咲いた。

王都歌劇場の拡声器が奥の席まで広く歌声を響かせること、火の魔石を多く使用した大広間用の暖房機、ドレスの下に微風布《アウラテーロ》を仕込むまでと幅広い。

貴族屋敷ならではの大型魔導具として、庭園の花壇に霧のように雨を降らせる散水機などについても詳しく聞き、とても勉強になった。

ちなみに、ここディールス家で、今一番人気の魔導具は、『温熱座卓』。

家族はもちろん、住み込みのメイドにも各自の部屋に温熱座卓を設置し、大変好評だそうだ。

開発者のダリヤとしては、とてもうれしい話である。

なお、『寝室に置いたところ、夫のジルドが何回言っても書類を持ち込んで仕事をするので、寝室の温熱座卓上は書類禁止とした。破ったら温熱座卓を撤去する約束を、書類にして壁に貼っている。その後にようやく温熱座卓はくつろぎの場となった』という話を、貴族的に優雅な言葉に変換して説明された。

紅茶を噴かないよう苦労した。次にジルドに会ったとき、思い出さないことを願いたい。

そんな楽しいお茶会の後、本格的にお披露目準備が始まった。

とはいえ、ダリヤはほぼじっとしているだけだ。メイドと服飾師が、メイクやヘアスタイルはもちろん、爪やうなじと細かいところまで整えてくれる。

化粧の色数は少なめだがしっかりと、髪はヘアアクセサリーがなくても艶《つや》やかに結い上げられた。

鏡の向こうには過去にないほど整っている自分の顔——見慣れないのでちょっとだけ気恥ずかしいが。

その後に、再びコルセットを締め、ワイン色のドレスをまとった。

ありがたいことに、ドレスは見た目よりもずっと軽い。もしかすると、軽量化の魔法が付与されているのではと思えるほどだ。

一度ゆっくりターンをするようディールス家の服飾師に言われ、ダリヤはその場でくるりと回る。

ドレスの裾はふわり大きく広がり、きれいに円を描いた。ちょっと楽しい。

前世、映画で見た貴族の舞踏会よりは少し地味な形だが、踊ると裾が大きく広がり、大変に華やかになる。

動きがあってこその服――以前、友人で服飾師のルチアがそう言っていたのが、よくわかった。

「とても素敵なドレスを、ありがとうございます……」

「ダリヤさん、本当にお美しいですわ。迷った甲斐《かい》がありました」

目尻を下げるほど笑んだティルに、ダリヤは礼を述べる。

もっと気の利いたお礼が言えればいいのだが、緊張でいい言葉が出てこない。

自分にはもったいなさすぎるこのドレスは、一体おいくらなのか。もはや、何をお返ししていいものかわからない。後でイヴァーノに相談するしかないだろう。

「その金のイヤリングも、とてもお似合いですね」

自分の耳元、雪の結晶模様のイヤリングを贈ってくれたヴォルフは、まだ遠征から帰っていない。

昨日、魔物討伐部隊長のグラートから手紙が届いた。

ワイバーンは無事討伐。ヴォルフは赤鎧《スカーレットアーマー》として帰路の護衛に回っていると書かれていた。

職務なのだから当然だ。帰路で思わぬ時間がかかることもあるだろう。

ヴォルフが、隊の皆が無事ならばそれでいい。

今日、彼がここにいないのが残念だとは、口が裂けても言えない。

壁の大きな鏡に映る自分は、化粧とドレスのせいで、まるで別人のようにきれいに見える。

前世の言葉で言うならば、まさに『馬子《まご》にも衣装』だろう。

この姿をヴォルフに見てもらいたかったと思うのは――きっと、自分のわがままだ。


夕暮れと共に、舞踏会に招かれた貴族が到着し始めた。

赤、青、銀、そして多色使いの華やかなロングドレスの女性達。黒や紺、濃灰や青のタキシードの艶やかな男性達。

名簿を見て知っていたが、男性同士、女性同士のペアもいらした。黒と青の同型のタキシード、同じ緋色《ひいろ》のグラデーションで形の違うドレスと、こちらもお洒落《しゃれ》な装いだ。

ここにルチアがいたら、跳ねるほど喜んでいたに違いない。

玄関から大広間へ続く途中、顔見せ場――壁がなく縦に長い、廊下のような場で、ダリヤはジルドとティルの間に立つ。イヴァーノは自分達の斜め後ろ、従者のごとく立っている。

そして、ダリヤは前を通る華やかな招待客と挨拶を交わしていった。

ほとんどは簡単な名乗りと、ジルドへの『お招きありがとうございます』、自分への、『お披露目おめでとうございます』という型通りの言葉だけだ。

参加者の名は名簿で覚えたが、顔と名前を一致させるのに自信がない。

そうしているうちに、商業ギルド長のレオーネがガブリエラを、その後ろ、オズヴァルドが第三夫人のエルメリンダをエスコートして進んできた。

見知った顔に正直、ほっとする。

だが、一様にちょっとだけ目を見開き、その後にあきらかに同情がこもった表情《かお》で見られるのは、自分の緊張が伝わっているのか、それともどこかおかしいところがあるのだろうか。

しかし、ここに鏡はなく、自分の姿を確認することができない。

ティルが指摘しないので大丈夫だと思いたいが——ダリヤは冷や汗を流しつつ、なんとか笑顔で挨拶を続けた。

「ふぅ……」

挨拶の列がようやく終わると、ダリヤはジルド夫妻に気づかれぬよう、細く息を吐いた。

残念ながら、ヴォルフは間に合わなかったらしい。

お披露目の舞踏会には、通常にはない決まりがある。最初に挨拶を交わした者と身内、そして父の代理となる者としか、お披露目される女性はダンスを踊れない。

これは、お披露目をする若い女性・爵位のない女性を、飛び入りの男性貴族から守る意味合いがあるそうだ。

ヴォルフと踊れないのは残念だが仕方ない。それよりも、まだ遠征から帰らない、彼と隊員達の安否が気にかかる。

「今、グラートへ追加の知らせがあったそうだ。聞いてくる」

自分の心配を見透かしたかのように、ジルドが低く言って歩き出した。

グラートとその妻ダリラは、魔物討伐部隊の連絡から別室で待機していると聞いている。

おそらくそちらへ向かったのだろう。

と、ちょうど横のティルに、早足でやってきたメイドが何事かをささやき始める。

髪が、湯を——そうかすかに聞こえる単語に、招待客のトラブルを察した。

ティルはディールス家の護衛騎士にダリヤと共にいるように伝え、メイドと共に廊下を足早に過ぎていった。

何事もなくあればいいと思うが、自分にできることはない。

見送るともなしに廊下を見ていると、不意に声がかけられる。

「はじめまして、ロセッティ商会長」

自分の目の前、鮮やかな金髪の青年が挨拶をしてきた。遅れて入って来た方のようだ。

人形のように整った顔立ちの彼に、伯爵家の者であると名乗られる。しかし、続く自己紹介に、思い当たる姓はあるが名前はない。

「父が急な風邪のため、代理として参りました。本当にお美しい……あなたにお目にかかれた幸運を、神に感謝しなくてはいけないようです」

それなりに相槌《あいづち》を返すが、距離が今までの方々より一歩近い。あと、リップサービスが長い。

少し後ろにいる本日のパートナーであろう女性は、無言のまま視線を少し下げている。話が長引いては、きっと手持ち無沙汰だろう。

そろそろ切り上げたいのだが、こういうときは何と言えばいいのだったかが思い出せない。

「おお、ダリヤ先生、まだこちらにいらしたか！」

一際《ひときわ》大きい声に、周囲が振り返る。黒い燕尾服《えんびふく》姿の老人が、義足とは思えぬ速さでやってきた。

「ベルニージ様」

「姪《めい》の娘が来ていてな、挨拶をさせたいのだ。ああ、ジルド殿の許可は取ってあるぞ」

彼は笑顔で隣に立つと、北の子爵家に嫁いだという姪について、早口で話し始める。

目の前の青年はまるで目に入っていないようだ。

結果、そのままベルニージと共に移動することになってしまった。

ダリヤは青年に、失礼しますとだけ挨拶し、ドレスの裾を気にしつつ歩き出した。


ダリヤの背を見送る形となった青年は、そのまま立ち尽くす。

その背後、ベルニージと入れ替わるように歩み寄った者があった。

名乗らぬうちにフルネームで呼びかけられた青年は、慌てて振り返る。

そこには本日の主催者である侯爵家当主が、いい笑顔で立っていた。

「父君は風邪とか。昨日、王城でお見かけしたときには、とてもお元気そうだったが」

「そ、その、急なことで……」

口元の笑みもそのままに言われ、青年は言葉を濁した。

「そうか。では、帰ったら父君に伝えてくれ。『来週の予算会議は欠席でいい。しっかり休みたまえ。もっと長い療養が必要であれば、ぜひ力になる』、とな」

顔は笑みを形作っているが、その琥珀色《こはくいろ》の目は冷えきっている。

「は、はい――」

金髪の青年は、なんとか了承の声を返す。

本日、父の命令で代理となった。

父からは、自分に代わり、ロセッティ商会長と顔をつないでこいと念を押された。

幸い、女性と親しくなるのは得意な方だ。自分は伯爵家の一員であり、魔導具関連の商会にも出入りしている。

本日、ロセッティ商会長と顔見知りとなり、今後、話せるようになればいいだろう――そんな軽い気持ちで引き受け、妹と共に参加した。

だが、廊下にいたのは、とても緊張し、どこかさみしげにも見えた赤髪の女性。

やり手の商会長と聞いていたのに、どうにも放っておけない気がして、つい距離をつめて話しかけ続けてしまった。

だが、どうやらとてもまずいことになったらしい。

謝罪か、弁解か――続ける言葉を探し迷う顔が、たちまちに青ざめていく。

その横をすり抜け、ジルドは一瞥《いちべつ》もせずに立ち去った。

ダリヤとベルニージ、そして護衛騎士が向かったのは二階の奥、ソファーが壁際にある広い部屋だった。

ジルドと従者が遅れて入ってくると、ベルニージは姪の娘を呼びに部屋を出ていった。

今は貴族の歓談の時間。軽い飲食をしつつ、互いの近況を語らうそうだ。

庶民であるダリヤがお披露目のために広間に行くのは、もう少し後である。

「少し時間があるな。慣れぬ場だ、一度歩幅合わせをしておくか？」

「お願いします」

ジルドの提案を、ダリヤは即座に受けた。

彼と向かい合い、その肩と手に手袋をつけた手を合わせる。

そして、従者の手拍子に合わせ、ダンスの出だしのステップを踏み、互いの歩幅の確認をする。

ジルドはダリヤの歩幅に完全に合わせてくれ、ターンが早すぎても見事に修正してくれた。腕で支えてはくれるが、身体は密着せず、常に一定の距離がある。

さすが、侯爵家当主である。ダンスに慣れているのだろうが、ただただ上手としか言いようがない。

「ずいぶん意外そうな顔をしているな」

五分の一曲ほどの歩幅合わせを終えて離れると、ジルドに苦笑された。

感心と驚きをはっきり顔に出してしまっていたらしい。

「いえ、私が下手なので、助けて頂けてありがたいです……ジルド様は、いつ頃からダンスを始められたのですか？」

「十分うまいと思うが。私が始めたのは物心つく頃、まともに踊れるようになったのは十二、三か。幼馴染《おさななじ》みだった妻を補助することが多かったのでな」

どうやらジルド夫妻は幼い頃からのお付き合いらしい。

幼馴染みの婚約者――ちょっとロマンチックな響きである。

「一曲で靴の艶《つや》がなくなるほどに踏むので、ダンスパートナーが絶滅したそうだ。幸い、私に靴の替えは多かったのでな、今日までパートナーとして踊ることになった」

真顔で冗談を言うのはやめて頂きたい。笑っていいのかどうか判断できない。

そして、している話とその本人がやってくるのとは重なるようだ。

ちょうど部屋に入って来た妻に対し、ジルドは目だけで笑っている。

ダリヤは慌てて表情《かお》を整えた。

「間もなくベルニージ様がいらっしゃいます。ダリヤさん、そんなに難しいお顔はなさらず、本日は気軽な練習とお思いになって」

「ど、努力します……」

ティルの優しい声と気遣いにも、咄嗟《とっさ》に、はいと答えられなかった。

自分でもわかってはいるのだが、おどおどとした感じが抜けない。

見たこともない豪華な部屋と調度、まばゆい魔導シャンデリアの灯《あか》り、きらびやかな装い、自信と優雅さに満ちた、華やかな貴族達。

そんな中に庶民の自分が入っていくのは、とても場違いな気がする。

せめてヴォルフがいれば――そう思ってしまう自分の弱さが情けない。

気づかれぬよう深呼吸を繰り返していると、部屋の扉が開いた。

入って来たのはベルニージと、水色のドレス姿のかわいらしい少女だ。

少女の年の頃は十四、五か。艶やかな薄茶の髪に、鳶色《とびいろ》の目、白い陶磁器のような滑らかな肌が印象的だった。

「ああ、お会いしたかったです！」

花が咲くように笑った少女を、ダリヤは微笑ましく思った。

主催のジルドに挨拶をするのだろう、すでに知っている間柄なのかもしれない、そう思って、邪魔にならぬよう少し距離をとる。

だが、少女はジルドの横をゆっくりすぎ、ダリヤの正面に立つ。

そして、思いきり笑みを深め、この自分の両手をとった。

「ロセッティ様！　私に自分で歩ける喜びを取り戻してくださって、ありがとうございます！」

「え？」

感極まった声で名を呼ばれ、咄嗟の返事が出てこない。

この少女とは初対面のはずだ。必死に記憶をたどっても、顔に覚えはない。

目を丸くしているダリヤの前、少女は両手を離した後、ドレスの裾を膝《ひざ》まで持ち上げる。

「魔導義足です、ベルニージ様より頂きました！　本日、服飾魔導工房のルチアさんが、きれいに飾ってくださいました！」

そこにあるのは、空色の義足だった。

右の膝下からのそれは、繊細な白いレースと、艶やかな青のサテンリボンで飾られている。足首あたりの高さには咲き始めの白薔薇《しろばら》が飾られ、その芳香を漂わせている。

ドレスの裾はやや短め、そこに隠すことはなく、美しく飾られた義足に、服飾師である友の真剣な横顔を思い出す。

「きれいですね……」

「はい、ルチアさんがとてもよくしてくださって！　あ、申し訳ありません！　私ったら名乗りもせず――北のグッドウィン子爵家の次女、ユリシュア・グッドウィンと申します」

鳶色の目の少女は、頬《ほお》を赤く染めながら名乗り、言葉を続けた。

「魔導義足は本当にすばらしいです！　関わった方、皆様に御礼《おんれい》を申し上げたいです」

「お言葉をありがとうございます。皆、喜ぶと思います」

「私は、この春、足に怪我《けが》をしてひどく化膿《かのう》してしまい……神官が遠方での怪我人のため街にいらっしゃらず、ポーションでも治りませんでした。それで王都に参りましたが、途中で大雨に遭い、神殿に着いたときには七日を過ぎてしまい、治すことはできませんでした」

「そうだったのですか……」

王都には神殿があり、いつでも神官が多くいるが、他の地域はそうではない。

魔力のある神官か、治癒魔法持ちの魔導師がその場にいなければ、重い怪我の治癒は難しい。化膿していればなおさらだ。

「それで、失った足に似た見た目の義足を作りましたが、歩くことはできなくて。領地に戻れば皆が嘆くかと思うと帰れず、かといって歩けぬまま学院に進む勇気もなく……ただ自分の不運を嘆いて、王都の屋敷の部屋から出ずにおりました。そうしたら、先日ベルニージ様がいらして、ドアを蹴破られました」

「え？」

待ってほしい、落ち込んでいる少女に対し、もうちょっと穏便な方法はなかったのか。

思わずベルニージの顔を見ると、赤茶の目をすっとそらされた。

「立て付けの悪い扉でな、致し方なかったのだ」

しれっと扉に責任をなすりつけるのをやめてほしい、絶対に嘘《うそ》だ。

「ベルニージ様は、それでもベッドにしがみついていた私を、シーツと毛布でぐるぐる巻きにして、脇に抱えて運ばれました」

少女は笑んでいるが、それは運んだというより連れ去りだ。

どう想像しても、絵面《えづら》が完全に犯罪である。周囲の者の心労も考えてもらいたい。

「あの、お屋敷の皆様はご心配なさったのでは？」

「いや、『急ぎ、歩けるようにしに行く』と言ったら、皆、すぐ廊下を空けてくれたぞ」

「物は言い様ですね……」

思わずそうつぶやくと、ユリシュアが吹き出した。

「そうですね、ベルニージ様でなければ屋敷の者達は止めていたと思います。私は『神殿に行っても、もう無理です』と申し上げたのですが、神殿ではなくベルニージ様のお屋敷に行き、そこで魔導義足と魔導義手を教えて頂いたのです」

「今までの義足と義手と似た形なのに、なぜそんなふうに動くのかと尋ねられ、仕組みの説明に難《なん》儀《ぎ》してなぁ……」

「よくわからなくて考えていたら、ベルニージ様が護衛騎士の皆様と、剣を折るほど激しく戦うのを見学させてくださいました」

ちょっと待ってほしい。魔導義足や義手を説明したいのはわかる。

だが、それと仕組みは違う話だ。大体、なぜそこまで激しい戦いを見せねばならないのか。この少女が、戦いを見てひいたらどうしていたのだ？

「皆様、格好良くて、とても感動致しました！　魔導義足や魔導義手なら、いずれあんなに動けるようになるのかと！」

「そ、そうですか……」

きらきらと鳶色の目を輝かせるユリシュアに、大変納得した。

ベルニージの姪の娘とのことだが、彼と似た気質もあるらしい。

ただし、魔導義足や魔導義手をつけたからといって、すべての者がベルニージや護衛騎士のように動けるようになるわけではない。

元々の運動神経や体力、魔力、魔導義足や魔導義手との相性、リハビリ期間など、いろいろなことが影響するのだ。

しかし、目を輝かせる少女を前に、そういった事実がかなり言いづらい。

「見学後から、魔導義足を作って合わせ、訓練して頂きました」

「訓練、ですか？」

「はい。ベルニージ様はすぐ動けたとのことですが、私は運動神経があまりよくないので、初日は一歩も進めず……絨毯《じゅうたん》の上に毛布をたくさん敷いて頂き、転ぶ練習から始めました」

「ユリシュアはとてもがんばり屋なのだ。アザだらけになっても、なかなかポーションを飲まんでな」

「ベルニージ様、それは内緒にしてくださいと……！」

顔を赤くした少女が、ベルニージの袖を引っ張る。

老人はすまぬすまぬと言いながら、愛《いと》しい孫に向けるような目で彼女を見つめていた。

「その、杖《つえ》なしで少し歩けるようになったのがここ数日で、ダンスはまだできないのですけれど。本日、開発に携わったロセッティ様がお披露目と伺って、どうしても御礼を申し上げたくて——」

後ろに一歩下がり、どこにも寄りかかることなく立った少女は、水色のドレスの裾を少しだけ持ち上げた。

「魔物討伐部隊相談役、魔導具師ダリヤ・ロセッティ様、心より感謝申し上げます」

ユリシュアはそう言うと、ドレスから手を離し、胸の前で両手をきつく組む。

「私は――これまで高等学院の文官科を勧められておりましたが、何度でも試験を受けて、必ず魔導具科に入ります。たくさん勉強して、一人前の魔導具師となって、魔導義足や魔導義手を作りたいと思います！」

「……どうぞ、がんばってください」

決意あふれる鳶色には、一切の迷いはなく――彼女に応援の言葉を続けようとして、喉がつまる。

「あの……失礼なお願いとは承知しておりますが、よろしければ、魔導具科に合格したら、『ロセッティ先輩』と呼ばせて頂けませんか？」

「もちろんです。いいえ――どうぞ、今から『ダリヤ』とお呼びください」

「ありがとうございます！　私のことも、どうぞ『ユリシュア』とお呼びくださいませ。どうか敬称はなしでお願いします、『ダリヤ先輩』！」

「わかりました、『ユリシュア』」

ユリシュアは、はい！　とうれしげに返事をすると、まぶしく笑った。

その途端、少しだけバランスを崩し、なんとか立て直す。

それを見たベルニージはメイドに目で合図した後、膝を曲げ、少女の顔に高さを合わせた。

「ユリシュア、これからダリヤ先生はお披露目の準備がある。今少し、先ほどの部屋で茶菓子を頂いてくるといい」

「はい！　ダリヤ先輩のダンスの前には迎えにいらしてくださいね、ベルニージ様！」

少女は笑顔で挨拶をし、メイドと共に出ていく。

その少し危うい歩みを、ダリヤはドアが閉まるまで見送っていた。

「――ダリヤ先生」

「はい、なんでしょう？」

少しあらたまった声のベルニージに、ダリヤはドレスの裾を揺らして向き直る。

「ヴォルフから頼まれた。自分がお披露目に間に合わず、ダリヤ先生がもし緊張しているようなら、勇気づけてほしいと」

「そうでしたか……私は、大丈夫です」

ヴォルフが自分を気遣ってくれたことがありがたい。それに、今の少女が魔導義足で動けるようになり、魔導具師を目指してくれると聞けたのもうれしい。

せめてこれからのお披露目で、一人の魔導具師として恥ずかしくないようにしたい。そう気負う自分を、ベルニージが再び呼んだ。

「ダリヤ先生、あなたは微風布《アウラテーロ》や遠征用コンロ、いろいろな魔導具を作り上げてきたではないか。己を誇ってお披露目に向かえばよい」

「ありがとうございます。ですが、魔導具は皆様に協力して頂いて開発できたものですから……」

緊張を消せぬままに答えると、ベルニージが少しだけ目を細めた。

「ダリヤ先生はいろいろな魔導具を作ってくださるが、誰かに褒められると、いつも、他の者達のおかげだ、共にやったことだと、そうおっしゃるな……」

「はい、でも実際にそうですので。一人ではできなかったことばかりです」

「だから――『本当は、自分に男爵位はふさわしくない』、そうお考えなのか？」

「……これからふさわしくなれるよう、努力したいと思っております」

目の前の老人は、お見通しだった。

誰かに教えてもらい、材料をもらい、手伝ってもらい――自分が本当に一人きりでできたことなど、何もないかもしれない。

それに、男爵位は魔物討伐部隊の相談役となったおかげであり、それさえも自分を守ってもらう手段のようなものだ。

ダリヤ自身が爵位をもらうのに値するかと聞かれれば、とてもうなずくことなどできない。

「まったく、勘違いも甚《はなは》だしいな。ダリヤ先生は、これほど取り返してくれたではないか」

「取り返す、ですか？」

突然の言葉、そして思い浮かばぬことに、ダリヤはベルニージを見つめる。

その赤茶の目が、自分に向けて優しくゆるんだ。

「魔導義足を最初に考え、儂《わし》とユリシュアの歩みを取り返してくれたのは、あなただ。見た目だけ足に似た義足では、我々は前に進めず、こうして笑うこともできなかった」

「ベルニージ様……」

その足は、ユリシュアと同じ空色の義足を、靴で隠すことなく見せている。

数歩近づき、ダリヤのすぐ目の前に立った老騎士は、最初に会った日よりもずっと大きく見えた。

「手伝いがあろうが、素材をもらおうが変わりはないではないか。儂の家族と彼女の家族に、安堵《あんど》と笑顔を取り戻したのはあなただ。儂を含め、泣く泣く引退した騎士達を再起させ、その笑顔を取り戻してくれたのもあなただ。魔物討伐部隊の環境を整え、隊員に快適さと笑顔を取り戻したのもあなただ。だから、ダリヤ先生——いいや、まだ王印なき今、この場だけではあるが、先取りで呼ばせて頂こう」

ベルニージがその両腕を大きく広げ、ひどくまっすぐ自分を見た。

「『ダリヤ・ロセッティ男爵』、大いに誇れ！　あなたはまちがいなく、爵位を持つべき方だ！」

壁に反響するほど高らかに言い切った彼は、一点の曇りもない笑顔で——それがみるみる滲《にじ》んで、見えなくなる。

「ベルニージ、様……」

声がかすれる。鼻の奥がツンと痛い。

耐えようとして、耐えられなくて——目の縁《ふち》ぎりぎりからあふれた涙を、早足で近づいてきたティルがハンカチで押さえてくれた。

「お泣きになってはいけませんよ、ダリヤさん。せっかくの美しいお顔に影がさしてしまいます」

「す、すみません……」

「使うといい」

近くのジルドがティルにハンカチを渡すと、彼女は二枚目のハンカチを、ダリヤの鼻の部分にそっと添えてくれた。受け取ったダリヤはもはや遠慮もできず、必死に鼻を押さえる。

ティルはダリヤの肩に優しく手を置いたまま、ベルニージに顔を向けた。

「ベルニージ様、お披露目前に淑女を泣かせて、どうなさるおつもりですか？」

「いや、これは、その——誠に申し訳ないっ！」

あわあわと態度を崩すベルニージに、流れかけの涙は止まり、つい笑ってしまった。

ここで泣いては顔に跡が残り、皆に迷惑をかけることになってしまう。ダリヤが懸命に呼吸を整えていると、ベルニージが深くため息をついた。

「ここにヴォルフがいたら、何かこう、緊張をほぐすようなことを言って笑わせてくれたのだろうが……どうも儂は、がさつでいかんな」

その言葉に、ヴォルフの笑顔を鮮やかに思い出した。

自分の開発した魔導具で人の笑顔を取り戻せたというのなら、これほどうれしいことはない。

がっくりと肩を落とすベルニージに、ダリヤは一段声を大きくして礼を述べる。

「いえ——ベルニージ様、お言葉、本当にありがとうございました」

少女の笑顔、引退騎士達の笑顔、魔物討伐部隊員達の笑顔、そして、ヴォルフの笑顔。

それをしっかりと胸に抱き、今日この日、一人の魔導具師として誇ろう。

うつむかず、胸を張り、お披露目を受けよう。

魔物討伐部隊の相談役魔導具師として、そして、ヴォルフの友として。


その後、ダンス前の化粧直しとして、メイドに白粉《おしろい》を重ねられ、口紅を引き直されたおかげで、ダリヤはなんとか元の顔に戻れた。

「そろそろ時間か」

ジルドは指で白いカフスを確認するようになぞると、ダリヤの正面に立った。その隣、ティルが同じようにそろう。二人の表情《かお》が貴族らしい整ったものに変わった。

「本日、魔物討伐部隊相談役、魔導具師ダリヤ・ロセッティ殿のお披露目を、当ディールス家で行えることを誇りと思う。貴女《きじょ》の叙爵を心待ちとしつつ、本日のささやかな会を前祝いとさせて頂く」

「ディールス家一同、ダリヤ・ロセッティ殿のますますのご活躍をお祈り申し上げます」

型通りだが重い口上に、ダリヤは緊張しつつもまっすぐに返す。

「御家《おんけ》で場と装いを頂いてのお披露目に、心より御礼申し上げます。まだ未爵《みしゃく》の身ではございますが、オルディネ王国のために励んで参ります。今後ともご指導のほど、どうぞよろしくお願い申し上げます」

イヴァーノの台本通りだが、今回、本当にジルド夫妻にはお世話になる。いずれ改めてお礼をしようと強く思う。

互いに挨拶を終えると、ジルド夫妻に続き、部屋を出る。

進む廊下を二階に下り、そこから階段を経て、大広間に直接下りる形である。

歩みを進めていくと、下から人々のさざめきと、楽団によるゆったりとした旋律が聞こえ始めた。

階段の手前、ジルドの隣からティルが下がり、ダリヤが代わって立つ。

ここからはジルドのエスコートで階段を下りる形になるからだ。

だが、なぜか彼は足を止め、その琥珀の目でじっとダリヤを見た。

蛇に睨《にら》まれたカエルのように緊張していると、ジルドが口角を吊《つ》り上げる。

「本来は『今宵《こよい》一番の花ですね』といった世辞をのべるところだが、不要だな。さすが、魔物討伐部隊相談役、魔糸に負けぬ輝きだ」

「ジ、ジルド様？」

ここでいきなり貴族的リップサービスを、変化球で挟まないで頂きたい。心臓に悪い上、返し方がわからない。

「お手をどうぞ、ダリヤ・ロセッティ会長」

「よ、よろしくお願い致します。ジルド様」

ジルドの白い手袋の左手に、ダリヤはようやく自分の長手袋の右手を重ねる。

隣り合って階段に向かうとき、彼は前に顔を向けたままで言った。

「ベルニージ殿の二番煎じだが、私も君に笑わせてもらった者の一人だ。今さらだが礼を言う。おかげで友と飲む酒がうまくなった。量が過ぎるのが難点だが」

「ジルド様……」

「胸を張れ。カルロ・ロセッティ男爵がご健在なら、きっとあなたを誇らしく思っただろう」

「……っ」

不意打ちの父の名に、その笑顔をはっきり思い出した。

再びにじみそうになった視界を堪え、口に出かけた迷いの言葉を呑《の》み——ダリヤは笑顔でまっすぐ前を向く。

「ありがとうございます。そうであれば、父はきっと祝い酒を飲みすぎたと思います」

隣のジルドが一拍動きを止め、堪え損ねてくつくつと笑う。

少しだけ肩の力を抜けた気がした。

「さて、行くか——」

侯爵家当主のエスコートを受け、階段を一段一段ゆっくり進み、大広間に向かう。

下から見上げる視線が自分とジルドに向き、あたりは静まりかえっていく。

高い天井の魔導シャンデリアの灯りが、目に痛いほどまぶしい。

王国の建国が描かれたという壁画は鮮やかな色合いだが、楽しむゆとりはない。

見知った顔はあるが、好奇の視線はやはりまとわりついてくる。緊張は後で胃にくることだろう。

それでも精一杯、背筋を伸ばし、うつむかずに進む。


「あ……」

気づいた瞬間、小さく声をこぼしてしまった。

いつ来てくれたのか、ヴォルフがいた。

階段を下りきった少し先の壁際、人のいない場に目立たぬように立っている。

妖精結晶の眼鏡のせいで場に溶け込んではいるが、ダリヤにはすぐわかった。

乾ききらぬ黒髪、額やこめかみに光る汗、目の下の隈《くま》——本当に急いで来てくれたのだろう。

疲れは見えるが、彼が遠征から無事に戻ってきてくれたことに、心から安堵する。

お披露目の場合、挨拶の時間にいなかった者はダンスの相手ができない、そう聞いている。

今日ヴォルフと踊れないのはちょっと残念だけれど、遠征から無事で帰ってきてくれた——それだけでとてもうれしく、自然、笑みがこぼれた。

ヴォルフも自分を見て、無言で微笑んでいる。それだけで、心から祝われているとわかった。

階段を下りきると、ジルドが右手を上げる。

奏者の前に立つ指揮者がうなずき、最初の曲の前奏が滑らかに始まった。

ジルドは旋律の中、そのままフロアに向かうかと思いきや――突然、足を止めた。

ダリヤをエスコートしていた手のひらが、すうと離される。

「すまぬ、靴紐《くつひも》を踏んで切った」

ジルドの大きめの声に足元を見たが、艶やかな黒い革靴の紐は無事で、ほどけてもない。

が、その場でかがんだ彼は、左手で隠しつつ、右手で靴紐をぶつりとちぎり切った。

「え？」

一瞬のことで、どうしてそんなことをするのか理解できない。

ダリヤが固まりかけていると、ジルドは切れた靴紐を手に、琥珀の視線を動かした。

「始まりかけた曲を止めるわけにはいかぬな、縁起が悪い。そこの君、一曲、私の代理となってくれ」

「私、ですか？」

視線の先、ヴォルフが驚きに固まる。

だが、ジルドは返事も聞かぬうち、無言で急ぐよう手招きした。

そして、いまだ返事のない彼の胸に、己の着けていた赤いポケットチーフを押し込む。その琥珀の目が、ヴォルフにまっすぐ向いた。

「最初の曲を私、『ジルドファン・ディールス』として頼む。その間に靴を替えるとしよう」

「こ、光栄です！」

周囲の視線が一斉にこちらに向く中、ヴォルフはひどく硬い声で受けた。

ようやく櫛《くし》を通しただけの髪に、緊張で汗をかいた顔の主。ジルドの部下か、ディールス家の者か、一部の来客達からはささやきがこぼれている。

それでも、主催者であるジルドが『自分として』指名したのだ。靴紐が切れたのも不測のことであり、誰も異議は唱えない。

「ロセッティ商会長——私にエスコートをお許し願えますか？」

「は、はい、どうぞよろしくお願い致します」

差し出されたヴォルフの手に手を重ね、フロアの中央へと進む。

曲が途中のため、少々早足になったが、指揮者がうまく合わせてくれ、踊りの始まりに間に合った。

たまたまそこにいたジルドの関係者である青年が、不意の代役を緊張しつつも受けた、周囲にはそう見えたのだろう。微笑ましげなまなざしが自分達に向く。

ヴォルフの眼鏡を知っている者達——商業ギルドのレオーネ夫妻にイヴァーノ、服飾ギルド長のフォルト、オズヴァルド夫妻などが一様にいい笑顔なのは、ちょっと恥ずかしいが。

フロアの中央、最初に踊るのは二組だけ。主催であるジルドの代理となったヴォルフと、お披露目の自分。

そして、招待客の中で最も爵位が高く、ジルドと親しい者として、魔物討伐部隊長のバルトローネ侯爵グラートと、その妻ダリラだ。

グラートが無言でうなずき、自分達に優しく笑む。

いざフロアの中央に立つと、膝が震えそうなほど緊張している自分を改めて感じた。

ヴォルフとは練習も歩幅合わせもしていないのだ。足を踏んだらどうしよう。

「すみません、踵《かかと》の細い靴なので、踏んだら痛いと思います」

「どうぞご遠慮なく。ロセッティ嬢は羽根のように軽いと思いますので」

左手をヴォルフの肩に、右手をその手のひらに預けながらささやけば、胡散臭《うさんくさ》い台詞《せりふ》が返ってきた。

そういえば先日も、『俺のことはいくら踏んでくれてもいいから』と言われたのだった。

本日も踏まれたいのかと聞きたくなるような口調だが、声はいつもの彼で――父カルロに似た緑の目は、確かに笑っている。

周囲は貴族ばかり、華やかすぎて慣れぬ場所だ。鼓動は自分でもわかるほど速いし、ダンスに自信はまったくない。

この曲を終えたら、次はジルドと踊ることになるのだろう。

その後の方々とはちゃんと踊れるだろうか、その後の歓談はうまく話せるだろうか。

そんな不安は多々あるのだが、ヴォルフの腕に支えられていると、すべて乗りきれる気がするから不思議だ。

曲に合わせてステップを踏み出す。緊張で出だしが遅れても、少し姿勢が崩れても、ヴォルフが当たり前のようにしっかり支えてくれた。

くるりと回ると、深いワイン色のドレスの裾が花弁のように咲き、黒い燕尾服の裾が鳥のように舞う。

ヴォルフのくれた金のイヤリング、その鎖が、耳元でしゃらしゃらと歌った。

ダンスの講師との踊りでも、先ほどのジルドとの歩幅合わせでも、踊りやすくはあった。

それでも、今、こうしてヴォルフと踊るのが、一番しっくりきて――楽しい。

「ファーストダンスがヴォルフで、よかったです」

思わずつぶやいてしまった言葉に、彼が緑の目を細めて笑む。

「俺も、ダリヤでよかった」

「え？」

「俺は舞踏会で踊ったことがなかったから、これがファーストダンス」

ささやきはとても小さく、唇はほとんど動かず、他の者には気づかれないだろう。それなのに、言葉はとてもしっかり聞こえた。

妖精結晶の眼鏡をかけたままでもわかる、とびきりの笑顔。

普段話すときよりもずっと近く、向かい合う目の前。

振り返れば、出会ってからここまでヴォルフの顔をこれほど近くで見たことはなく、妖精結晶の眼鏡をかけていても、本当にかっこいいと思ってしまった。

もっとも、自分がそんなことを口にすれば、彼はとても困った顔をするのだろうけれど。

「遅れたけど――ただいま、ダリヤ」

ターンの途中、ひどく近い耳元のささやきに、心臓がはねた。

いきなりであせってしまったせいで、靴の高めの踵がぶれ、つまずきかける。

それでも、背中の手がすぐ強く支えてくれ、何事もなかったかのようにダンスは続いた。

ファーストダンス、曲の残りはあとわずか――

最後のターンを終えると、ダリヤは彼を見上げ、精一杯笑む。

周囲に気づかれぬよう、唇はなるべく動かさず、声にならぬほどに小さく、それでも心からの言葉を返す。

「おかえりなさい、ヴォルフ」

大きく笑んだ彼の目は緑なのに、なぜか黄金に見えた。


「スカルファロット様、しばらくこちらでお休みになって。廊下に人を置いていますから、何かあれば遠慮なく申しつけてください」

「お心遣いをありがとうございます、ディールス夫人」

ダリヤとのダンスの後、ヴォルフはジルドの妻であるティルナーラに客室に案内された。

本当はダリヤをそのまま見守りたかった。

だが、遠征地からここまで八本脚馬《スレイプニル》で休みなく駆け続けたせいで、彼女と踊り終え、ジルドに代わって下がったとき、空腹の音を響かせてしまった。

ちょうどそれは、ティルナーラへ挨拶をしようとしたときでもあった。

恥ずかしさを堪えて謝罪しようとしたとき、彼女は先に口を開いた。

「スカルファロット様、本当によく間に合ってくださいました。ダリヤさんが、とてもうれしそうでしたわ」

まるで娘のことを喜ぶように言う彼女に、咄嗟に返す言葉は出なかった。

そうして、食事と休憩を勧められ、この客室に案内されたのが今である。

「スカルファロット様、催しの区切りがつきましたらお呼びしますので、ダリヤさんの家までのお送り役をお願いできませんか？　本来は我が家でお送りするべきですが、記念の日ですもの。親しいお友達と一緒の方が思い出になると思うのです」

「喜んでお引き受け致します。ご配慮、感謝申し上げます」

願ったり叶《かな》ったりの依頼に、ヴォルフは心から礼を述べる。

なぜ、このご婦人がジルドの妻なのだろうか、人当たりがよく温和そうで——いや、だからこそバランスがとれているのか、そんなことを失礼ながら思ってしまった。

だが、兄グイードからは教えられている。

ディールス家の『用意周到』の二つ名は、当主であるジルドのものではなく、妻であるこのティルナーラのもの。一族の取り回しから各家との交流まで、完璧にこなす侯爵夫人だからだそうだ。

彼女が大広間に戻るのと入れ替わりに、従僕達が銀のワゴンを引いてやってきて、食事の準備をしてくれた。メイドが一人もいないことにほっとしたのは内緒である。

冷えた炭酸水と果実酒、辛口の白ワイン、彩りが美しいサンドイッチに厚いステーキ、香りのよいスープ、野菜と果物のサラダ。それらをテーブルにセッティングした従僕達は、『おくつろぎくださいませ』の言葉と共に、部屋を出ていった。

ソファーにはクッションと毛布が追加され、食べたら横になれといわんばかり、いたれりつくせりの対応である。短時間でここまでそろえてもらったことに感謝と感心しかない。

空腹だったヴォルフはありがたく炭酸水で喉を潤し、サンドイッチを囓《かじ》る。しかし、味が今ひとつわからなかった。

頭に浮かぶのは、大広間にいるダリヤのこと。今頃、彼女はジルドと踊り終え、グラート隊長と踊っている頃だろうか、ついそんなことを考えてしまう。

ダリヤならきっと、ダンスも歓談も問題なくこなすだろう。

彼女と話したい、あるいは踊りたいと希望する男性も多いだろうが、あの場にはグラート隊長達、そしてティルナーラもいる。きっと心配はない――ヴォルフはそう自分に言い聞かせる。

それにしても、いつもはランドルフが乗る八本脚馬《スレイプニル》は、遠征地から王城までよく頑張ってくれた。

途中、八本脚馬《スレイプニル》のために馬の水場に寄ろうとしたが、薬草煎餅を食べたためか、要らぬとばかり、逆に速度を上げられた。

ランドルフに、急ぐように命じられていたのかもしれない。親友と八本脚馬《スレイプニル》には、そのうちに甘い果実をたっぷり差し入れようと思う。

思い返せば、薬草煎餅もダリヤが開発に携わったものの一つである。

結局、自分は今回も彼女に助けられたようなものだ。

考えがすぐにダリヤに戻ってしまったことに気づき、ヴォルフは苦笑する。

だが、薬草煎餅を食べた八本脚馬《スレイプニル》のおかげで彼女のお披露目に間に合った。

ヴォルフが大広間に滑り込んで階段を見上げたとき、ダリヤがジルドのエスコートを受けて下りてきた。

そのきれいさに、ただただ見惚《みと》れた。

もちろん、普段のダリヤもかわいいしきれいだとは思っている。

だが、いつもの彼女とは違っていて――とても美しい淑女がそこにいた。

濃いワイン色のドレスは彼女の白い肌によく映え、そのデザインも品よく、とても似合っていた。

最初の挨拶に間に合わなかったヴォルフは、貴族のマナー上、ダリヤと踊ることができない。それがとても残念でたまらなかった。

それでも、ダリヤとジルドが踊るのを――彼女のファーストダンスを見守り、お披露目を祝おう、そう思ったのだ。

なのに、ジルドは突然、歩みを止めた。何があったのかはわからない。

彼は靴紐をひきちぎり、自分にダリヤとのファーストダンスを命じた。

貴族女性のファーストダンスの価値は重い。婚約者か家族か保護者、後見人か保証人が務めるのが基本だ。

今回は、事故的な対応でジルドの代理として踊り、二曲目はジルド本人が踊ったのだから、ダリヤがどうこう言われることはないだろう。

だが、ジルドが自分にダンスを代わってくれた理由が思いつかない。

自分と彼に接点はないのだ。家同士が同じ派閥、それぐらいだろうか。

もしかすると、ダリヤがとても緊張しているから、一曲目は友人の自分と練習代わりにと思ったのだろうか、そう考えて思い直す。

ダリヤは緊張を感じさせることなく凛《りん》としていたし、微笑む余裕すらあったではないか。

「もしかして、俺が原因……？」

逆に、あのときヴォルフは表情《かお》を作れていた自信はない。

もしかすると、自分はものすごくうらやましそうな表情をしていて、ジルドに同情されたのではあるまいか？　その思いつきに、フォークに肉を刺したまま、動きを止めてしまう。

もし、自分がジルドに気遣われ、ダリヤとファーストダンスが踊れたのだとすれば、どんなお礼をすればいいのか。

なんといっても、ダリヤのファーストダンスの価値である。お礼の品は自分の貯金をはたいても到底足りなそうだ。

「兄上に相談しよう……」

なんでも兄頼みで情けないかぎりだが、それしか思い浮かばない。

それでも、ダリヤと自分、共にファーストダンスが踊れてよかった、心からそう思う。

あのドレスを選んだのはジルドかもしれないと思うと、少々引っかかるものがあったが、きっとティルナーラだろうと考え直す。

ダンスのために組んだ手、手袋越しでもそのぬくもりがわかった。

踵の高い靴のせいか、とても近くで自分を見上げる彼女の顔。その小さな耳には、自分の贈った金のイヤリングが光を瞬《またた》かせていた。それはドレスよりも似合っている気がした。

ダリヤはダンスが苦手だと言っていたのに、思いがけぬほどに踊りやすかった。

ステップを踏み、曲に合わせてターンをすると、他の者達はすべて背景になる。

踊る間、間近で見る笑顔に、ヴォルフも笑い返し——楽しさに、あのまま二曲目を踊りたいと思ってしまったのは、きっと自分だけなのだろうが。

曲が終わると、やってきたジルドに一礼し、ダリヤを託した。

彼女をエスコートしていた手は、ちょっとだけ離しがたかった。

鮮明な記憶をなぞる自分の前、料理の白い湯気が勢いを弱めていく。ようやくそれに気づき、ヴォルフは食事を再開した。

舞踏会が終われば、自分がダリヤの送り役だ。ディールス家の屋敷から緑の塔まで、彼女とまた話すことができる。

ダンスのときは気づかなかったが、夜通しの乗馬ならぬ乗《じょう》八本脚馬《スレイプニル》は、今、全身を重くするほどの疲労感だ。今のうちに休んで、ダリヤには疲れを気づかれないようにしないといけない。

せっかくの彼女のお披露目、帰り道は笑顔で送り届けたいのだ。

ヴォルフは少し早いペースで食事を終えると、ソファーに寄りかかって目を閉じる。

瞼《まぶた》に浮かぶのは、ワイン色のドレスの淑女ばかりだった。


舞踏会が終わり、ジルドは妻とダリヤと共に招待客を見送った。

その後、スカルファロット家の馬車が迎えに来たので、ヴォルフにダリヤの送り届けを任せた。

本来であれば、お披露目主催のディールス家が緑の塔へ送らねばならぬところだが、その場の誰もそれを口にしなかった。

来たときの服に着替えたダリヤは、自分と妻に丁寧に礼を述べ、ヴォルフとイヴァーノと共に笑顔で帰っていった。

来るときよりもぴんと伸びた背は、より男爵らしくなった気がする。正直、叙爵の日が楽しみだ。

「いい夜になったな！」

客間のソファーで隣に座り、上機嫌で言うのはグラートだ。

本日、グラートとその妻ダリラは、まだ屋敷に残っている。

ここから両夫妻で少しばかり話をしようということで、小さな客室に移っていた。

従者も護衛騎士も隣室に行かせ、気の置けない友人と従妹《いとこ》との二次会となっている。

妻ティルは今、化粧直しに部屋を出ているが、間もなく戻ってくるだろう。

「本当によいお披露目となりましたね、ジルド様」

ゆるく巻いて結い上げられた赤い髪、少女の頃から変わらぬ澄んだ青緑の目の淑女——従妹であり、グラートの妻であるダリラが、自分の向かいで微笑んでいる。

自分の屋敷にいる彼女を見るのは、ひどく久しぶりだった。

「しかし、ずいぶんとがんばったものだな、ジルド！」

グラートの少し大きな声に、ジルドはあえて返事をしなかった。

言うことはわからないでもない。ささやかな舞踏会と言いながら、招く者達は慎重に選んだ。

商会立ち上げですぐの王城入り、その後に時間を空けずに魔物討伐部隊相談役となった新進気鋭の魔導具師、彼女が会長であるロセッティ商会、どちらもつなぎをつけたい者は多い。

だから、今後の商会にプラスになりそうな者で、礼節を守れるであろう者を基準とした。

残念ながら礼節足らずが一家《いっけ》混じってしまったが、次に会ったときにしっかり釘《くぎ》を刺しておくつもりだ。

それにしても、招いた者達の有様を思い出すと、どうしても口角が上がってしまう。

ダリヤと親しい貴族達は、自分と妻の間に立つ彼女に目を見開き、その後に同情がこもった表情《かお》をしていた。彼女が気づいていないことへのそれだろうが、すでに遅い。

隣にいるグラートも、最初の挨拶で、自分の名をうらめしげに口の形だけで呼んでいた。

笑いをかみ殺すのに苦労した。

男爵位が決まっているとはいえ、ダリヤはまだ無爵の庶民。

お披露目でも彼女のドレスは貴族のものよりデザインは控えめ、光沢も少なめにしなければいけない。しかし、素材は一級品の魔糸、高位貴族の横に立っても恥ずかしくはない品である。

そのドレスをまとったダリヤを自分達夫婦、ジルドとティルで、はさんだ。

通常ならば、自分の横は妻、そこに続いて貴族後見人のグイード、もしくは代理のヴォルフ、そして、庶民のダリヤを立たせ、次に副会長であるイヴァーノあたりの並びだろう。

ディールス家の当主とその妻の間に立つ――つまりは、ダリヤを自分達の『娘扱い』している、あるいはそれほどに近しい者、大事にしている者と知らせたことになる。

なお、イヴァーノについては最初に目を見開いただけで、あとはいつもの笑顔だった。

あせることもなければ、こちらに尋ねもしないということは、副会長の算盤《そろばん》には合ったのだろう。

「ジルド、お前は本当にいい奴だな……」

いい笑顔でワイングラスを押しつけてくるグラートに、ジルドはつい顔をしかめてしまった。

飲みすぎにしても、いきなり言うことではないだろう。

大体、ここからいろいろな仕込みを活かさねばならんというのに、それがわかっているのかどうか。お前はそれでも侯爵家当主かと肩を押さえて問いつめたくなる。

ティルが戻って来たら、酒のグラスを取り上げ、嫌というほど事細かに解説してやらねば——ジルドはそう思いつつも、無言でグラスを受け取った。なかなかにうまい酒である。

ダリヤはヴォルフと踊った後、同じ曲をジルドと、三曲目をグラート、四曲目はベルニージと踊った。

一曲目のダンスがよほど効いたのか、彼女はやわらかな笑顔で、余裕すらありそうだった。

そして、周囲の視線にも萎縮することなく、きっちり踊りきった。

一曲目の靴紐騒動はあったが、その後の顔ぶれですべては流れただろう。

二曲目を踊ったのは、お披露目を開催したディールス侯爵家当主であり、王城財務部長の自分。ロセッティ商会の保証人でもある。

次に踊ったのは、同じく侯爵家当主であり、王城騎士団魔物討伐部隊長のグラート。魔物討伐部隊相談役であるダリヤの上司的存在だ。

ここまでは招待客も予想のうちだったろう。

だが、四曲目は前侯爵家当主で、ジルドやグラートとは派閥違いのベルニージ・ドラーツィ。

彼はかなり久しぶりの舞踏会に、あえて丈の長い靴を履くことなく、空色の義足を目立たせて参加した。快活に話し、優雅に踊る姿に、驚きの目を向ける者も多かった。

彼をこの舞踏会に招けたこと自体、ジルドが、そしてディールス家が、派閥違いの侯爵家にそれだけの影響力を持つと判断される。

逆に、引退したと思われていたベルニージ・ドラーツィは、魔物討伐部隊に出入りし、スカルファロット家の武具部門に名を連ね、派閥違いにまで手を伸ばす老獪《ろうかい》な貴族紳士として復活した、そう噂《うわさ》になるだろう。

ディールス家とドラーツィ家にとっては益となろうが、それが権力の天秤《てんびん》によるものではなく、一魔導具師に対する礼からなのだから笑える話だ。

四曲を踊り終えると、妻のティルが声をかけ、ダリヤを歓談の場に伴った。

踊り疲れたであろうと椅子と果実水を勧め、彼女の左にティルが、右にダリラが座った。

その後は、泡ポンプボトルや温熱座卓などの魔導具の話をはじめ、緑の野菜ジュースから美容と健康の話に進んだそうだ。

美容にはあまり興味がないかと思えていたダリヤだが、健康面にはなかなか詳しかったらしい。

早くに父を亡くしたせいもあるのかもしれない。

妻とついていたメイドいわく、いかに食事から塩と油を減らすかや、肌や関節に効くスープの話となったそうだ。

最初は治癒魔法を利用しづらい庶民の、ちょっとめずらしい話——そう流していたご婦人方だが、美肌に髪の艶、関節痛となると目の色が変わり、耳がそばだつ。

従者に筆記用具を持ってこさせ、メモをとるご婦人まで出た。

美容と健康に関する貴族のご婦人方の熱意は、非常に高いものだ。

結果、既婚女性の一群がダリヤの周辺をきっちり固め、他の者は軽い挨拶で流すしかないという状態で終わった。

懸念していた男性陣の誘いは挨拶時にあの一件のみ。他は一切行われなかった。

もっとも、これは当然だ。貴族の既婚女性群を敵に回したい貴族男子など、絶対にいない。

こうしてお披露目は、自分の計画以上――いや、計画のはるか斜め上で終わった。

あのダリヤという名の魔導具師は、本当に、まったく予測がつかぬ。

目下の問題は、今後、既婚女性の皆様方に、次の晩餐《ばんさん》会や舞踏会にダリヤを呼ぶよう懇願されるのがわかりきっていることだ。

男爵の叙爵準備と商会運営で忙しいとすべて断るつもりだが、食い下がられそうな気もかなりする。

まあ、今回のお披露目も、ロセッティ商会に直《じか》に行かぬよう、当ディールス家かスカルファロット家を通せと周知したようなものだ。面倒は増えるが悔いはない。

些少《さしょう》は――彼女への借りを返せるだろう。

ティルにも手間をかけてしまうが、妻ならばそれさえも笑顔で談話の種に使うと確信できる。

思いを巡らせている途中、友に再び声をかけられた。

「しかし、まさかファーストダンスを代わるとは思わなかったぞ！」

「……靴紐が切れたのだ、仕方あるまい」

借りの原因のような友に、いい笑顔で言われるのが癪《しゃく》である。

だが、正直、自分も考えてはいなかった。ファーストダンスは自分、二曲目はヴォルフ、それが最初の予定だったのだ。

ダリヤがヴォルフを心待ちにしているのが手に取るようにわかったので、遠征で間に合わぬと聞いたときは残念だった。

それでも、王城騎士団、魔物討伐部隊としての任務であるから仕方がない。その分、ダリヤを皆で気遣おう、そう妻と決めていた。

だが、階段の下にいたヴォルフに気づいた瞬間、ダリヤは花が開くように笑んだ。

その気配までも鮮やかに咲き誇る様に、隣にいる自分が一番驚いた。

そして、ヴォルフを見たとき、絶対にこの男と最初に踊らせねばならぬと確信した。

彼がダリヤを見守る目は、あの色を変える眼鏡の下でも、騎士の光を宿していた。

それと共にもう一つ、別の熱も——おそらくその熱はずっと消えぬものだろう、そう思えた。

しかし、ヴォルフはダリヤに対し、最初の挨拶をしていない。

魔物討伐部隊の任務で遅れてきたのだとジルドが説明し、ダリヤと踊らせたところで、口さがない者は礼儀知らずと言うだろう。

そうなれば、爵位を駆け上がってきたスカルファロット家が、そして、その美しい容姿で目立つヴォルフレード・スカルファロットという男がどう噂されるかは、簡単に想像がつく。

その後にダリヤへの悪評につなげる愚か者が出てこないとも限らない。

幸い、あの緑の目になる変装用の眼鏡のおかげで、ヴォルフの誤魔化《ごまか》しは利く。『自分が直で使っている部下の一人』と言えば、詮索《せんさく》はあっても口に出せる者はそうない。

そう判断し、階段を下りきるまでに頭を回し、指先に身体強化をかけて靴紐をちぎった。

結果、自分の従者が替えの靴を一曲のうちに急いで取りに行くこととなったが。

オルディネ王国では、靴紐を踏むのは、老いの証《あかし》と言われる。まして己で踏んで切ったとなれば、貴族男子には少々不名誉な噂になるかもしれぬ。

だが、その程度、この夏から再び友とうまい酒を飲めるようになった自分には、どうということもない。

もっとも、本日の参加者は限られている。噂の元をたどるのはわけもないが。

「ジルド、お前は本当に、意地っ張りだな……」

「うるさいぞ、グラート」

よほど酔っているのか、グラートが自分の肩をべしべしと叩《たた》いてくる。

力が強すぎて痛い。学生時代とまるで同じだ。

けれど、面倒なので友の手を止めずにいると、傍らの従妹と目が合った。

彼女はダリヤのために、自家の化粧の得意なメイドを寄こしてくれた。

ティルが連絡を取ってくれたのだろうが、自分が何を考えているかもお見通し、言葉にしないまま協力してくれた。

すべては世話になった魔導具師へ、グラートとの友情、そして互いの家をつなぎ直してくれた礼のため。

ダリラならばここまでの詳細を話しても笑んで納得してくれるだろうが、やはり、口に出すものではない気がする。いや、もうすでに知っているのかもしれないが。

そして、自分の隣、少年のような笑顔でグラスを空け続けるグラートに、なんともため息が出る。

貴族の家は当主ではなく、その妻の采配で繁栄が決まるというのは、案外本当かもしれない。

ただやはり、伝えておきたい言葉はあるものだ。

「ダリラ、本日のことに礼を言う」

彼女は青緑の目をゆるませ、にっこりと笑った。

「やっぱり、ジルドお兄様は『騎士』ですね」

ジルドは何も言えぬまま――ひどく下手な咳《せき》をした。


「ヴォルフ、遠征、お疲れ様でした」

「ありがとう、ダリヤ。お披露目に遅れてしまって、本当にごめん」

「無事ならいいんです。それに、ヴォルフとダンスも踊れましたし」

お披露目が終わり、ダリヤはスカルファロット家の馬車で塔に送ってもらうことになった。

イヴァーノも一緒だったが、酒を飲みすぎて少し気持ちが悪いと、御者台に行ってしまっている。

馬車の中はヴォルフと自分の二人だけ。魔導ランタンを灯《とも》した夜の馬車は、いつもよりちょっとだけ狭く感じられた。

「ダリヤは、ダンスがうまかったね。俺との練習はいらなかったみたいだ」

「ヴォルフがカバーしてくれたからです。本当に、すごく上手でした」

「それなら、アルテア様のおかげだね。今まで練習した甲斐があったよ。最近はあまり呼ばれてないけど」

ヴォルフが口にしたのは前ガストーニ公爵夫人の名である。

貴族社会について学ぶほどに聞こえてくるアルテア・ガストーニ――年齢不詳の美を誇り、当主夫人を下りた今も、大きな影響力を持つという。

ヴォルフとはお互い、うっとうしくつきまとう者の『虫避《よ》け』としてお付き合いしていると聞いている。その交流は、ダリヤよりずっと長い。

ヴォルフは彼女の元へ、またダンスの練習をしに行くのか、それがなんとなく尋ねられず、ダリヤは話題を変える。

「皆さん、ワイバーンと戦ったそうですが、大丈夫でしたか？」

「ああ、何人かはちょっと怪我をしたけど、神官がすぐ治してくれたし。俺はただ走って、カーク達が疾風《しっぷう》の魔弓で翼を落として、ランドルフがワイバーンに威圧をかけて、あとは隊長の灰手《アッシュハンド》で終わった」

大変スムーズな討伐であったらしい。ワイバーンから逃げ切る脚力、威圧できる気力、倒せる魔剣の使い手と、魔物討伐部隊はやはりすごい。

「部隊の半分が遅くなったのは、ワイバーンの後に、村で赤熊《レッドベア》が二匹出たからなんだ。ワイバーンのせいで縄張りから逃げたんだと思う」

「二匹も!?　皆さん、怪我はなかったですか？」

「ああ、平気。家畜はやられたけど、村の人達も全員無事だった。一番ヘマをしたのが俺で、赤熊《レッドベア》の前で転んで、皆に助けられたよ」

「……ヴォルフでも、転ぶことがあるんですね」

「心配ないよ。隊の仲間がいるから」

大きな熊の前で転ぶ彼を想像し、身の内が冷えた。

けれど、ヴォルフは明るく笑っている。それが魔物討伐部隊では当たり前のことだからだろう。

「皆さんも王都に戻られたんですか？」

「いや、まだ。俺は伝令役で一足先に帰ってきたんだ。副隊長が気を使ってくれて——ダリヤのお披露目に間に合わないにしても、商会保証人なんだから、お祝いに行くようにって」

「グリゼルダ様が……」

「間に合って、本当によかったよ」

「ヴォルフ、かなり無理をして来てくれましたよね？」

乾ききらぬ髪を思い出して尋ねると、彼は首を横に振る。

「無理はしてないよ。がんばってくれたのは八本脚馬《スレイプニル》なんだ。あの薬草煎餅を二つ食べて、体力と気力があふれまくってた」

「薬草煎餅……グリーンスライムの干し物ですね」

頭の中をグリーンスライムの群れがぴょこぴょこと跳ねていく。ちょっと八本脚馬《スレイプニル》の速度と噛《か》み合わない。

「あれ、すごく効果があったよ。宿場街四つ分ぐらいを、半日ちょっとで、休みなしに走りきった」

「そんなに速かったんですか……？」

宿場街四つ分と言えば、馬車で一、二日のはずだ。それを休みなしで半日とは、どんな速さだ？

「——風になりました……」

遠い遠い目で言わないでほしい。一歩間違うと、父と同じくあちらに渡った人になってしまう。

「八本脚馬《スレイプニル》の本気を舐《な》めていたよ。普通の馬の三倍か四倍は速いね。景色がずっと線で、ずっと先に馬車や人がいても速度をゆるめなくて、空いている道をするりと影みたいに進むんだ。途中でタヌキなんかも出てきたけど、思いきりその上を跳んで……最初は心配してたけど、むしろ跳ぶと滞空時間がすごく長くて――気持ちがいいから、笑いながら乗ってた」

八本脚馬《スレイプニル》も凄《すさ》まじいが、ヴォルフも大概《たいがい》である。

自分がそんな馬に乗ったら、絶対に泣くか落馬する。

「王都に入ってからはさすがに危ないから速度を落としたけど、もっと速く走りたがって、なだめる方が大変だったよ」

「本当にやる気にあふれていたんですね……」

「ああ。でも体に熱がこもってしまったらしくて、王城に着いたらそのまま池に飛び込んでた。心配したんだけど、診てくれた獣医が『八本脚馬《スレイプニル》にはよくあることだから問題ない、これから自分がつくからいい』って。でも、明日にでも様子を見に行かなきゃ」

とりあえずは平気らしい。無理をして体を壊さなくて、本当によかった。

「それで、騎士団窓口で報告した後、隊全員の無事をグラート隊長に知らせてくれって頼まれて、王城の馬車でジルド様の屋敷に行ったんだ。執事さんに隊長への伝言を頼んだら、『ロセッティ様のお披露目をご覧になりたくはありませんか？』って聞かれて。『遠くでいいから一目見たい』って言ったら、メイドさんがすごい勢いで走っていって……」

ダリヤはそこで思い出した。お披露目前の挨拶中、早足でやってきたメイドがティルに何事かを話していたのは、ヴォルフのことだったのだろう。

「服は『もし、間に合えば』と、兄が予備を置いていったって。でも、俺は泥だらけで、その、かなり汗臭かったから、湯浴《ゆあ》みを勧められて……」

思い出すヴォルフが、微妙に渋い顔をする。どうしたのか尋ねかけたところ、声が続いた。

「メイドさん達に浴場に引っ張っていかれそうになって、じたばたしていたら従僕の皆さんが代わってくれ、洗われ拭かれて服を着せてもらいました……」

「ええと、貴族の方はそうなんですよね？」

人によるが、貴族はメイドや従僕が、入浴や身繕いの手伝いもすると聞いている。

ヴォルフは客人扱いだろうし、それが当たり前なのかもしれない。

「いや、俺は高等学院に入ってからは人に洗われたことは一度もないよ。でも、今日は汚れ方がひどかったし、時間がなくて……こう、泡立ててごしごし洗われると、無心になるよね」

「無心になるんですか……」

「王城で洗われる夜犬《ナイトドッグ》は、こんな気持ちなのかと思った」

「……そうなんでしょうか？」

夏、魔物討伐部隊棟の近くで、夜犬《ナイトドッグ》が洗われていたことがある。

だが、あれは気持ちがいいから大人しくしているだけで、無心ではないと思うのだが。

「その後、ドライヤーで髪を乾かしてもらいながら服を着たんだけど、汗で張り付いて、着るのに時間がかかって——部屋にこっそり入ったら、ちょうど君が下りてきた」

あのとき、ヴォルフは部屋に入ったばかりだったらしい。

ダンスの始まる前、あのタイミングでよかった。

「本当に、きれいだった……」

「え、あ！　ドレスはジルド様の奥様が選んでくださって、いい魔糸なんです！」

「そうなんだ。すごく似合ってた」

深いワイン色に染められた魔糸のドレスは本当に美しかった。だが、ヴォルフにこんなふうに褒められると妙に落ち着かない。

「あのとき――ジルド様、自分で靴紐を切ったよね？」

「ええと……はい」

言うべきかどうか迷ったが、ジルドの気遣いはヴォルフにも知ってもらいたい、そう思ってうなずいた。

「ああしないと、俺がダリヤと踊れないから、気を使ってくれたんだよね……俺、ジルド様によっぽどお礼をしなきゃ……」

「それは、お披露目をして頂いた私もです……」

「何をお贈りしたら喜ばれるのか、まったく見当がつかないんだけど」

確かに、金銭も物品も一切の不自由がないであろうジルドだ。自分達で考えるのは難しい。

「私も思いつきませんので、イヴァーノに相談しませんか？」

「そうだね。俺は兄に相談するよ。ああ、イヴァーノとは仲がいいみたいだから、二人共にお願いした方がいいかもしれないね」

ダリヤもこれに同意した。それと共に、ちょっと気になったことを尋ねてみる。

「ヴォルフは私と踊った後、どうしてました？」

自分と踊った後、気がつけばヴォルフは大広間から見えなくなっていた。

「裏で食事をご馳走《ちそう》になっていた。ジルド様と君が踊るのを見ていようとしたら、お腹が鳴ってしまって——ティル様が気づいて、別室に用意してくれたんだ」

その後はしっかり食事をさせてもらい、お披露目の終わりまでソファーで休んでいたそうだ。

昨日は徹夜で八本脚馬《スレイプニル》での移動である。ヴォルフが少しでも休めていたことにほっとした。

「ダリヤの方はどうだった？」

ヴォルフが少し心配そうに尋ねてきた。自分のダンスに危うさがあったからだろう。

「ヴォルフと踊った後にジルド様、グラート様、ベルニージ様の順で踊りましたが、グラート様の足を踏みました……」

大変申し訳ないことに、強めに踏んでしまった。グラートもダンスのエスコートはうまかった。

だが、ターンが少し早く、動きについていけなかったのだ。

「ええと、隊長は鍛えていて丈夫だから、心配ないよ！」

ヴォルフのフォローがとてもせつない。

「……ええ、靴は鉄板入りだそうです」

踏んだ直後、踊りながらあわあわと謝る自分に、グラートは『気にするな、爪先に鉄板入りだ』といつもの笑顔だった。

ほっとしつつも、そこまで自分のダンスが警戒されていたかと遠い目になった。

「ベルニージ様は、とても、勢いのあるダンスにして頂き……」

「勢いのあるダンス……？」

ベルニージは、久しぶりのダンス、そしてダリヤと踊れるのがうれしいと、踊る前から上機嫌だった。その機嫌のよさは勢いとして出たらしい。

エスコートはうまかったが、完全にスピードが乗りすぎた。ついていけなくなるとあせったとき、ひょいと背と脇を一瞬だけ持ち上げられ、きれいなターンに変えられた。

まさか空中で調整されるとは思わず、ダリヤはかなりあせった。

さすが、元魔物討伐部隊員――いや、ちょうどこの日から隊に見習い隊員として復帰したそうなので、現役の魔物討伐部隊員と言うべきか――力と反射神経があり余っているのは理解した。

ダンス後、周囲の『お二人ともお上手です！』『すばらしかったです』と続く声と大きな拍手に、乾ききった笑いが出たのは内緒である。

そういったことをオブラートに包もうとし、ちょっと破けながらも説明すると、ヴォルフがこくりとうなずいた。それなりに正しい理解は得られたようだ。

「ベルニージ様と踊った後は、ティル様に椅子で休ませて頂いて。後はそこで女性の皆様とお話をして、とても親切にして頂きました」

「よかった。やっぱりああいった場所で話すのは、ドレスとか歌劇とかのこと？」

「いえ、私がそういったことに詳しくないので、皆様、気遣ってくださって……魔導具や食事のことになりました」

ヴォルフ、ジルド、グラート、ベルニージと四曲踊ってふらりとしていると、ティルが声をかけて休ませてくれた。

他の者達が華やかに踊り続ける中、踊り疲れたという女性や、膝が痛むという年上の女性達と話をした。

ティルは緊張するダリヤを気遣い、魔導具を話題に上げてくれた。それに周りの女性達も合わせてくれ、各自が使っている泡ポンプボトルや魔導具の話になった。

彼女達には泡ポンプボトルと温熱座卓がなかなか好評で、とてもうれしかった。

ちなみに、貴族女性の間では、温熱座卓の天板をガラス細工にするのが人気だそうだ。

透明なガラスに色ガラスで、花や妖精などを描くのが好まれるらしい。

色ガラスで絵を描くというのは技術の他、職人のセンスも関係するので、人気のあるガラス職人は庶民なのに二年待ちだそうだ。なんともすごい。

他にも、ガラス細工の天板を使った温熱座卓の上掛けは白が映えるのだが、汚れやすいので違う色の防水布を使っているという話もされた。ワインをこぼしてもシミにならないのでいいそうだ。

開発者としては魔導具のいろいろな使い方が聞け、大変勉強になった。

その後、温熱座卓に入って寝落ちる夫や、お酒を飲みすぎる夫と息子が注意を聞かない、娘の肌荒れがかわいそう、高齢の父母が膝の痛みに悩んでいるなど、家族の健康を気遣う話に変わっていった。

貴族でも庶民でも、家族を心配するのは同じなのだと痛感した。

それにしても、貴族はすぐポーションか治癒魔法を利用するのかと思ったが、そうでもないらしい。繰り返しの症状や、治療するほどではない不調には使わないそうだ。

ダリヤは、『庶民療法』として、関節のぎこちなさに効くスープや、お通じのサポートをする緑の野菜ジュース、それと共に、塩分と油分を控えめにすることなどを話した。

少しでも役立てばいいのだが、これればかりは体質も状況もある。何かあれば医師と神官へ相談してくださいと、よくよくお願いした。

かいつまんで話し終えると、ヴォルフは目を丸くしていた。

「そういった話をしていたんだ。俺はてっきり、ダリヤと話したい男性貴族が列をなしたかと……」

「ないです。そもそも話しかけられてもいません……」

ヴォルフもやはり貴族かもしれない。でも自分にリップサービスはしなくていいのだ。

そんなことは夢にも見なかったし、実際も同じである。

唯一、声をかけてきたといえるのは、ダンス前の一人だけだ。

とはいえ、あれは話すためではなく、ただの挨拶だ。父の代理だから挨拶にがんばらねばと思っただけだろう。ということで実質ゼロである。

自分の平坦《へいたん》な返事に、ヴォルフも察してくれたらしい。そっと話題を変えてくれる。

「明日は休みだから、お披露目祝いの花を持っていくよ。他に何か欲しいものはない？」

「何もいりませんよ、ヴォルフ。もうイヤリングを頂いていますから」

しゃらりと歌うイヤリングは、両耳にいまだある。ドレスを脱いでワンピースに着替えるときも外さなかった。

落とさぬようネジをきつめにしているので、今、耳朶《みみたぶ》が少しじんじんしているが、絶対に言うつもりはない。

「明日はゆっくり眠って、一緒に遅めの昼食にしませんか？　こちらも楽に、あるもので――ええと、じゃがいもと人参《にんじん》とソーセージと、あと、黒パンと山羊乳《やぎちち》のチーズならありますし……」

やはり買い出しに行く方がいいかもしれない、言いながら考えていると、ヴォルフが目を細めた。

「黒パンに山羊乳のチーズ……なつかしいなぁ」

初めて自分達が出会った日、川原の昼食会のメニューを、彼は覚えていたらしい。

「じゃあ、ドライフルーツとナッツもつけますね」

「俺はやっぱり、赤ワインと蜂蜜を持っていくよ。あ、長めの木の枝はいる？」

「なくていいです！」

思わずそう返すと、彼はケラケラと少年のように笑い出した。

黒パンに山羊乳のチーズをのせ、長めの木の枝に刺したソーセージを焼き、蜂蜜入りの赤ワインを飲んだあの日から、季節はまだ三つ。

それなのにずいぶんと近くで、長い時間を過ごしてきた。隣にいるのが自然に思えるほどに。

けれど、これは当たり前のことではない。ダリヤはそれをよく知っている。

昨日も明日もそこで笑っているはずだった父は、急にいなくなった。

季節も年も越えて共にいるはずだった婚約者は、急にいなくなった。

今、隣にヴォルフがいるのは、面白くて、とても楽しくて――これを当たり前だと、このままずっと続くのだと、思い込んではいけない。

だから、共にいる時間はすべて、大事な思い出として覚えておきたいのだ。

「明日は、黒パンに山羊乳のチーズをたっぷりのせ、小型魔導コンロで焼きましょうか」

「俺はすでに明日が楽しみだよ……」

しみじみと言う黒髪の青年に、ダリヤは声を立てて笑った。

白い月が街路を明るく照らしている。

スカルファロット家の紋章入りの馬車、その御者台に、イヴァーノは御者と共に座っていた。

後ろに目立たぬ箱馬車が続いているが、そちらにはスカルファロット家の護衛騎士達が乗っている。

ヴォルフの母が亡くなったのは病死ではない。その本当の理由――馬車の襲撃事件については、イヴァーノも大枠で知った。腕の長い貴族の友人が教えてくれたからだ。

夜間の移動、弟とダリヤが乗っている馬車である。グイードが安全を考え、これほどの護衛をつけているのだろう。

緑の塔の前、二台の馬車はゆっくりと止まった。

イヴァーノはダリヤのために扉を開けに行こうとして、ふと耳をそばだてる。

隣の御者が、咄嗟に体勢を整えた。その鋭くなった眼光に、声をひそめて告げる。

「すみません、危ないことではないんです。ただ、もう少しの時間だけ、馬車を走らせて頂くわけにはいかないでしょうか？」

「どうかなさいましたか？」

自分の言葉に、御者は不思議そうな顔をする。

イヴァーノは無言のまま、御者台の後ろ、馬車内が見える小窓をわずかに開けた。

御者はしばし中を見ると、自分に向かって軽くうなずく。そして、後ろの馬車に手の動きで何かを合図した後、静かに馬車を走らせ始めた。

二つの笑い声が重なる小窓を、イヴァーノはそっと閉める。

酔いを理由に御者台に乗せてもらったが、どうやら正解だったらしい。

馬車が止まったことすらも気づかず、互いに座席から身を乗り出し、笑顔で話す二人。

お披露目と遠征帰りで疲れているはずなのに、本日一番活き活きして、楽しげだ。

その時間をもう少しだけ引き延ばしてあげたいが、遠回りは御者も、後ろの馬車にいる者達も残業になるわけで――少々申し訳ないお願いになってしまった。

「後で私から少々お渡しします。皆様のお好きな酒や菓子をお教え頂ければ、後日、差し入れさせて頂きますので」

「いいえ、『ヴォルフ坊ちゃん』の、あのお顔だけで十分です。後ろの者達には、私が奢《おご》りましょう」

『ヴォルフ坊ちゃん』と呼んだ中年の御者は、目を糸のように細めて笑った。

その後に彼が横を見て鼻を啜《すす》りこすったのは、気づかなかったことにする。

夜空を見上げれば、月が微笑むように輝いていた。

「ああ、いいことを思いつきました」

「どのようなことでしょうか？」

イヴァーノは紺藍の目を細め、にっこり笑って答える。

「このお話をグイード様へお伝えください。きっと皆様の酒代が頂けると思います」

数秒耐えた御者は、その後に高く笑い出し――中の二人に気づかれぬよう、慌てて声を落とした。

後日、イヴァーノの提案は実行されたらしい。

この御者と後ろの馬車の者達、そして自分にも、スカルファロット家から赤ワインが配られた。

金色のラベルが貼られた見事に深い赤。飲むか、保管するか、換金するか――

各自本気で悩むのは、間もなくのことである。

小物職人と副会長の迷い

「お邪魔しまーす」

「こんにちは。久しぶりだな、ダリヤさん」

少し風の強い昼下がり、イヴァーノは小物職人のフェルモを伴って、緑の塔にやってきていた。

二階の居間に通されると、すぐダリヤが紅茶を出してくれた。

イヴァーノはそのお礼のごとく、持って来た布包みを開く。

「会長、これ食べ頃なんで、早めにどうぞ」

「ありがとうございます。ずいぶん大きいですね」

顔を綻《ほころ》ばせたダリヤが、自分から薄緑色の大きな果実を受け取る。

持参したのは橙瓜《だいだいうり》だ。実が濃い橙色《だいだいいろ》で、とても甘い。

子供の頃のダリヤの好物だったのは、カルロの話で知っていた。思いついて、冬にはめずらしいそれを手土産にしたが、喜んでもらえたらしい。

ちなみに、イヴァーノの娘二人の好物でもある。そちらはすでに家に配達を頼んだ。

「せっかくなので、切って持ってきます。先にお茶を飲んでいてください」

「じゃあ遠慮なく。お！　ダリヤさん、そっちの設計図は、筒物《つつもの》か？」

フェルモは小物職人だけあって、図面にはめざとい。商会長として上等な上着を羽織るようになってからも、その視点は変わらないらしい。

「短杖《スタッフ》の構造設計図です。後でちょっと形状についてお伺いしたいことが――」

「俺にわかるならいつでも。じゃあ、これは俺が見ていても？」

「はい、お願いします」

イヴァーノは職人同士のやりとりを黙って聞く。

ダリヤはフェルモに対し、魔導具に関係するものを、それこそクラーケンテープの貼り方から魔力が少なくても加工できる素材まで教えている。

対するフェルモは、ダリヤに金属や魔物骨などを手作業で成形し、調整する技法を教えている。金槌《かなづち》やノミの選び方、設計と削りによる軽量化、丸み付けのコツなど、様々だ。

十分器用に思えるダリヤだが、フェルモにはまったく届かないそうだ。

お互いにその作業を丸投げすれば早いだろうにと思ってしまうのは、イヴァーノが商人だからだろう。職人同士の話に関しては、口を噤《つぐ》むことにする。

「会長、それ、重いので気をつけてください。それとも俺が運んで、切るの手伝います？」

「いえ、このくらいは大丈夫です」

ダリヤは橙瓜《だいだいうり》を腕に、足取りも軽く台所に向かう。

それを見送ったイヴァーノは、隣のソファーに座る男に声をかけた。

「フェルモ、工房と家の内装は進んでますか？」

「まだまだだ。工房は棚を作り始めたばっかりで、家はカーテン一つ決まってねえ……」

小物職人であった彼は、紆余曲折《うよきょくせつ》あったが、ガンドルフィ商会を設立した。

そして、この塔と同じ西区に、工房と家を手に入れた。

とはいえ、内装工事はまだ続き、移動は年明け予定。現在は予約分の泡ポンプボトルや噴霧器《ふんむき》の制作に忙しく、引っ越し準備になかなか取りかかれないという。

「大変ですね。でも、無理はしないでください。フェルモが倒れるとうちの商会が困ります」

「お前はもう少し、俺に対する言い方を包め。もっとも無理はしてねえよ。春の暇さに比べたら天国だ」

今年の春先、仕事が少なくて困っていたフェルモにとって、今の状況は喜ばしいことだろう。

妻も職人に復帰し、弟子も増えた。小物の他にいろいろな魔導具の部品を作ることも増えている。

その上で商会設立をして新しい工房と家を持ち、引っ越しで忙しさに輪をかけているわけだが――これからさらに、自分が輪をかける。

「フェルモ、いいえ、『ガンドルフィ会長』」

「なんだ、あらたまって。お前に『ガンドルフィ会長』と呼ばれて、いい話をされたことがないんだが」

フェルモはテーブルの上の設計図から、濃緑の目を離さず答えてきた。

「お招きしますので、来年、スカルファロット武具工房の仕事に『噛《か》んで』ください。ヴォルフ様の、いえ、スカルファロット家の別邸で」

「おい、イヴァーノ。いくらなんでも冗談が過ぎるぞ……」

冗談と言いながら、その声がきっちり冷えた。

片手で持ちかけた紅茶は、落とさぬよう、口をつけぬままソーサーに戻される。

「本気ですよ。ガンドルフィ商会も年明けから手を広げて、本格的に稼働するんでしょ？　ダリヤ会長の紹介なら手続きなしで参加できますし、顔を広めるのにちょうどいいじゃないですか」

「お前は俺の心臓を止める気か？　なんで庶民の俺が、伯爵様だの子爵様だのがうじゃうじゃいる工房に出入りしなきゃいけないんだよ？　大体、俺が作ってるのは小物だ、魔導具でも武器でもねえ」

心底嫌そうに答える彼に、イヴァーノは紺藍の目を思いきり細めた。

「聞きましたよ、奥様の作品、貴族女性に大人気だそうで。特に、前公爵夫人のアルテア・ガストーニ様ご自慢の温熱座卓用ガラス天板。色ガラスの絵物は、新規予約はもう二年待ちだとか？」

「そりゃ、あいつのセンスと腕がいいからな。ただ、まだ身体が心配だから、納期は倍がけで出すように言ってる。実際はそこまでいっぱいいっぱいじゃねえよ。助手と家事手伝いもつけたしな」

「でも、すごく人気があることに変わりはないでしょう。そろそろ『横槍《よこやり》』も入ってきてるんじゃないですか？」

「……そこはまあ、商業ギルドで相談してる。面倒事にはならねえで済んでるよ」

苦虫を噛みつぶした顔でフェルモは答える。

横槍がないと言い切れないのは、すでに無理な取引の希望があったからだろう。

順番を守らず自分を優先しろ、どこそこの家よりも上等なものを作れ、そんな命令じみた希望を金貨と共に投げつける——一部だがそんな貴族もいるのだ。

幸い、ガンドルフィ商会の保証人である商業ギルド長のレオーネと、その妻、ガブリエラのおかげで、そう面倒なことにはなっていないと聞いている。

だが、この先もずっと同じとは限らない。

「フェルモ、妻より自分の方が、腕は長くありたいと思いません？」

「あいつと職人同士、腕の良し悪しは競うが、長さと銀貨の数は競わねえよ」

「それはわかりますよ。でも、俺が今言ってるのは、そうじゃない」

「じゃあ、なんだよ？」

「この先万が一、お貴族様とぶつかったとき、夫として妻をさくっとかばえた方がかっこいいんじゃないかなー、工房のお弟子さん達もより安全だといいなー、なら高位貴族の皆様方に顔はつないでおいて損はないんじゃないかなー、いっそのことお偉いさんを全部の盾にしてもいいんじゃないかなーと。まあ、そう思うわけで」

にっこりと笑った自分に、フェルモはとても嫌なものを見る目を向けた。

正直、夏の蚊を見るまなざしの方がましかもしれない。

「イヴァーノ……お前ほどいい性格の奴は、ほんっとに、なっかなか、いないと思うぞ。しかも最近、ますます輪をかけてきやがって……」

「お褒めの言葉をありがとうございます」

イヴァーノは慇懃《いんぎん》無礼《ぶれい》に深く頭を下げた。

隣でふるふると肩を揺らした男は、体ごと自分に向き直る。

「馬鹿野郎、皮肉だ、わかれ！　……って、わかってて言ってるに決まってるよなぁ……」

「俺の扱いにも慣れてきましたね、さすがガンドルフィ会長！」

眉間を押さえた彼の、深い深いため息が聞こえた。

「いいだろう、出るよ。どのみち、他の道は全部お前に塞《ふさ》がれるのが見えてるからな。ただ――いっぺん本気でその頭をはたかせろ」

「頭はやめてくださいよ、少々薄いのが気になってきたんですから！」

「よし、じゃあ頭の皮に刺激を与えるためにも必要だな」

「そんな刺激は要りません！　大体、それでほんとに増えるんですか？」

「理髪店の待合いじゃ増えるって聞いたが、どうなんだろうな？　南区の店じゃ、頭の皮叩《たた》きのブラシも売ってるそうだが」

「ぜひ試して、結果を聞かせてくださいよ」

「自分で買え。俺はそこまで気にしてねぇ」

腕を上げかけたフェルモに、言い返し言い返されを繰り返していると、大皿にカットした橙瓜《だいだいうり》を山とのせたダリヤが戻ってきた。

二人は共に口を閉じ、同時に紅茶のカップを持ち上げた。

「切ってきたので、小皿にとってどうぞ……ええと、なにかありましたか？」

にぎやかな話し声が響いていたのに、ドアを開けた途端、二人が無言で紅茶を飲み始めた。

それが気になり、ダリヤはつい尋ねてしまった。

「頭髪に関する話を、少し」

「イヴァーノが髪を気にしててな」

「そうなんですか。男の方もどんな髪型にするかは考えますよね」

二人の前に小皿を置き、橙瓜《だいだいうり》をのせる。水気がたっぷりでとてもおいしそうだ。

礼を言ってフォークを手にしたイヴァーノが、さくりと一切れに刺す。

「カルロさんは長く同じ髪型で、お似合いでしたよね。こめかみは少しきてましたけど、ずっとふさふさで」

「それなりに気を使ってましたので」

「あれ？　カルロさんて、割合身なりに無頓着《むとんちゃく》な方じゃなかったです？」

遠慮のないイヴァーノの指摘に、ダリヤはええ、と小さく笑った。

靴下を履かない。シャツのボタンは二つ開けておく。上着は腕を入れずに肩にかける——男爵でありながら、そんな着方も多く、無頓着で無造作だった。

「でも、頭髪の健康はそれなりに気をつけていましたよ。朝と夜のシャンプー前に猪《いのしし》毛のブラシをかけてましたし……」

「猪毛のブラシ……他には？」

フォークを置き、黒革の手帳を取り出したイヴァーノから、真顔で尋ねられた。

「食事ですね。鳥骨や豚骨、豆のスープ、牛乳をよく飲んだり、お料理に使ったり……あとは海藻サラダもよく食べてました」

父カルロが『抜け毛が増えた』と言ったのは、ダリヤが高等学院の頃だ。深刻な表情《かお》だったので、前世の父がいろいろと試していたのを思い返し、片っ端から勧めた。

ブラッシングや食事などは、それなりに実行していたように思う。もっとも、酒量と夜更かしに関してはあまり聞いてくれなかったが。

「カルロさんて、シャンプーや整髪料は何か特別なものを？」

「いえ、シャンプーは私と同じで、ごく普通に売っている香料少なめのものを使っていました。整髪料は普段は使っていませんでした。男爵会のときだけ植物系のワックスを少しでしょうか」

父は髪がべたつくのも、きつい臭《にお》いも苦手としていた。ダリヤも同じなのでよくわかる。

「ヘアオイルは使わないのか？　貴族はたっぷりつけるだろ？」

「あれで根元に栄養がいって、髪が増えるって言いますよね！」

「オイルの種類にもよるかと思いますが、粘度の高いオイルで地肌をベタベタさせるのはどうかと。頭皮……ええと、頭の皮膚と、髪の毛の根元によくないので、ほどほどの方がいいかもしれません」

そう説明すると、イヴァーノが固まった。そっと手を伸ばしたのは、その櫛削《くしけず》られた芥子色《からしいろ》の髪。

「地肌を乾かさないように多めに塗らなきゃいけない、俺、店でそう勧められたんですが。結構お高いオイルで……」

「あの、やりすぎは、髪の毛の根元をふさいで逆によくないかと……」

「俺、朝晩真面目に塗ってたのに！　あ、ダリヤさん、これって、ロセッティ家の秘密の話とかです？」

「いえ、違います。ごく普通の話じゃないかと。父が友達と――ああ、ドミニクさんとも話していたことがありましたよ」

カルロがしばらく試したあたりで、商業ギルドにいるドミニクに、骨系のスープや海藻サラダの作り方について聞かれたとかで、レシピを紙に書いて渡した。

その後、ドミニクからお礼にと、大きな缶入りの高級クッキーをもらった記憶がある。効果があったかどうかは聞いていないが。

「ああ、公証人の、ドミニク・ケンプフェルさんか。そういえばあの人も、真っ白だけどふさふさだよな……」

「俺、カルロさんの友達でも、ドミニクさんと仲良しでもなかったのかもしれない……」

イヴァーノが遠い目でおかしなことを言い始めている。

その肩をフェルモが無言で二度叩いた。なぜか雰囲気がもの悲しい。

「あの！　イヴァーノはうちの父よりずっと若いんですから、気にしていないと思ったのだと」

「そうだぞ、イヴァーノ。大体、お前はこんなにふさふさしてんじゃねえか」

フェルモが大きく笑うと、イヴァーノの頭を軽くはたく。ぺちん、何気に高くいい音が響いた。

「すまん！　ちょっと勢いがつきすぎて」

「いえ、最近ちょっと気になってまして。じつは、俺の父は髪が薄く、伯父は早い時分から髪が去り……」

「そんなに気にしなくてもいいと思うのですが」

ダリヤがそう言うと、イヴァーノはじっと紺藍の目を向けてきた。

「でもですよ、ダリヤさん、たとえば……自分の恋人とか旦那さんの髪が薄くなったら、気になりますよね？」

「健康なら特には。病気や悩みが原因なら気にしますが」

頭髪の変化は体質や加齢によるもので自然なことだ。

今世の父、カルロに頭髪がなかったとしても、気にはしなかっただろう。

前世の父も、頭頂部など、髪がない部分はあったが、それについて気にしたことはない。

むしろ気にしたのはその健康の方だ。仕事で帰りがよく遅くなり、無理をしているのではないかと心配した。笑顔で大丈夫だとしか言わない父だったから余計にである。

もっとも父本人は少し気にしていた。『年齢より上に見られる、健康的に見えたい』と。

「ダリヤさん、その……もし、ヴォルフ様の髪が薄くなったとしても、こう、なんとも思わないもんか？」

「はい、特に。怪我《けが》で髪がそうなったとか、神経の使いすぎで抜けたとかだったら、その心配はすると思いますが」

魔物の酸で頭皮を焼いたとか、遠征の徹夜続きで髪が抜けたというのならば、とても心配するだろう。

だが、ヴォルフの頭髪が薄くなるとして、本人そのものは変わらないではないか。

いや、むしろ外見で苦労している彼の平和につながるのならば、もしやありえるスタイルかも――ダリヤは想像しかけた姿を、全力で振りきった。

「一般的に女の方が、髪を気にすることが多いと思うんだが……」

「それは髪型の話じゃないでしょうか？　それも人によると思いますが――あの、これに関して気になるならバルバラさんに直接聞けばいいのでは？」

「うーん、これに関しては、ちょっと聞きづらいものがあってな……」

「ですよねー、俺も同意です」

妻に聞きづらくてダリヤに聞けるという、現段階での二人の考え方がわからない。

頭髪程度でゆらぐ愛などあるものか。健康的に見えたいなどの理由から気になるなら、カツラという方法もあるのだ。

だが、奥様に聞く前に己に確認してもらいたい。

「じゃあ、逆に伺いますけど、フェルモさんもイヴァーノも、もし奥様の髪の量が減ったら、奥様への気持ちはちょっとでも減るんですか？」

「いや、全然、って……ああ、そうか、そうだよな……すまん、馬鹿なことを聞いてた」

フェルモが自己完結したらしい、納得の笑みとなった。わかって頂けて大変よかった。

一方、隣のイヴァーノは手で顎《あご》を押さえ、難しい顔で何かつぶやき始めた。

「まずは健康を確認し、本人が気にするなら、神殿と薬師を当たり、あとは、グイード様……ジルド様に相談し、それでだめならカツラを探す……だとすると、理髪店……オズヴァルド先生なら詳しいかも……」

幅広い知識と伝手《つて》のある頼れる副商会長は、妻がと仮定した瞬間、具体的な方法を模索し始めた。

気にしていると言いながら、自身と妻に対する対応はまるで違う。

ダリヤは無言のまま、フェルモに視線を戻す。

ちょうどこちらを見た彼は、少しだけばつが悪そうな表情《かお》をする。

「ダリヤさん、その、カルロさんの使ってたシャンプーとブラシと整髪料を教えてくれないか？　とりあえず、やれることはやっておきたいんでな。もちろん礼はする」

「今、メモしますね。お礼は——構造設計の先生をお願いします」

「お安いご用だ」

腕のいい小物職人は設計図を持ち上げ、濃緑の目を細めて笑った。


そうして甘い橙瓜《だいだいうり》を堪能した後、三人で塔の一階に移動した。

作業場でダリヤが手にするのは、白い指揮棒に似た短杖《スタッフ》だ。

「こちらが水魔馬《ケルピー》の短杖《スタッフ》です」

先日、商業ギルド長のレオーネから届いた短杖《スタッフ》ではない。

そちらの一ダースはすべて付与魔法の練習で使いきり、イヴァーノに追加で頼んだうちの一本だ。

「で、ダリヤさん、さっきのは簡単な図面だったが、どんな構造にしたいんだ？」

「この短杖《スタッフ》の内側を、あまり耐久性を下げずに空洞にできないかと——」

「その表情《かお》は、できるできないじゃなくて、なんとかしたい、だろ？」

にやりと笑ったフェルモが、自分に手を差し出す。ダリヤが短杖《スタッフ》を渡すと、角度を変えつつ確認し始めた。

杖《つえ》を動かすと、白い表面の上、水色の光が一瞬輝く。水魔馬《ケルピー》の骨、独特の光である。

「それなりに太さはあるな。けど、なんだって空洞に？」

「表側と内側の両方に魔導回路をひけないかと思いまして……」

「ああ、表面積を増やしたいわけですね」

イヴァーノの理解が早い。元々は商業ギルド、そして今は商会でいろいろな魔導具を扱っていることもあり、かなり詳しくなっている。

「完成品の素材は違いますが、大きさ的にはこの短杖《スタッフ》に、二倍の魔導回路を入れたいんです」

レオーネからもらった短杖《スタッフ》向けの基本設計は、思っていたよりも単純だった。

持ち手から先端に向け、魔力ラインを螺旋《らせん》状に流す形だ。

螺旋の間隔は手元が広く、先端に向かって細くなる。これは魔力の方向性と集中化が目的だとメモがあった。

ヴォルフの兄、グイードに贈る短杖《スタッフ》は、月狼《ハティ》の骨に、氷龍《アイスドラゴン》のウロコを付与する予定である。

単純計算でも水魔馬《ケルピー》の骨に氷の魔石を付与したもの、その七倍の出力は出せる。

ということは、魔導回路もより強力で堅牢《けんろう》で安全なものにしたいわけで――案を描き込むだけ描き込んだ結果、短杖《スタッフ》表面だけでは絶対に刻めぬ大きさになった。

そこから魔導回路図を削ったりまとめたり、何度も描き直した結果が表面積の二倍である。

どうにかならないか悩んでいるときに、ふと思い出した。

前世の電気関連製品には、二層基板、両面基板というものがあったではないか！

今世でも、父カルロには教わらぬままではあったが、今、手元にはその魔導書がある。見えないところで魔導回路を組むための説明はあった。

自分にはできなくても、付与をするのは商業ギルド長にしておくのが惜しいほどの魔導具師、レオーネ・ジェッダ。父の先輩でもあるのだ、やってやれないことはない、きっと。

「こちらが内側を空洞にしようとして、失敗したものです……」

恥ずかしながらの失敗作の山、それを入れた箱を作業机に載せる。

途中で三本を割り、次の二本は途中で縦にヒビが入った。彫りきった一本は薄すぎて耐久性がなくなったらしい。軽く振ったらやはり割れた。

箱の破損品を一本ずつ確認し、フェルモが眉間に皺《しわ》を寄せていく。

「ダリヤさん、これ、骨に対してまっすぐにいったろ？」

「はい、刻み小刀で魔力を入れて、まっすぐ削りました」

「こいつは縦の筋が強い。斜めにゆっくりいかないと共割れする。乾いた薪《まき》と一緒だ」

どうやら削りの方向に問題があったらしい。斜めに削れば割れづらくなるようだ。

「水魔馬《ケルピー》の短杖《スタッフ》って、片面だけのものは使えないんですか？」

イヴァーノに尋ねられたので、ダリヤは大きめの魔封箱を棚から取り出す。中に入っているのは、付与練習をした水魔馬《ケルピー》の短杖《スタッフ》の山である。

「使えなくはないんですが、表面だけだと、効果がこれしかないんです……」

短杖《スタッフ》にわずかに魔力を通すと、先端からちらちらと白いものがこぼれる。

「ダリヤさん、これ、雪、です？」

「細雪《ささめゆき》と呼びたいところですが、細かい氷の粒です……」

わざわざ水魔馬《ケルピー》の骨を使い、氷の魔石を付与してこれである。

ダリヤが魔力を思いきり込めても、氷の結晶が見られる程度。防御力も攻撃力もない。安全で理科の実験品にいいかもと思える品だ。

しかし、材料費がちょっとお高い。氷を出すだけなら氷の魔石でいいのだ。わざわざこれを使う意味がなく――

「はは、こりゃいいな！　蒸留酒のマドラーになる。飲むときにこれをテーブルに置いておけば、いつでも冷えた酒を飲めるわけだ」

酒飲みならではの台詞《せりふ》に、思わず笑ってしまった。確かにそれならいいかもしれない。

「フェルモさん、よかったら帰りにどうぞ。練習でたくさん作ったので」

「ありがとよ、遠慮なくもらう。代わりにこのマドラーのケースを任せてくれ。余り素材で組んでくる」

「お願いします。イヴァーノもどうですか？　小皿に積んで蜂蜜をかけると、娘さんが喜ぶかもしれません」

かき氷のようにふわふわではないが、それなりに細かい氷の粒になる。

魔力の込め方次第では、もうちょっと食感がよくなるのかもしれないが、そこは個人の魔力差と使い方だろう。

「ありがとうございます。俺も遠慮なく頂きますね。で、会長、こちらもお願いします」

紺藍の目を細め、即座に渡されたのは、商業ギルドの利益契約書。うちの副会長は、一体何を持ち歩いているのか。

「なぜ今、これを持っているんですか、イヴァーノ？」

「必要だからに決まってるじゃないですか、会長」

整った笑顔でそう言い切られた。納得がいかない。

しかし、横のフェルモまでが深くうなずいている。自分の味方になってはくれなそうだ。

「ええと、基礎回路を頂いたのはレオーネ様ですので、お名前を並べて頂くご相談を……」

「じゃあ、会長が先に書いてくださいね。俺が後で署名をもらってきます」

うちの副会長は、大変仕事が速い。ジルドと付き合うようになってから、なんだか似てきたかもしれないと真面目に思う。口にはしないが。

「んじゃ、試しにこれ、俺が彫ってみていいか？」

「あの、フェルモさん、水魔馬《ケルピー》はちょっと削りづらい素材で……」

お願いしたいのは山々だが、水魔馬《ケルピー》の骨はちょっと硬い。魔力を入れて削るか、専用の工具がいるのだ。

「じゃ、ダリヤさんとの儲《もう》けの成果を見てくれ」

「はい？」

フェルモは持って来た黒革の作業鞄《かばん》をテーブルに載せる。

濃緑の目が悪戯《いたずら》っぽく光った後、蓋《ふた》がぱかりと開けられた。

艶《つや》やかに青白く光る小刀が五本。切り出し、平、丸、三角、細めと刃先が違う。そして、隣には同色の錐《きり》と刃の少し厚いナイフ。持ち手はどれも艶やかな黒革が丁寧に巻かれていた。

ゆらりと誘《いざな》うような独特の魔力に、ダリヤは思わず息を呑《の》む。

「硬質化付きミスリル工具だ！」

「すばらしいです！」

互いに声が思いきり高くなったが、当たり前である。

ダリヤも今までに使ったことがない工具だ。いつ発売されたのだろうか。

ミスリルに硬質化をかけた工具なら、硬い素材も削り放題ではないか。

これがあれば、フェルモも魔物素材が加工できるようになり——そこまで考えて、はっとした。

「あの、フェルモさん、私が魔導具をいろいろお願いしたために、無理をしてご購入なさったのでは……？」

「いや、違うぞ、ダリヤさん！　小物の素材をいろいろやりたいし、壊れづらいっていうからな。それにこれなら多少のものを削っても、腱鞘炎《けんしょうえん》にならない！」

納得できる理由を告げられたが、その必死さが気にかかる。

さらに尋ねようとしたとき、向かいのイヴァーノがにっこり笑った。

「勢いづくと、ざっくりいく可能性があるので、注意が必要ですけどね」

「おい、イヴァーノ！」

フェルモの声が険しくなった。ダリヤはつい隣の彼をじっと見てしまう。

「フェルモさん、その……すでに、もう、ざっくりと？」

「……ざっくりはいってねえ、手の皮一枚だ」

「上に作業用手袋つけてなかったら、思いきりいってましたよ」

「イヴァーノ、お前はいらんことをべらりと！」

「いや、いることですよ。フェルモに教わるなら、会長にも必要ですもん」

イヴァーノは玄関脇からトランクを持ってくると、中からフェルモと同じ形の作業鞄を出す。

ただ、ダリヤの目の前に置かれたのは、赤い革の鞄だ。

蓋を開くと、中身は同じ種類の工具がずらりと並ぶ。持ち手は艶《つや》のある赤い革だ。

フェルモとおそろいで、色違いのものらしい。

「あの、イヴァーノ、これは？」

「王城向けの最新工具だそうです。二つ頼む方が安かったんですよ。硬質化の付与を頼む方の都合で、時期はちょっとずれちゃいましたけど。二つで四割引いてもらえましたんで、先にフェルモに売り込みにいきました。もちろん師匠向け特別価格ですよ」

「あれでかよ……」

フェルモのつぶやきに、一気にあせりが回る。

「かなり高いんですよね？　自分で払いますので！」

「商会の必要経費ですよ、会長。そういうことなので、後で髪の毛対策全部と利益契約書をお願いします！」

何がそういうことかわからぬが、ダリヤは後でイヴァーノの希望通りの書類を綴《つづ》ることにした。

それにしても、新しい工具というのは心が躍る。

ダリヤはフェルモと椅子を並べ、同じ工具を作業机に置いた。それぞれ作業用手袋をつけると、水魔馬《ケルピー》の短杖《スタッフ》を持つ。

「彫り口は欠けないよう、削ったらすぐ、水で少し湿らせた布をつけて保護する。で、ここから螺旋状に……魔導回路と一緒じゃねえかな。で、ここ、筋が少し右にずれているから、それに合わせて右回りに刻んでく」

「こう、でしょうか？」

フェルモは骨の加工経験も多いらしい。ミスリルの工具を手にした今、水魔馬《ケルピー》の骨をカリカリと小気味よく削っていく。

一方、ダリヤはおっかなびっくりに骨を削る。まだ慣れずに削れすぎると思える工具は、短杖《スタッフ》を割りそうで怖い。

それでも、フェルモの指示を受けながら、なんとか形になった。削ったものを並べると、自分の短杖《スタッフ》を隠したい出来映えではあるが。

「この骨の頑丈さでも、彫るのはこれが限界だな。面積は二倍にはならねえ」

フェルモが白髪交じりの茶髪をがしがしとかく。

表より裏の面積が狭い、そして一定のところまでしか彫れないのだ。仕方がないだろう。

「もうちょっと短杖《スタッフ》自体が長いといいんですけど。使う骨は別にあって、これより少し短いぐらいなので……」

グイードに渡す完成品は、月狼《ハティ》の骨に、氷龍《アイスドラゴン》のウロコを付与する予定だ。

しかし、月狼《ハティ》の骨にそこまでの長さはない。

「加工して二本つなげちゃだめなのか？」

「はい、だめなんです。ご依頼主のご希望で、この短杖《スタッフ》は、左の袖の手首から肘の間までの長さなので。袖に短杖《スタッフ》ケースがあって、そこに入れるんだそうです」

「騎士の剣みたいに持ち歩くわけですね。俺はもう大きくして腰にさすか、背中につけた方が早く思えますが」

イヴァーノの言う通りである。

そうなればもっと大きめにできるし、表面積を気にすることはない。悪目立ちしそうではあるが。

うーんと低く唸《うな》ったフェルモを隣に、ダリヤは部屋の棚をぼんやり見る。そこで、ひとつの物に目が留まった。

「あ、温熱卓の脚！」

「は？」

「温熱卓の脚と一緒にしたらどうでしょうか？　二つ組んで伸縮式にして、外側の骨を空洞にして、内側に骨が入るようにすれば……」

「ああ、そりゃあいいな！　簡単に面積が増える」

前世の伸縮する警棒やポインターと一緒である。そして、夢と希望は一気に広がった。

「内側のさらに内の骨も削れば四面！　この図面より、もっと入りそう……」

「会長、なにさらっと増やす方向にいってるんですか……？」

「こっちの内側も削れってことでいいんだな。よし、一気に仕上げる！」

「フェルモ、なに簡単そうに引き受けてんですか……？」

イヴァーノには呆《あき》れられたが、開発には勢いも大切である。

ダリヤはフェルモと共に次の水魔馬《ケルピー》の短杖《スタッフ》に手を伸ばした。

職人二人が試行錯誤することしばらく――ダリヤはつなげた短杖《スタッフ》を恨めしげに見た。

「伸ばしたら、戻らなくなりました……」

二本の短杖《スタッフ》を削り直し、フェルモに教えてもらいながら、伸縮式にした。

二つを伸ばすと少し長め、たたむと肘下からの袖に入れられる短さだ。警棒ほど丈夫ではないが、それなりに強度はある。

しかし、ぎりぎりまで伸ばしたところ、きっちりはまって動かなくなった。

情けない声を出してしまったおかげで、トランクを机代わりに書類を書いていたイヴァーノも、こちらに視線を向けてくる。

ダリヤの手から二本つなぎの短杖《スタッフ》を受け取ったフェルモが、くるりと一回転させた。

「こりゃだめだ。全面的に面で合わせたら、きっちりすぎちまう。もう少し『遊び』がいるんだよ。円じゃなく、多角形にする感覚で隙間を作るといい」

「なるほど！」

フェルモが自身の作った伸縮性の短杖《スタッフ》を渡してきた。

ぱっと見た目ではわからないが、回転させつつ指でなぞると、その遊びがわかる。それを確認した後、新しい短杖《スタッフ》に取りかかる。

「どうでしょう？」

「だめだな、まだ合わせが細かすぎる。粗いのは細かくできるが、細かいのは粗くしづらい。やる分だけ骨も薄くなるだろ。六ヶ所だけ合わせて、伸ばしきった後でも戻るように……このぐらい大きく遊びを入れてだな……」

「わかりました！」

さすが、熟練の小物職人である。筒物が得意なフェルモだけあって、真横で作業、かつ見ながら教えてもらえるというのは大変にありがたい。

自分が二週間悩んで試行錯誤していたことが、ものの数時間で解決した。

そうして、失敗と成功を繰り返し、なんとかダリヤ一人で作り上げた水魔馬《ケルピー》の伸縮性短杖《スタッフ》。

フェルモの作ったものより、動きは滑らかではないが——魔導ランタンの下、白に水色の輝きがのるそれは、なかなかにきれいだった。


「悪いな、遅くなって。仕事が押してんじゃねえのか？」

「いえ、大丈夫ですよ」

フェルモとイヴァーノは、夕飯に近い時間、ようやく馬車に乗り込んだ。

一度迎えに来てもらったのだが、ダリヤとの作業に調子が上がっていたため、時間を延ばしてしまったのだ。

その詫《わ》びを伝えたが、向かいのイヴァーノは笑ってタイを新しいものに取り替えている。

どうやら、今日はこれからもう一件、お偉いさんとの仕事があるらしい。

「今日はうちの会長にご指導をありがとうございました。この分の支払いは——」

「かまわねえよ。俺も魔導具に関して教えてもらってるしな。クラーケンテープが貼れるようになったおかげで、仕事の幅も広がった。それに、お前にもいい工具を紹介してもらったからな」

「そちらの代金はきちんともらってますから。じゃあ、代わりに——」

「おい、俺にはそのへんにしとけよ」

さらさらと告げる言葉に、思わず低い声が出た。

芥子の髪の男は、不思議そうに自分を見返す。

「フェルモ、どうかしました？」

「近頃、『そっち』にいきすぎだ、イヴァーノ」

「……そうです？」

聞き返す声は一拍空いた。

「お前の渾名《あだな》は『紺の烏《からす》』じゃねえか。貴族の真っ黒までいくことはねえよ」

「いや、そこまでは――まだ、到底無理なんで」

まだ、と言っているのを、おそらく本人が気づいていない。

まったく、年下だけあって心配をさせてくれる。

「だから、一人で走りすぎんなって言ってるんだよ。背伸びの全力疾走で転倒《こけ》たかねえだろ。俺は誰が泣くのもごめんだぞ」

ぴたり、イヴァーノの動きが止まった。

「……あー、俺、ちょっと急ぎすぎてましたか。自分じゃ気づかないんで、助かりました」

今年できたばかりながら、すでに商業関係で名を知らぬ者はないと言われるロセッティ商会。

実質、その商売をたった一人で回している男は、ようやく締めすぎていたタイをゆるめる。

しばらくの沈黙の後、紺藍の目がようやく自分にまっすぐ向いた。

「ありがとうございます、気をつけます。んじゃ、友人としてお返しを。フェルモ、前に若いお弟子さんとよくぶつかる、今の若いのはすぐ不貞腐《ふてくさ》れるって言ってましたよね？　たぶん、さっきのやりとりですよ」

「さっき？　どっかおかしかったか？」

ダリヤとのやりとりを思い返すが、何も思い当たらない。

大体、自分と話す彼女の様子に変わったところもなかった。

「作業の度、『だめだ』が、口癖になってません？」

「職人なんざそんなもんだ。大体、ダリヤさんだって平気だったじゃねえか」

「それは受け取る側の許容量と、関係性によりますよ」

難しい単語を並べられたが、どうにもぴんとこない。

そもそも職人というのは、相手との信頼がなければ、教え教えられる関係になれないはずだ。

弟子達とその関係が築けていないとしたら、反省する点は大いにあるが。

「んじゃ、フェルモ、『だめだ！　お前の教え方は師匠としてなってない』、『最近の若い弟子にはこう教えた方が通りやすいんじゃないか？』——どっちが内に入りますか？」

「あー……」

的確な言葉に、今度はひどく納得した。

なるほど、職人には自分も含め、声が大きく頭の固い者が多い。真剣だからこそ勢いをつけて教えてしまう、それを当然と思っていた。

だが、人は頭ごなしに強く叩くより、やわらかい言葉が滲《し》みるらしい。

「……ありがとよ、反省する」

「お互い様ですよ。あと、こちらをどうぞ」

いきなり渡された赤い布包みは、かなり重い。中身を尋ねようとしたとき、イヴァーノが続けた。

「貴族向け礼儀作法の本です。スカルファロット家に行くまで、一通り読んでください」

「おい、これ全部かよ？」

包みの中にある本は三冊。構造設計の本より厚く、材質一覧の辞典より重いとはどういうことだ？　そもそも、行くまでの日数はどれぐらいなのか。

フェルモが鈍い頭痛を感じていると、紺藍の目の男は、大変にいい笑顔で言った。

「一人で走って転倒《こけ》ないようにしますんで、一緒に早歩きをお願いします、ガンドルフィ会長」

フェルモを家に送った後、イヴァーノは馬車でそのまま北区の貴族街に向かった。

そして今、ディールス侯爵邸の奥、小さめの客間で当主と向かい合っている。

この夏、ジルドによる『夜の茶会』という招きに応じたところ、軽食という名の豪華な食事に、桁の違う酒が出された。

初回は冷や汗で涼めたが、今はくつろげなくともうまさはわかるのだから、ずいぶん図太《ずぶと》くなったものだ。

ジルドは自分と話しながら、真剣な表情《かお》で川魚の切り身を遠征用コンロで焼いている。

自分が持参したものだが、なかなかいい香りだ。

この川魚は、春から秋までは黒っぽく、秋から冬にかけて金色になる。そのため『宝魚《たからうお》』と呼ばれる。

今は脂がのってうまい時期。これを切り身にして脂を落としつつ焼き、辛めの酒の肴《さかな》にするとうまい——そんな話をしたところ、即実行されている。

本当にジルドは行動が早い。

「イヴァーノ、お披露目参加の感想は？」

切り身を見つめたままに尋ねられ、口の中のチーズを味わうことなく飲み込んだ。

本日の茶会の話題は、やはりダリヤのお披露目に関するものらしい。先に切り出さなくてよかった。

「ロセッティ商会には大変にありがたい形でした。いろいろな方にご挨拶できたことに感謝申し上げます」

先日、イヴァーノはダリヤの従者役を兼ねてこの屋敷に来た。

ヴォルフが急な遠征とのことで、ダリヤは緊張が強いところにがっかりも重なり、それを隠そうとして懸命だった。

そんな彼女をティルに引き継いでからは、こちらの客間で軽食を食べ、本と書類をめくらせてもらっていた。

そして、舞踏会が始まると、一人で挨拶回りをした。

ダリヤはお披露目の主役だ。視線を集めて当たり前である。

だが、イヴァーノも目立った自負はある。

自分は本来、侯爵主催の舞踏会に参加していい立場の者ではない。庶民の上、遠戚にも貴族はいない。正式な肩書きはただ一つ、ロセッティ商会の副会長だけだ。

それが王城財務部長のジルドに参加を許され、魔物討伐部隊長のグラートからは笑顔で声をかけられ、服飾ギルド長のフォルトとは互いに呼び捨て、冒険者副ギルド長のアウグストに取引の礼を言われ、ゾーラ商会長を『オズヴァルド先生』と呼び、それぞれと親しげに話す庶民——これで目立つなという方が無理だろう。

あちこちの貴族から声をかけられ、名乗りを受け——先にワイバーンの胃薬を飲んでいたのは正解だった。

「礼は受け取るが、もう一段、腹を割った感想はないか？」

宝魚《たからうお》をひっくり返しながら言われたので、今度は素直に感想を述べることにした。

「会長がとてもきれいでした。思ったよりも皆様につつかれずに済んでほっとしています。それと——あのお二人が踊れてよかったです。『いろいろ』とお気遣い頂き、ありがとうございます、ジルド様」

『いろいろ』を少しばかり強調したら、返したばかりの切り身をまたひっくり返された。

その琥珀《こはく》の視線が、一切自分を見ないのに確信する。このジルドが、靴紐《くつひも》を踏んで切るわけがない。かといって、それを素直に認めることもないだろう。

案の定、話題はいきなり変えられた。

「イヴァーノ、一段目立つようになったから聞いておく。防御の魔導具は身につけているか？」

「防毒、防媚《ぼうび》、防眠、混乱防止をつけております。あと、奥様から頂いたワイバーンの胃薬は、本当によく効きます」

「ほどほどにしておけ……」

どうやらジルドも使うことがあるらしい。無意識であろうが、胃に手が伸びるあたり、王城財務部もそろそろ年末決算かと納得する。

経理と名のつく者が、いろいろと限界に挑戦しなければならない時期でもある。まあ、自分も同じわけだが。

「お前も年末は留守が増えるか。安全のため、家で何かあればすぐに隣に駆け込むよう、家族に伝えておくといい」

ジルドにはすでに知られていたらしい。

イヴァーノの今の家はグイードに紹介されたもののうちの一つだ。隣にはスカルファロット家の馬の調教師と馬術教師のご夫妻が住んでいる。

「はい、右の家は、スカルファロット家に勤める方なので安心して――」

「左もだ。うちの息がかかった者がいる。今、お前の許可が取れるなら、いざというときは踏み込ませる」

「え……？」

イヴァーノの左隣の家は、三代住んでいるという商家のはずだ。庶民向けの馬具を扱う店を祖父の代からやっていると聞いている。

先日、隣の家の主人が、息子が隣国の馬具を学んで帰ってきたと喜んで――その後、隣国みやげの紅牛《クリムゾンキャトル》のソーセージを持って来てくれた息子は父親そっくりで、疑いなど微塵《みじん》もなかった。

「……ありがとうございます。どうぞよろしくお願い致します」

妻子の安全のためと思えば、返事はそれ以外にない。

目の前で切り身を食《は》む男の腕は、なかなか長いらしい。

王城の財務部長を務め、清廉潔白と有名で、性格は騎士に近いと思っていた。

しかし、侯爵家現当主がそれだけなはずもない。『用意周到』というもう一つの呼び名は、行動の早さだけではないのだろう。

「家族だけでもまず心配はいらぬ。ただ、少々細君が庭で足元が危ういことがあったが、具合が悪いなどは――」

「いたって健康です。妻は諸事情により、下を向いていても足元が見えづらいのです」

イヴァーノは一気に言い切り、それ以上説明しない。きっちり十秒の沈黙があった。

「……それはそれで、大変なものだな」

ジルドがそっと視線をそらす。こういった話は避けたい派であるらしい。紳士である。

魔物討伐部隊の一部の方々とは、好み『胸派』で意見の一致をみたのだが、内緒にしておくことにする。

コホン、と落とされた空咳《からぜき》に、今度はイヴァーノが話を変える。

やはり一度は、きちんと礼を伝えておきたい。

「先日の舞踏会の主催、ならびに会長へのお心遣い、本当にありがとうございました。さすが『用意周到』のディールス家だと感服致しました」

先日、ダリヤが踊った後から、あちこちでささやきがあがっていた。

『ロセッティ商会長は、初めての舞踏会にしてはダンスがお上手ですね』

『お父様が男爵だとか。ご本人も男爵となられるのですし、教育の行き届いた方なのでしょう』

『すばらしいですな。それにしても、ロセッティ商会長はダリラ様と雰囲気が似ておられるような……』

『そういえば、お名前も似ていらっしゃるわ』

ダリヤとグラートの妻であるダリラ。二人とも背が高めで赤い髪、色白の肌、そして青緑と緑の目である。

雰囲気がそろっているのは、わざと似た化粧を施し、ラインが少し似たドレスを仕立てたせいだ。

だが、一部の者を除き、それに気づくことはない。

似ていると思える二人に視線は向き、ひそやかに話が広がり始めた。

『ダリヤ・ロセッティ殿は、魔物討伐部隊のグラート侯爵の妻のダリラ様、その遠戚ではないか？』

『それで、ダリラ様の従兄《いとこ》であるジルド様がお披露目を？』

『いいや、ベルニージ様があれほど目をかけておられるのだ。ドラーツィ侯爵家と何かしらのつながりがあり、反対派閥のこちらで保護されていたのかもしれぬぞ』

どれも勝手な噂《うわさ》だが、それは見えぬ盾になりえる。

ダリヤ・ロセッティを庶民だからと甘く見るのは危険、ジルドにグラートがそろった上、派閥違いのベルニージまでがいる。本人もどこぞの貴族の血を受け継いでいる可能性があるなら、下手な手出しは禁物。自家への無理な引き込みなどは考えぬ方がいい――と。

グイードは己の代理にヴォルフを指名し、ダリヤとの関係を広めたかったのだろう。

だが、ヴォルフが出席できぬとなり、急遽《きゅうきょ》ジルドが滑り込ませたのがこの計画だ。

筋書きはジルド、実行はそれに加えて、ジルド夫妻とグラート夫妻。

そして、ここからは自分が動く。

貴族がお忍びで出入りする酒場、裕福な商人が行き来する場へ、それとなく噂を広げるための人員である噂雀《うわさすずめ》を使い、勝手な噂をゆるゆると撒《ま》く。

あとは、関係者全員がそれを否定しなければいいだけだ。

年明けには真実めいて浸透するだろうか——そう思いつつ、イヴァーノはグラスを傾ける。

中に入っているワインはカルロが好きだったワインの一つだ。すっきりした香りで、きりりと辛い赤である。

「妻が大変感心していた」

「うちの会長は話題が豊富ですから」

「そちらではない。最初から最後まで営業用の顔を崩さず、貴族の話題にひくこともない。声をかけられればマナー本もかくやの挨拶を返し、庶民かと軽い扱いを受けても一切表情《かお》を変えない——ロセッティ商会に勤めていなければ、イヴァーノを我が家に引き抜きたかったそうだ」

「過分な評価をありがとうございます」

やわらかな微笑《ほほえ》みのジルドの妻を思い浮かべ——どうも違和感を覚える。

だが、ジルドは宝魚《たからうお》の咀嚼《そしゃく》を終えると、さらりと言った。

「一つ言い忘れていた。『用意周到』は実質、妻の二つ名だ。家と一族の取り回しはすべてティルなのでな」

「……そうでしたか。どうぞお礼をお伝えください」

「ティルが言っていた。イヴァーノへの接し方で、その家がいい目と耳を持つか、そうでないかがわかったと。私も同感だ」

ジルドの妻は確か侯爵家の出身で――どうやら、夫婦そろって『お怖い』らしい。

そして、合点がいった。

ダリヤの支度を待つ間、通されたいつもの客室。テーブルに積まれた本にはさまれた紙は、当日参加する貴族の名の横、趣味や嗜好《しこう》が書き加えられていた。そして、本を読めばそれに関する知識が補えた。

あれをそろえてくださったのは目の前の当主ではなく、頼れる奥方であったらしい。

まったく、似合いすぎるご夫婦である。

「――我が家の酒は、苦いかね？」

「いえ」

否定してみたが、新しく渡されたグラス、その琥珀は少々濃すぎる。

『近頃、「そっち」にいきすぎだ、イヴァーノ』、先ほどのフェルモの言葉を反芻《はんすう》した。

確かに、思ったよりも自分はこちらへ踏み込んでいたらしい。もう戻れぬほどには深いだろう。

だが、己の軸は商人だ。今、目の前の取引相手は侯爵家当主。ただそれだけの話。

これぐらい――呑めずにどうする？

イヴァーノは喉を焼く琥珀を一息に飲みきると、ふるりと身を震わせる。

そして、目を細めるジルドの前、わざと眉間に皺を寄せた。

「少々怖いことを思い出しました。先日、会長に初めて滅茶苦茶怒られまして――」

「意外だな。持ち帰り仕事で徹夜をしたのがばれたか？」

「いえ、徹夜は仕事場でも家でもさせてもらえませんので。商会の帳簿を確認してもらったんですが、私の給料を見て、上げる約束をしたはずなのに安すぎると」

「めったにない叱《しか》られ方だな……」

ため息に似た呆れの声に、正直、自分も同意したい。

「以前に同じことを言われたので、三割上げたんですが。魔導具の権利関係はともかく、ロセッティ商会として儲けている分は私のがんばりなのできちんと取れと。いっそ会長と六対四でどうかと言われました」

「ほう……」

「冗談で『じゃあ俺の他に、がんばっている商会員も、思いきり上げていいですか？』と聞いたら、『そうですね！　ぜひそうしましょう！』と」

嬉々《きき》として答えるダリヤの様子が、頭に正しく浮かんだらしい。ジルドは、そのこめかみに指を伸ばした。

「いろいろとどうかと思うが……で、どのぐらいで決着した？」

「本気で交渉して、私は初期の二倍になりました。商会員は五割増しで。しかも私と商会員の給与に追加で三割分を商会が負担して、辞めるときの退職金として積み立てを行うと、会長命令で押し切られました」

「外に知られたら、商会員希望者が長蛇の列を成しそうだな……」

まったくである。なお、ダリヤとは『交渉して』、二倍でとどめたのだ。おそらく五倍十倍にしてくれと言っても、彼女はいい笑顔でうなずいただろう。

マルチェラは『ここまではもらえない！　世話になっている分、むしろダリヤちゃんに返さなくちゃいけない！』と声高く言い出して一悶着《ひともんちゃく》。自分も彼の説得に回ることになってしまった。

メーナは素直に大喜びし、『その分、しっかり働きます！』と、笑顔で礼を言ってきた。それにほっとしてしまったのは内緒である。

自分も少しばかり会長に毒されてきたかもしれない。

「至れり尽くせりもそこまでいくと怖いものがあるな。これから何を求められるかと考えてしまうぞ……」

難しい顔で次の切り身を網に乗せるジルドに、イヴァーノは大きくうなずく。

「ですよね！　でも、もっと怖いことがあるんですよ」

「なんだ？」

「うちの会長、本気の本気なんです。それが私の、そして商会員の働きに対する礼だと思ってます。私が望めば、本当に利益の半分をきっちりくれるでしょうね」

むしろ笑顔でうなずいてくれるだろう。そこまでわかるほどには、ダリヤという上司の人となりは知ったつもりだ。

「……お前達、二人とも怖いな」

「なんでですか？　一緒にしないでくださいよ」

あまりに胡乱《うろん》な視線を向けられ、つい言い返してしまった。

「ならばイヴァーノ、なぜ受け取らん？　副会長として商売を担い、金貨を積み上げたいお前が、なぜ余裕のある資金を遠慮する？」

「……あー、言われてみれば……」

ダリヤに提示された金額をそのままもらったとて、何も問題にはならない。それを商会の宣伝費に回しても、表に出せぬ経費に回してもいいわけだ。

だが、それをダリヤに内緒でやる気には、どうしてもなれない。

「己が今以上にできると、そうわかっているからだろう？『副会長殿』」

「……買いかぶりですよ」

濁しつつ、妙に納得する。自分はそこまでもらうにまだ値《あたい》しない、確かにそう思える。

もっと儲けが出せる、もっと商売は広げられる、もっと会長の役に立てる。そうなってから正当な報酬を望みたい。自分の内にある商売人の天秤《てんびん》が、ジルドには透けていたらしい。

「ところで――どこぞの二人はこのまま、花の盛りを過ぎるまで変わらぬかもしれんな」

「いえ、まだ季節三つです。そう急がなくてもよろしいかと。いつまでもあのままでは……」

出会ってから本日まで、自分の知る限りの二人を思い出し――イヴァーノは声をそっと消し、遠い目になる。

初等学院生達より初々しく、己の十代の頃よりも進みが遅い気がする。いや、遅い云々《うんぬん》より自覚の問題か。

「時間をかけるのが悪いとは言わんが、今後は虎視眈々《こしたんたん》と狙う輩《やから》が増えるかもしれん。早めに釘《くぎ》を刺すか、糊《のり》で固めておく方がいいのではないかね？」

さらさらと頭痛のする内容を告げるジルドだが、どこか楽しそうでもある。

まったく、筋金入りの貴族男子はこれだから、たちが悪い。

「それでも、もう少し本人達に任せてみてはと……」

「まあ、無理な話が持ち込まれたら声をかけろ。もっとも、私より前に頼られたい者達が山といるだろうが」

「会長のことも私のこともお気にかけて頂き、ありがとうございます、ジルド様」

「なに、私もロセッティ商会の保証人だ。『幸い多き繁栄』を願う権利ぐらいはあるだろう」

『幸い多き繁栄』は、一族が増えることを指す。

簡単に言ってくれるが、なかなかに難しい話で――返事に迷っていると、琥珀の目の持ち主は、同じ色の酒をイヴァーノのグラスに注《つ》ぎ足す。

整えた髭《ひげ》下の口元が、優雅な弧を描いた。

「今少し暗躍めされよ、副会長殿」

二人の先生と暁の剣

夕闇の赤が完全に消えた後、家紋のない馬車が緑の塔の前に止まった。

出迎えたダリヤとヴォルフは、そろって目を丸くする。

馬車から降り立ったのは意外な組み合わせの二人――白い髪と見事な髭《ひげ》の持ち主、そして、銀髪銀目の主《ぬし》だ。

「『助手』を連れてきた。私の知る限り、細かい魔導回路をひかせたなら一番の適任なのでな」

「夜分失礼致します。本日はレオーネ様からご依頼に与《あずか》りましたので、お手伝いさせてください」

商業ギルド長のレオーネ・ジェッダと共にやってきたのは、ダリヤの魔導具師の先生でもあるオズヴァルド・ゾーラだった。

ガブリエラの件で、この二人は仲が遠ざかっていたのかと思いきや、そう悪くないらしい。

「ありがとうございます。レオーネ様、オズヴァルド先生、どうぞよろしくお願いします」

挨拶を交わし、塔に入ってもらった。

今夜、緑の塔に入るのは四人だけだ。

魔導具師による高度な付与魔法は、通常、外部の者に見せない。

このため、自分の護衛も従者も塔の敷地には入れないとレオーネに言われた。

ヴォルフの同席について許しを得られるかと心配したが、そちらはあっさり許された。

考えてみれば、依頼主は剣がグイード、短杖《スタッフ》がヨナス。どちらもスカルファロット家、ヴォルフが仲介する形のためかもしれない。

「レオーネ殿、先日はありがとうございました。おかげでとても良い買い物ができました」

「それはよかった。こちらもありがたいことです、ヴォルフレード殿」

「その、できましたら私のことは『ヴォルフ』と、そして、今後は言葉を整えずにお話し頂ければと思います。オズヴァルド殿もそのように——ダリヤと私と、お世話になっておりますので」

ヴォルフが挨拶の後に切り出したのは、口調と呼び方の話だ。

レオーネは子爵であり、伯爵家の子息であるヴォルフに対し、丁寧な口調を使っていた。オズヴァルドもこれまでは『ヴォルフレード』と呼んでいた。

だが、ここから二人がダリヤに教える形になるので、気を使ってくれたのだろう。ちょっと申し訳ない。

「では――商会保証人仲間ということで、今後は楽にさせて頂く、『ヴォルフ殿』」

言い終えると、レオーネがオズヴァルドに振り返った。

銀髪の主は左手に提げていた長細く大きな箱を作業テーブルに載せる。

その表面は濃紅《こいくれない》色に染められた砂蜥蜴《サンドリザード》の革だ。砂漠に走る風の紋様《もんよう》のように細かな飾り張りがされている。大きさと細長い形を別とすれば、宝飾品を入れるもののように見えた。

「イシュラナから届いた片手剣だ」

「私は剣の扱いは不得手ですので、『ヴォルフ様』、ご確認をお願い致します」

オズヴァルドは彼へ笑んでそう言うと、一歩後ろに下がる。

目が合うとうなずかれたので、ダリヤも慌ててヴォルフから少し離れた。

「わかりました。検《あらた》めさせて頂きます」

ヴォルフが白い手袋をつけ、そっと箱を開ける。

中にあったのは、それほど大きくない片手剣だ。

深い紅色の鞘《さや》に同色の柄《つか》、そして赤みを帯びた黒曜石を思わせる飾り鍔《つば》――その独特な色合いに、魔物討伐部隊長の魔剣、灰手《アッシュハンド》を思い出す。

もっとも、こちらはより細く、鞘自体が少し曲線を描いているが。

ヴォルフは剣を持って作業台から下がると、鞘からそっと刃《やいば》を抜いた。

魔導ランタンの下、金の光がぬらりと揺れる。

砂漠の国イシュラナで生まれたという剣。全体は金の輝きに赤を強く溶かし込んだよう。それでいて、片刃の部分だけほのかに青みを帯びている、とても幻想的な色合いだ。

「これは――見事な剣ですね……」

黄金の目を見開いて沈黙した後、ヴォルフがため息をつくように言った。

値打ちはまるでわからぬが、とても美しい剣だ。

「ミスリルと紅金《こうきん》を合わせた刀身で、鷲獅子《グリフォン》の骨でも砕けるくらいには丈夫だそうだ。銘《めい》は『暁《あかつき》』。それなりの作り手のものらしい」

「イシュラナでは、このような剣が市場に出回っているのですか？」

「いや、運良く入手できただけだ。残念ながら同じようなものはそうそう買えん」

レオーネの言葉に、ダリヤはたらりと汗をかく。つまり付与は一度きり、失敗は許されないということである。

ヴォルフは音もなく刀身を鞘にしまうと、片手剣をそっと箱に戻した。

そして、作業部屋の棚に置いていた、別の剣を手にする。

ダリヤでは片手で持ち上げられぬそれを、彼は指だけで持ち、ゆっくりと引き抜く。

「こちらが、『紅蓮《ぐれん》の魔剣』です」

紅蓮《ぐれん》の魔剣――以前、ヴォルフと共に試作した剣である。

柄に付いている房《ふさ》を引っ張ると、カチリという音と共に、刃に炎が走る。

鞘に近い部分は黄色、次第にオレンジ、先端に向かって赤――刀身を彩るグラデーションの光が、作業場を明るく照らした。

「『紅蓮《ぐれん》の魔剣』、か。似合いの名だな……」

「名に合った美しい色合いです。いい調整をなさいましたね……」

「あの、名前は格好いいですが、性能は『剣型室内灯』なので！」

剣から視線を外さぬ魔導具師の先輩方に、思わず自白めいた声が出た。

実際、紅蓮《ぐれん》の魔剣に威力はほとんどなく、火が色違いで燃えているだけである。

しかも、ずっと持っていると、顔も腕も熱くなってしまう。

これを肴《さかな》に酒が飲めるとヴォルフは言っていたが、長時間では汗をかき、眉が焦げそうな代物だ。

このため、新しくひいた魔導回路は大幅に改良し、使い手自身の魔力で火力を変えられる機構も入れた。

ヨナスの魔力で点《つ》けたり消したりと、炎の大きさはそれなりに制御できるはずである。

レオーネはダリヤよりも魔力が高い。それで付与してもらえれば、より火力を大きくすることができるはずだ。

ヴォルフいわく、ヨナスの魔力は高めとのことなので、万が一のときは炎を長くし、威嚇などに使えればいいのだが――あくまでそれなりだろう。

新しい魔導回路をひいたところで、魔物討伐部隊に同行していた魔導師達、あの火魔法の威力までは無理である。それには王城魔導具師ほどの魔力と付与の技術が必要だ。

受け取ったヨナスを想像すると、『非常時の灯《あか》りにします』、整った笑顔でそんなふうに言われそうな気がする。

剣そのものはいいが、魔導具としてこの程度かと落胆されたらどうしよう——ぐるぐると考えているると、ヴォルフがようやく火を消した。しかし、鞘にはすぐに入れず、持ったままである。

「これは『第二形態』があるのかね？」

「『第二形態』……！　いえ、ありません。少々冷ましているところです」

第二形態の言葉が、ヴォルフの琴線《きんせん》に触れたらしい。黄金の目がとてもきらきらしている。

だが、どうやったら剣型室内灯を第二形態にできるというのか？　いっそ赤系のこの炎を、青にでも変えればいいのだろうか——そう考えている中、ヴォルフの説明は続いていた。

鞘には熱が外に出ぬよう付与をしているが、熱いままの剣を納めるのはよくない。

そのため、剣を傷めぬよう、しばらくこのまま持って冷ます——そう説明されると、レオーネ達がそろって微妙な表情《かお》になった。

ダリヤは少しばかり慌てて、片手剣に引いてもらう魔導回路の図面を広げる。

「レオーネ様、こちらがお願いしたい魔導回路です」

「これは——片手剣の両面に、この魔導回路をひけということか？」

「はい。耐久性もあると伺ったので、お願いできましたらと」

口元を押さえたレオーネが、その黒い目をすうと細める。

何度も見直しはしたのだが、もしや回路に不具合があるのだろうか？　不安になって視線を動かすと、オズヴァルドも難しい顔をしていた。回路を追う銀の目は、高等学院の試験官を思わせる。

「こちらの魔導回路図は、ダリヤが描いたものですか？」

「はい、そうです」

「いい出来ですが……端のここ、ラインが一本にまとめられます。その分、魔法始点を太くする方が少し発動は早くなります。秒までの違いはありませんが」

「ありがとうございます！　気づきませんでした」

指摘された部分を即座に描き換え、再度オズヴァルドに見てもらう。

彼は上下を変えて確認していたが、納得したようにうなずくと、レオーネに視線を移した。

レオーネは魔導回路図をじっと見た後、ヴォルフに顔を向ける。

「ふむ……一つ決め事をさせてくれ。ヴォルフ殿、こちらはヨナス殿に紅血《こうけつ》設定をして頂きたい。それならば両面に付与しよう。ヨナス殿以外では長い時間を持つと、火傷《やけど》の危険がある」

「わかりました、レオーネ殿、お約束します。ただ、もしヨナス先生がお子さんなどへ譲る際は……」

「炎は出ないにしても、あの剣であればお子様に継いで頂けると思います。どうしても気になる際は、高魔力の魔導師に、付与魔法を外してもらうという方法もありますので」

ダリヤはオズヴァルドのフォローに安心した。安全性は大切にしたいが、あの美しい剣の価値も下げたくはない。

「付与する炎龍《ファイヤードラゴン》、いや、ヨナス殿のウロコは？」

「こちらになります」

ダリヤは用意していた魔封箱を開く。

中に入っているのは、独特な流線型のウロコ。炎龍《ファイヤードラゴン》の魔付きであるヨナスが、自らむしったものである。血が滲《にじ》む腕はなんとも痛そうだったのを思い出してしまった。

「魔力はそれなりにあるが、二枚使ってもかまわないか？」

「はい、お願いします」

「片手剣の裏表に鏡合わせで回路をひき、このウロコを付与か——」

少しばかり低い声になったレオーネに、ダリヤは一気に不安になった。

「あの、失礼ですが、レオーネ様、お体は大丈夫でしょうか？」

「贈りは先となっても構いませんので、ご無理のないよう——」

ヴォルフも懸命にそう勧める。

予定では、ヨナスの片手剣の後、グイードの短杖《スタッフ》を今晩中に行うとされていた。

だが、片手剣の付与は両面なのだ。短杖《スタッフ》は別の日にした方がいいのではないだろうか。そう心配になっていると、レオーネがその白い髭《ひげ》を指で掻《か》いた。

「心配ない。私の魔力はそれなりにある。我が家は祖父までは伯爵家で、私の代でも魔力値はそれなりだ。税が払えず子爵落ちした、『名汚れ』だがな」

「レオーネ殿は商業ギルド長としてとてもご活躍なさっているではありませんか。伯爵への推薦もあると伺っています」

「私は金儲《かねもう》けに夢中で、国への貢献など考えてこなかった。だから、名誉のなさで子爵止まりなのだよ、ヴォルフ殿」

あっさり返したレオーネは、魔封箱からウロコを取り出し、板の上に並べる。

爵位に関する質問、特に爵位が下がることについては絶対に避けるよう、貴族の礼儀作法の本にあった。

レオーネの今の話に何と言えばいいのか、黙っているべきか——迷っていると、向かいの銀の目が笑みに細められた。

「お二人とも、レオーネ様の冗談に騙《だま》されてはいけませんよ」

「え？」

「は？」

騙されるような内容がどこにあったのか、ヴォルフと共に先ほどのレオーネの言葉を反芻《はんすう》するが、思い当たるものはない。

「商業ギルド長として忙しいのに、伯爵に上がったらさらに仕事が増え、ガブリエラと過ごす時間が減るというのがレオーネ様の本音です」

「なるほど……」

ヴォルフが笑顔になり、ダリヤも同じくなりかけた。

これはオズヴァルドによる場を和ませるための冗談か、しかし、本当のような気もして——ちょっとだけ表情に困る。

聞いているのかいないのか、斜め向かい、商業ギルド長であり、子爵家当主でもあるレオーネは、いとも簡単に赤いウロコを粉にした。

「まったく、冗談にならぬ話だ」

赤い粉の量を確認すると、レオーネは上着を脱ぎ、カフスを外す。そして、その白いシルクシャツの袖を肘までまくった。

「レオーネ様、作業用手袋はお使いになりませんか？」

「必要ない。加減がわからなくなるのでな」

オズヴァルドが確認後、レオーネの上着を預かる。どこか手慣れた感じに見えた。

「少し下がってくれ。もしもがあるといけない」

「レオーネ殿、それほど危ない付与なのですか？」

「いや、私は魔力制御が下手なだけだ。子供の頃に一切学ばず、魔石づくりばかりしていたのでな」

ヴォルフの問いかけに、レオーネは黒い目を剣に向けたまま答えた。

カラになった魔石には相性のいい魔法を持つ者が魔力を込めることで再び使えるようになる。

ある程度魔力のある者は、貴族でも庶民でも、魔力制御を学ばされる。身体強化のある者が、早くから制御を教わるのと一緒である。どちらも危険な使い方をさせないためだ。

家族が教えられないほど高魔力であれば、国による学校、場合によっては神殿で学ぶ。教育費は無償である。

だが、それすらもなく魔石づくりをしていたということは、保護者が危険を承知で仕事としてやらせていた、あるいは完全に子供に興味がなく放置していたとしか考えられず――ダリヤは無言で、声の続きを待った。

「高等学院の魔導具科には入れたが、低魔力の一定出力ができず、カルロに制御を教えてもらったのだ」

「父に、ですか？」

レオーネの方が先輩のはずだ。なぜ後輩の父が教えているのかがわからない。

「教師の指導ではよくわからなかったが、カルロの訓練はわかりやすかった。金属板に穴を開け、魔力を通す訓練からさせられたが――あれはなかなか痛かった。

「思い出しますね。笑顔のカルロ先輩の前で、部員がそろって指を押さえていたものです」

「あれは失敗すると、指先にきますから……」

小さい頃のなつかしい練習を思い出し、ダリヤはつい笑んでしまう。

ヴォルフが不思議そうな顔をしたので、訓練について説明した。

「魔封銀を塗った金属板に穴を開け、そこに魔力を通すんです。穴にまっすぐ通すよう制御できないと、魔力が指先に跳ね返るので、ちょっと痛いことがあります」

魔力が跳ね返ると、指をぴしりと軽く叩《たた》かれたくらいの痛みがある。連続で失敗すると結構痛い。

大きめの穴なのにうまくいかず、意地になって、指を真っ赤にしたこともある。

ごく普通の魔導具師の訓練だと思っていたが、あれは父独自のものだったらしい。

ちなみに、父カルロは髪の毛一本ほどの隙間を通し、通した先で枝分かれさせていた。

ダリヤには、いまだできない制御である。

「ダリヤも、あの訓練を？」

「はい、小さい頃によくやっていました。続けて失敗すると、痛かったです」

「小さい頃、ですか……」

なつかしくなったのか、それとも失敗した痛みを思い出したのか、オズヴァルドが微妙な表情《かお》をした。

「時間もそうないな。始めるとしよう」

「ダリヤ、『魔力揺れ』に備えなさい。ヴォルフ様、ダリヤの前にお願いできますか？」

「わかりました」

『魔力揺れ』は、付与などで強い魔力に揺らされ、乗り物酔いに似た状態になることだ。

以前、王城魔導具制作部長であるウロスの付与を見学させてもらった際、無防備なままで目を回すところだった。

あのときも、ヴォルフが咄嗟《とっさ》に前に立ってかばってくれた。

「いえ、大丈夫です、きちんと備えますので」

オズヴァルドの気遣いはありがたいが、ヴォルフの後ろでは、レオーネの付与が見えない。

その魔導回路図をひいたのも、付与を願ったのも自分なのだ。

背中にかばわれては魔導具師としての学びに差し支える。気合いを入れていれば、倒れることはまずないだろう、そう判断した。

ヴォルフは一瞬だけ心配そうな表情《かお》をしたが、何も言わなかった。

「では、付与を始める」

言葉の三秒後、濃い魔力が机の上に広がった。

ダリヤは思わず目を見開く。

今まで、父やオズヴァルド、そして高等学院の教師やクラスメイト、そして王城魔導具師であるウロスやカルミネの付与を見た。

それぞれの魔力はリボンのようであったり、糸のようであったり――魔力の多い魔導具師では、布のようにくるむ動きも見た。

だが、目の前で行われている付与は、まるで違っていた。

レオーネが作業テーブルの上で広げた両手。間に現れたのは、青みを帯びた白い魔力の固まり。それが、トレイにあるウロコの粉を吸い上げ、赤の限りなく強い紫に変わる。

「炎性定着」

レオーネの黒い目が、紺に、そして深い青に変わる。

作業机に置いた片手剣の持ち手から切っ先へ、暴れる赤い蛇のように魔力が走り——たちまちに深紅《しんく》の魔導回路を描いていく。

その間《かん》、わずか数秒。瞬《まばた》きをしたら見逃しそうな速さだ。

「オズヴァルド」

名前を呼んだだけで通じたらしい。銀髪の主が片手剣をそっと裏返した。

レオーネはそのまま二度目の付与を行う。裏面を駆ける赤い魔力も、あっという間に魔導回路を描ききった。

「完了」

片手剣に魔導回路を描ききった主は、独り言のようにつぶやく。

そして、両手を閉じるようにして、机の上に残る丸い魔力を四散させた。

瞬間、散る魔力の波に、ゆらりと体がもっていかれるような感覚を覚える。

「ダリヤ、大丈夫？」

「大丈夫です」

足に力を入れていたが、横のヴォルフには気づかれたらしい。しっかり構えていたのに、後ろに倒れそうになってしまった。正直、ここまで強い魔力だとは思わなかった。

薄い吐き気を喉で殺し、ダリヤは平静を装う。そして、視線をレオーネの手元に固定した。

「問題はなさそうだな……」

レオーネが片手剣を一度ひっくり返す。

深みを帯びた赤い刀身は、動かすと青白い光を反射させた。

だが、一切の魔力は感じない。その上、魔導回路のラインは一つも見えなかった。

あれほどくっきりした回路はどこへ行ってしまったのだ？　もしや付与の失敗か——そう思ったとき、彼は剣を両手で持ち上げ、二歩下がってから、柄を握り直した。

「え……？」

空気に魔力の波を感じた瞬間、刀身に赤々と魔導回路が浮かび上がった。刃の両面に鏡合わせのように光るそれが、鮮やかな炎を生む。

刃を包む赤から黄色までのグラデーションは変わらぬが、それが一回り、二回り大きくなり——不意に消えた。それと共に、魔導回路も見えなくなる。

レオーネは確認を終えると、ダリヤへ濃い青の目を向けた。

「魔力を流さない限り、魔導回路は見えぬようにした。二枚のウロコ、一枚は威力に、一枚は隠蔽《いんぺい》に使った。感覚でしか言えずにすまないが、高めの魔力で叩きつけるように付与をすると、内側にこもる感じで回路線が見えなくなるのだ」

「隠蔽——炎龍《ファイヤードラゴン》のウロコに、そんな効果があるのですか？」

「同色化の類《たぐい》かもしれん。幼い龍はあたりに溶け込んだ感じで、見えづらくなるそうだ」

「幼い龍……」

龍ではなく、幼い子供姿のヨナスを想像してしまい、慌てて打ち消す。それとこれとは話が違う。

「本人は成人していても、魔付きの期間と魔力の量によっては、まだ幼体《ようたい》扱いですよ」

見透かしたらしいオズヴァルドに、涼やかな声で言われた。

「まだ幼体の、ヨナス先生……」

横でつぶやくヴォルフの足を、ちょっとだけ踏みたい。頭を切り替えたのに、さっきの想像が戻ってきたではないか。

「ダリヤ会長、これにヨナス殿が魔力を流せば、かなりの火力になる。それは理解しているな？」

「はい、伺っております。火がかなり大きく広がると。ただ、王城魔導師の皆様ほどの火力はないそうですし、もし火事になりそうなときはグイード様が止めてくださるそうなので」

ヴォルフ経由で聞いたグイードの言葉である。

だが、レオーネは眉間に薄く皺《しわ》を寄せると、ダリヤの隣に視線を移した。

「ヴォルフ殿、制作者に対して、少々報告が不足では？」

「申し訳ありません、ヨナス先生だけのものと考えており——浅慮《せんりょ》でした」

意味がわからずにいると、ヴォルフが続けて説明してくれた。

「火がかなり大きく広がるというのは、ヨナス先生が魔力を入れると、ここで試したときよりはるかに火力があるからなんだ」

「それは伺っていました。でも、剣を思いきり振ったら、火は消えてしまいませんか？　風魔法があるわけでもないですし……」

「魔力を入れ続ければ連続で使えるかもしれないし、方向性は、剣を向ければいけるかもしれない。

実際、ヨナス先生は剣を持っている袖が焦げるほどの威力が出た」

「まさか、ヨナス先生が手を焦がしたんですか!?」

「火を吐く龍の魔付きが、その程度で火傷はせんよ」

思いきりあせっての問いかけは、レオーネに否定された。

すでに先ほどの青い目ではなく、いつもの黒い色合いに戻っている。

高魔力で連続付与をしたというのに、汗すらかいていないのはさすがである。

「効果の上がったこちらの剣では、ヨナス先生でも火傷をする可能性がありませんか？」

「熱方向は前に出すようにしてあるし、使い方にもよる。だが、同じ剣でも、ヨナス殿ほどの火力は誰も出せん。彼が本気でこれに魔力を流せば、部屋を秒で火の海に変えるぐらい、わけもないだろうが」

「火魔法の得意な魔導師がこれを使ったら、さらに出力は上がるのではないですか？」

「ヴォルフ様、これに素材として付与したのは、どなたのウロコですか？」

「ヨナス先生のウロコで……ああ！」

オズヴァルドの問いかけに、ヴォルフが一瞬で納得した。ダリヤも同じである。

自らのウロコを付与した剣だ、相性が悪いはずはない。

「ヨナス殿にとっては、体の一部のような感覚になるらしい。『紅蓮《ぐれん》の魔剣』も手から放しづらかったそうだ。ただし、同じように炎龍《ファイヤードラゴン》の魔付きである者が、この剣を使えるかどうかはわからん。万が一のための紅血《こうけつ》設定だ」

まさにヨナス専用――彼自身のウロコを付与した片手剣である。

刀身が冷えたのを確認すると、レオーネはゆっくりと鞘に剣を戻した。

「武具となる魔導具は、生活魔導具とは違う。その性能も大事だが、誰が使うかで大きく変わる。それを忘れるな」

「はい、よく覚えておきます――」

うとい自分でも、釘《くぎ》を刺されたのはわかる。

使い手が誰か、そしてどう使うかがわからぬ限り、武具を作るべきではないだろう。

やはり、自分は生活魔導具の職人で、武具には向いていない。それでも、ヴォルフの魔剣だけは作りたいけれど――ダリヤがそんなことを考えていると、オズヴァルドが歩みよってきた。

「ダリヤ、次に付与を行う短杖《スタッフ》と、魔導回路図を見せて頂けませんか？」

「はい、わかりました」

ヴォルフが片手剣とウロコの載っていたトレイを棚に移動させてくれたので、ダリヤは別途、必要なものを並べていく。

「短杖《スタッフ》はこちらです。月狼《ハティ》の骨を二本合わせて、このように伸縮式にしました。それと、付与したい魔導回路図と、氷龍《アイスドラゴン》のウロコです」

月狼《ハティ》の骨は、硬質化付きミスリル工具のおかげで、ダリヤでも削れた。

なお、仕上げはフェルモである。ちょっと確認しただけだと言っていたが、三度小刀を動かしただけで、まるで次元の違う滑らかな動きになった。

これが熟練の小物職人の仕上げかと、短杖《スタッフ》を何十回も伸縮してみたのは内緒である。

「なかなか面白い形だな。よく考えられている」

レオーネが短杖《スタッフ》を褒めてくれたのがうれしく、ダリヤは笑顔で回路図を二枚並べた。

「ありがとうございます。短杖《スタッフ》は内部が空洞なので、両面で組めればと思いまして――」

レオーネの黒い目と、オズヴァルドの銀の目が、回路図を行き来した。

無言なのが妙に緊張を誘う。横のヴォルフも何も言えないままだ。

「……オズヴァルド、裏面は任せる」

「助手と伺っておりましたが、私が回路をひいてもよろしいので？」

「私は見えぬ裏面にはひけん。下手を打つと回路を全部飛ばすだろう」

「わかりました。裏側はお引き受け致します」

「代価は後で相談を――」

「レオーネ様！　オズヴァルド先生へのお支払いは私が致しますので」

声低い二人のやりとりに、ダリヤは必死の思いで割り込んだ。

「ダリヤが、ですか。では、ラウルエーレに『声渡り』の魔導具の制作を教えてください。あれはカルロさんの開発品なので、私ではどうも教えづらいのです」

「わかりました」

オズヴァルドの息子であるラウルエーレに魔導具制作を教える――それで本当に裏面の付与と釣り合うのか判断できないが、精一杯、教師役を務めることにする。

「短杖《スタッフ》の付与前に、二十分ほど休ませてもらうぞ」

レオーネが椅子に座り、魔力ポーションを取り出した。それを一気飲みすると、腕を組んでそのまま目を閉じる。

声のかけられぬ雰囲気に、ダリヤは職人の集中を悟った。

オズヴァルドに視線を戻すと、彼は眼鏡を外し、図面を持ち上げて確認していた。

その銀の目が次第に線になり、口元はきついV字を描く。微笑《ほほえ》んでいるはずなのに、なんだかまずい感じがひしひしとする。

横のヴォルフも同じ思いだったらしい。互いに顔を見合わせ——かける言葉が出てこない。

そして、ふと気がつく。月狼《ハティ》の短杖《スタッフ》の裏側にひく回路は、計算上、オズヴァルドの魔力でちょうどぐらいである。

そもそも、オズヴァルドは今日、レオーネの助手として来てくれただけなのだ。

昼にゾーラ商会の魔導具制作をしてきて、すでに魔力が減っているということもありえる。

「あの、オズヴァルド先生、失礼ですが、魔力ポーションはいかがでしょうか？」

小さい声で尋ねると、銀髪の主はゆっくり首を横に振る。

「結構です。大変に——やりがいのある回路だと思いまして」

ダリヤの杞憂《きゆう》だったらしい。いつもの優雅な笑顔がこちらに向いた。

「こちらが最初に試作した、細雪《ささめゆき》マドラーです」

レオーネが椅子から立ち上がったので、ダリヤは次の短杖《スタッフ》の説明を始めた。

水魔馬《ケルピー》の細雪《ささめゆき》マドラーを取り出し、ほんの少しだけ魔力をこめる。丸く小さな氷の粒が、作業テーブルの上にほろほろと落ちた。

「なかなかきれいですね……」

オズヴァルドが楽しげに銀の目を細めている。

確かに、白い氷がころころと転がる様は見ていて楽しい。

「水魔馬《ケルピー》の骨に氷の魔石は組み合わせたことがありませんでした。骨の組み合わせで長杖《ロングスタッフ》もいけそうですね」

ちょっとだけ早口になった彼は、息子のラウルを思い出させる目で水魔馬《ケルピー》の細雪《ささめゆき》マドラーを見ている。

「オズヴァルド先生、よろしかったらお持ちになりますか？」

「よろしいのですか？　作るのにだいぶ苦労なさったのでは？」

「いえ、基礎回路はレオーネ様に教わりましたし、難しい付与ではありませんので。水魔馬《ケルピー》と氷の魔石は相性がいいようですが、こちらの試作は個体差が大きく販売向きではありませんから、お酒を冷やすときにでもご利用頂ければと。氷菓子のようにし、蜂蜜をかけるのもいいかもしれません」

オズヴァルドの妻達は甘党だと聞いている。

そして、先日の授業の合間、蜂蜜ゼリーをもくもくと食べていたラウルも、きっと甘党だ。

「氷菓子……妻と息子達が喜びそうです。遠慮なく頂きます。代わりに何か素材を見繕っておきましょう。レオーネ様、確かガブリエラも氷菓子がお好きでは？」

「確かに好みだな。ダリヤ会長、お願いできるか？　代価は――」

「いえ、元々教えて頂いたものですし、貴族家からの養子縁組をお断りする際にはお名前を貸して頂いておりますから、そちらから少し引いて頂ければと」

イヴァーノからもらったメモを思い出し、ダリヤはそのまま口にする。

ここまで商会の保証人になってもらい、レオーネの名を借りたこと多数。養子やお見合いの打診を断ってもらったことも少なくない。

借りは積み重なっていくばかりなのだ。レオーネから金銭も物品ももらうわけにはいかない。

ほう、とレオーネはその黒い目をゆるめ、軽くうなずいた。

ここで話を切ろうと、ダリヤはヴォルフと共に、作業テーブルに月狼《ハティ》の短杖《スタッフ》をセットする。

補助具を使ってまっすぐに立てると、青白い骨に銀の光が反射した。

「二本つなぎにして裏表両面か。カルロを思い出すな……」

「父がこういった付与をしていたのですか!?」

レオーネの独り言のようなつぶやきに、思わず食いついてしまった。

父がそんな付与をしたとは、見たことも聞いたことがない。

「いや、裏面付与はカルロの父君、ダリヤ会長の祖父殿がやっていたと聞いたことがある。学生時代、カルロはまだできないとぼやいていた」

「祖父が……」

「数年前のカルロさんでしたら、おそらくできたと思いますよ」

「そうなのですか？」

父は自分に一切教えてくれなかった。生きているうちにぜひ事細かに、詳しく聞きたかった。

「その年でここまでひけるのだ、もう十年もすればダリヤ会長もできるのではないかね？」

「いえ、魔導回路をひくのと、見えない裏面に付与ができるかは別の話ですので……」

つい恨みがましい声が出てしまった。

魔導回路は設計と計算ができれば組めるし、魔力が間に合えば自分でひける。

しかし、見えぬ裏面に魔力を制御して入れるのは無理だ。父の魔導書に理論としてあったが、読みながら、自分はまったくできないであろうことだけが理解できた。ちょっと悔しい。

「研鑽《けんさん》あるのみですね」

いい笑顔のオズヴァルド先生に言い切られた。

超えねばならぬのは父の次に、祖父らしい。どちらも果てしなく遠い気がする。

二人とも、もっと長生きしてくれていれば魔導具師の師匠として、うまい付与の方法とコツをとことん問いつめ——いや、弟子として教えを乞いたかった。

「ダリヤなら、いつかきっとできるよ」

隣からのささやきには信頼と確信しかなく——ヴォルフの笑顔につられ、口角が上がってしまう。

悔やんでもあせっても仕方がない。幸い、自分は魔導具師としてまだ若い。

未熟さは十分承知しているので、ここから父達の年齢までに追いつけばいいのだ。

欲を出すならば、長生きしていつか追い越したいところである。

「さて、こちらも付与をするとしよう」

レオーネは魔封箱から、氷龍《アイスドラゴン》のウロコをそっと取り出す。

薄水色のウロコは、どこかガラスを思わせる。

作業テーブルのトレイの上、レオーネはヨナスのウロコのときと同じように、呆気《あっけ》なく粉にしていく。トレイには薄水色の粉が小さな山となった。

「下がってくれ」

レオーネの言葉に、同室の三人はそれぞれ作業用テーブルから離れる。

彼は先ほどと同じように両手を広げ、青みを帯びた白い魔力の固まりを出現させた。そこに混じっていく氷龍《アイスドラゴン》の薄水色は、溶けるように消える。

そして、作業用テーブルの上に立たせた月狼《ハティ》の短杖《スタッフ》をその魔力で包み——締め上げるように両手を狭《せば》めた。

「氷性定着」

声と同時に、魔力の波がくるのがわかった。だが、なんとか体勢を崩さずに耐える。

白い魔力が霧のように揺らぐ中、月狼《ハティ》の短杖《スタッフ》の表面、薄水色の回路が走っていく。

キーンと耳鳴りにも似た音を放ち、短杖《スタッフ》が震えた。

「オズヴァルド」

両手を下げると同時、レオーネがその名を呼ぶ。

銀髪の主は作業テーブルに近づくと、月狼《ハティ》の短杖《スタッフ》を補助具から外した。

「魔力が固定しないうちに交替です。私は時間がかかりますので、椅子に座ったままで失礼します。皆さんもお楽になさってください」

作業テーブルの前、椅子にかけたオズヴァルドに緊張は感じられない。

作業用手袋もつけず、その手で直《じか》に短杖《スタッフ》を持つ。

「ここからは『カルロ先輩』が理論、私が『実戦』の付与です。他言無用でお願い致します」

「……『実戦』？」

横のヴォルフが不思議そうにつぶやく。ダリヤも一瞬、その単語を聞き間違えたかと思った。

だが、それこそは正しいのだと痛感することになる。

オズヴァルドは残りの氷龍《アイスドラゴン》のウロコの粉を己の右手のひらにのせた。

ゆらゆらと揺らして己の魔力と合わせると、とても小さな魔力の玉ができる。それを握り込むと、手首を返した。

しばらくして、その右手、その二本の指から、とても細い銀の魔力が流れ始める。

蜘蛛《くも》の糸のような魔力が進む先は、左手で持つ短杖《スタッフ》の内側——そう思いきや、その手前、宙空で魔力が編まれていく。先が細くなる螺旋《らせん》状のそれは、細い魔導回路を描き出した。

蜘蛛の糸を思わせるのはその魔力だけではない。

獲物を誘う美しき巣の如く、精密な魔導回路がちらちらと銀の光を放ちながら組まれていく。

一つのラインに、細い銀の魔力は二度通る。一度目の魔力が固定されぬうち、二度目の魔力が重ねられる。それは太さも強さも位置も完全に同じで——そうして編まれた魔力が少しずつ、短杖《スタッフ》の内側に入っていく。

強い魔力はない。派手な動きもない。ただ、一定の弱い魔力をひたすら編んでいく、それだけの付与。

だが、見ている者達は、呼吸を奪われるかのように身動きできなくなっていった。

どこまでも細い銀の魔力、その機械のような正確さに、体の奥がぞくりとする。

ダリヤは、父、カルロ・ロセッティ以上と思える緻密な付与を、初めて見た。

「氷性定着」

時間の感覚も麻痺《まひ》した中、静かに声が落ちる。

内側から一度青白く光った短杖《スタッフ》は、静かにトレイの上に置かれた。

細い銀の魔力、その残りは、風に流される蜘蛛の糸のように消えていった。

付与は終わったはずである。だが、誰も口を開かない。

オズヴァルドは無言のまま、こめかみから頬《ほお》につたう汗をハンカチで拭《ぬぐ》った。

今ここで、『ありがとうございます』『お疲れ様です』などと伝えていいものか――ダリヤが迷ったとき、彼が立ち上がった。

「ダリヤの描いた魔導回路はどちらも整っていますね。ただ、水魔馬《ケルピー》への付与は、定着が薄い部分があります。マドラーとして使うのであれば問題ありませんが、高い魔力がかかるものは、できるなら定着魔法を二度がけしておくといいですよ」

月狼《ハティ》の短杖《スタッフ》を作業テーブルにそのままに、水魔馬《ケルピー》の短杖《スタッフ》の講義が始まってしまった。

「定着魔法を二度がけ……でも、一度で魔法は入らなくなるのではありませんか？」

「弾《はじ》かれてもかまいません。魔法の抜けている見えない点や薄さを埋められることがあります。まあ、無駄になってもやらないよりはマシという程度、人によっては微細な誤差ですが」

その誤差を埋めるのが職人である。大変いいことを伺った。

そのうちぜひやってみようと拳《こぶし》を握ると、オズヴァルドがくすりと笑った。

「前の付与より少し高めの魔力で、上から魔力を滑らせ、引っかかるところに押し込む感じでやってみるといいですよ。数をこなすのが一番です」

「はい！」

言われたことを即座にメモする。いつかヴォルフの魔剣のため、重ねがけができるようになりたいのだ。定着魔法を二度がけするのも、いい練習になるかもしれない。

「それにしても、今日はもったいない機会でした。うちの息子にも見学させ、授業として教えたかったです」

とても残念そうに言う彼に納得した。

こんな機会は滅多にない。特にレオーネの付与を見せてもらう機会は希少である。

とはいえ、制作と技術の秘密を守るという点では、見学させるのはやはり難しい。

ダリヤは懸命に考えて、ふと思いついたことを口にする。

「代わりにはなりませんが、次の授業のときに細雪《ささめゆき》マドラーを制作するというのはどうでしょうか？　骨の長さの違いで、氷の粒の大きさを確認して、魔力計算などもありかと……」

高等学院の魔導具科であった、金属の大きさに応じて、付与魔法がどれぐらい入るのかの実験、それを思い出して提案してみる。

「それはいいですね。この機会に、骨の素材を変えていくつか試してみましょうか？　緑馬《グリーンホース》、八本脚馬《スレイプニル》なども手持ちがありますから。ああ、一角獣《ユニコーン》もいいかもしれません。魔物の骨は地域や気候でも変わると言われていますから、北と南のものも試してみましょうか」

「とても面白そうです！」

マドラーならば、危険性や耐久性で悩むこともない。

骨の種類が違うと効果は変わるのか、付与魔法の入り具合に違いはあるのか、大変興味深い。

わくわくと考える中、隣から視線を感じた。そちらを見ると、黄金の目がじっと自分を見ていた。

あくまで、マドラーまでしか制作しないつもりだが、ヴォルフは本当に心配症である。

銀の目を自分とヴォルフに向け、オズヴァルドはにっこりと笑った。

「では、どこぞの『馬の骨』を多数用意しておきましょう」

そのまま唇に笑みを残したオズヴァルドが、身体の向きを変えた。

そして、椅子の背にかけていた上着をとり、レオーネの背中側からのせる。

当たり前のように上着を着せられ、カフスを留め直すと、レオーネが口を開いた。

「さて、この二つとも、それなりに目立つものとなるだろう。『魔導武具のロセッティ』として名を挙げ、子爵以上を目指すつもりはないかね？」

その問いかけに、隣のヴォルフが動きを止めたのがわかった。

ダリヤは営業用に整えた表情《かお》で答える。

「ございません。私は生活向けの魔導具を作るのが仕事だと思っております。今回は制作自体を内密にということで、グイード様、ヨナス先生ともお話ししております」

「そうか。では、名は隠す方向でこちらも動こう。短杖《スタッフ》の方は商業ギルド経由として任せてくれ」

「ありがとうございます。どうぞお願い致します」

「この片手剣の方は、仲介者に了解をとってある。付与した剣も、暁《あかつき》――あちらの名では『ファジュル』の作として広めてよいとな」

「あの、ファジュル様に、ご迷惑はかかりませんか？」

知らぬ間に自分が魔剣制作者になっていたら、怖い話になってしまう。

「すでに亡くなっている。オルディネに来たがっていたが、有能な鍛冶師《かじ》なので国外に出ることは許されなかった。いつかオルディネで己の作った剣に魔法をかけてもらい、『闇夜《やみよ》も斬り裂ける剣』を作りたいと言っていたそうだ」

砂漠の国にも、魔剣を作ろうとしていた鍛冶師がいたらしい。

その方がオルディネに来ていれば、怖い魔物に負けぬ、素晴らしい魔剣が作れたかもしれない。

「では、これで、ファジュル様の、『魔剣闇夜斬り』が完成したわけですね」

「『魔剣闇夜斬り』……！」

オズヴァルドの言葉がツボに入ったヴォルフが、目をきらきらと輝かせている。

スカルファロット家での呼び名が完全に確定した気がする。

暁《あかつき》——ファジュル様の眠る砂漠の国の方角へ、お詫《わ》びの祈りを捧《ささ》げるべきかもしれない。

だが、自分が最初に作った紅蓮《ぐれん》の魔剣とは、もはや別物だ。名前も違う方がいいだろう。

何より、あの片手剣はとても美しく——まさに闇夜も斬れそうだ。

「せっかくです。この短杖《スタッフ》の方にもいい名前をつけて頂けませんか？」

「それは楽しそうですね」

ヴォルフの提案に、オズヴァルドが楽しげにうなずいた。

凝った命名というのは、特定の男性に人気らしい。

ダリヤ的には『氷魔法四面短杖《スタッフ》』でもいいと思うのだが、ちょっとひねりがなさすぎるだろうか。

「……『氷蜘蛛《アイススパイダー》』の短杖《スタッフ》か」

レオーネがとても低くつぶやいた。

ダリヤにぎりぎり聞こえるほどだったが、耳のいいヴォルフが聞き取れぬわけはない。

「氷蜘蛛短杖《アイススパイダースタッフ》！　かっこいいです！　兄に似合うと思います！」

「待て、ヴォルフ殿！　ただの言葉の綾《あや》だ！　氷龍短杖《アイスドラゴンスタッフ》か、月狼短杖《ハティスタッフ》と呼ぶ方が正しいだろう」

「レオーネ様、それはそれでどうかと……」

ヴォルフはいたく乗り気で、提案したはずのレオーネは懸命に止めている。

オズヴァルドにいたっては、ちょっと困惑しているようだ。

三者三様の短杖《スタッフ》イメージがあるのだろう。本当に魔導具と武具の名付けは難しい。

「ダリヤはどう思う？　俺は氷蜘蛛短杖《アイススパイダースタッフ》だと、兄も気に入りそうな気がするんだけど」

「氷蜘蛛《アイススパイダー》……」

氷蜘蛛《アイススパイダー》――地を氷が埋め尽くすほどの極寒の北国で、銀色の網を氷上に張り、獲物を捕まえるという伝説の魔物だ。

伝説と言われるのは、正確に確認した者がいないからである。

氷蜘蛛《アイススパイダー》は、常に氷の中に隠れているか、隠蔽にとても優れているのではないかとされている。

冒険者いわく、仲間が氷の上で動けなくなり、氷霧の中、いつの間にか消えていた。仲間の悲鳴後、戦闘靴の片方だけが残り、周囲を見てもまったく影も形もなかった。戦闘靴には白銀の糸が一筋絡んでいた――魔物辞典にある記述は、もはや、怪談に近い。

伝説でなければ、一度網に捕らえられた者は絶対に逃げられないという事実に行き着く。が、ダリヤは極寒の北国に行く予定はない。なので、そこについては考えないことにする。

そして、グイードの文官を思わせる横顔、艶《つや》やかな銀髪、そして、ヴォルフよりは細めの手足を思い出し――こくりとうなずいた。

「似合うと思います。氷蜘蛛《アイススパイダー》だと知性的な感じがしますし、氷龍《アイスドラゴン》ほど怖そうな感じもないですし……あ、グイード様は蜘蛛や虫などが苦手ではないですか？」

「いや、平気だと思う。子供の頃、兄が苦手だったのはナメクジとカタツムリだったし」

なぜその二つを一緒にするのか、ちょっと不思議だ。

でも、あのグイードにも子供の頃があったのだと納得でき、くすりと笑ってしまった。

斜め向かいのオズヴァルドも同じらしい。笑みにゆるみかけた口元を指で隠した。

笑顔で語らうダリヤ達の向かい、レオーネが薄く息を吐く。

続いた音なき声は、誰も拾えない。

「『氷蜘蛛《アイススパイダー》』、二つ名通りの短杖《スタッフ》か……」


「お二人とも、すごい付与でした……」

「ああ。俺は魔導具について詳しくないけど、すごいと思った……」

レオーネ達を見送った後、ダリヤとヴォルフは作業場で一息ついていた。

夜も遅いので、グラスに炭酸水を注《つ》ぎ、軽くグラスを合わせる。ノンアルコールだが、魔剣と短杖《スタッフ》完成のお祝いの気持ちを込めてだ。

渇いた喉には、しゅわしゅわとした炭酸水がとても心地よく通った。

作業用テーブルの上、最後に確認したのは二つの箱。

一つは、レオーネの持ち込んだ濃紅《こいくれない》色の箱だ。砂蜥蜴《サンドリザード》の革製で飾り張りのあるそれは、なかなかに凝った造りだ。その中に魔剣闇夜斬りを入れると、そっと蓋《ふた》を閉める。

剣はもちろん、この箱も、ヨナスによく似合いそうだ。

もう一つは、氷蜘蛛短杖《アイススパイダースタッフ》を入れる濃い青のケース、そして小型の鞄《かばん》だ。こちらはフェルモに依頼した。

ケースは出し入れしやすいよう、内側が滑りのいい魔蚕《まかいこ》の青絹《あおぎぬ》、外側が革である。

小型の鞄は、布とクッション材による『割れ物入れ』の造りで、外側が革、端や持ち手のつなぎは銀の金具で仕上げてあった。

どちらも青の植物染料で三度染めた魔羊《まよう》の革だと聞いている。

その深い青に、ヴォルフが『きっと兄に似合う』と弟の顔で喜んでいた。

それぞれ、中身はもちろん、ケースも気に入ってもらえることを願いたい。

「ダリヤの付与もすごいけど、魔導具師によって、ずいぶんやり方が違うんだね」

グラスを半分ほど空けたヴォルフが、付与に関する話題を続ける。

ダリヤはそれにうなずいて答えた。

「そうですね。私もここまで違うのかと、ちょっと驚きました」

「ダリヤも？」

「ええ、私は学院の頃と、父と兄弟子の付与しか見てこなかったので。最近になって、オズヴァルド先生や王城の方々の付与を見せて頂けて……先輩方の付与は、とても勉強になります」

高等学院卒業後は、他の魔導具師の付与魔法を見る機会はあまりない。

大きな魔導具制作工房や王城のように、多くの仲間がいる環境であれば別だが——それでも、己の技術や付与方法は秘密にすることが多いのだ。

本日、レオーネとオズヴァルド、二人の魔導具師の付与を見せてもらえたのは、本当に貴重で、ありがたいことだと思う。

「先輩といえば、ベルニージ様達が魔物討伐部隊に復帰して、見習い隊員になったよ」

「お披露目の日に伺いました。ベルニージ様達が見習い隊員だと、ヴォルフ達は……」

対応が大変ではないか、そう言いかけてやめる。

ベルニージ達復帰騎士は、任務に一生懸命なはずである。もちろんヴォルフ達、隊員もだ。

「正直、対応に迷うよね。見習い隊員と言われても、大先輩なわけだし」

ヴォルフの眉間に皺が寄る。隠さぬ困り顔に、ダリヤはその大変さをはっきり感じた。

「その、話しかけづらいとか、鍛錬で義足や義手が気になるとかがありますか？」

「いや、それはない。その、見習い隊員としてのやる気にとても満ちあふれていて……試験で魔物に関する学科の点数がよくなかったとかで、昔と今の魔物の違いについて、隊長を呼んで、全員で補習を受けてた」

「全員で補習……」

自分達から補習を願うとは、なんと真面目なことだろうか。

確かに新しい魔物が発見されたり、年代によって数や生息地が変わったりすることもある。

また、変異種が生まれることもあるので、隊員は常に追加で覚えていかなければならない。

「隊長が質問攻めにあって疲れ果ててた。その後、この前のワイバーンと赤熊《レッドベア》の話をよく聞かせろって、俺含む赤鎧《スカーレットアーマー》が全員捕まって……」

「本当に、やる気に満ちあふれていらっしゃったんですね……」

遠い目になった彼に納得する。よほど事細かに根掘り葉掘り尋ねられたに違いない。

「質問に全部答えたら、『実技も一通り補習を！』って言われたんだけど、対人戦はベルニージ様達の方が慣れてるから、完全に補習じゃないよね。しょうがないから基礎鍛錬からっていうことにしたんだけど、参加した本物の新人達が固まるくらいの勢いで……」

「それは新人隊員さん達がかわいそうです……」

「だから、『今日はほどほどで』って隊長が止めたら、皆で馬の世話をしに行ったって」

「馬の世話、ですか？」

自分の乗る馬にブラシでもかけるのだろうか？　そう思ったとき、ヴォルフが続きを話し出した。

「ベルニージ様達の頃は、新人が馬の世話を手伝っていたんだって。今は馬場の担当がいるんだけど、自主的に馬場の掃除をしようとしたらしくて、『あの方々を止めてください！』って馬場の人達に願われた」

「それはそうですよね……」

担当者のいる仕事を横から奪ってはいけない。何かあったときに責任問題になってしまう。

「そうしたら、次は魔物討伐部隊棟のトイレ掃除と窓ガラス拭きを始めて、掃除係が副隊長室に駆け込んだ……」

「ああ……ベルニージ様達の頃はそうだったのかもしれませんが」

昔の魔物討伐部隊は、設備も人員も足りなかったと聞いたことはあった。

だが、当時でも、新人隊員がそこまでしているとは思わなかったが。

「グリゼルダ副隊長がベルニージ様達を止めたら、『何か仕事を、雑用を！』って強く言われたから、鍛錬場の地面確認をお願いしたんだって。地面の荒れや硬さのことなんだけど、ベルニージ様達は草むしりだと思ったみたいで……」

ヴォルフの眉間の皺が深くなる。

大先輩方にそういったことをさせるなと、苦情でもきたのかもしれない。

「『冬でそう草の数もなく、丈も短いので、むしるより根ごと高温で焼いた方がいいだろう』って結論になったらしい。第四鍛錬場の地面を『中域火魔法』で焼いたって」

「うあぁ……」

わからなくはない、わからなくはないが、どうして極端に振り切るのか。確かに草一本、いや根まできれいに焼け消えるだろう。本当に、やる気に満ちあふれすぎである。

「第二騎士団の一部が窓から飛び出してきて、その後に魔法探知した魔導師も走って来たって。横で水魔法使いも待機しているから大丈夫だって言ったそうだけど、そのまま全員で、隊長も含めて会議室行きで……俺が帰るまで誰も出てこなかった」

「そうだったんですか……」

騎士団の皆様にも、グラート隊長にも、同情を禁じ得ない。

それにしても、どうしようもなく真面目な大先輩である。お目付役でもいないと大変そうだ。

ただ、そのお目付役が一番、ワイバーンの胃薬が必要になりそうな気もする。

「明日にでも、兄とヨナス先生の予定を聞いてくるよ。二人に一緒に渡す形でいいかな？」

「はい。同時に渡したら驚かれそうですね」

受け取る二人を想像して、ちょっとだけ楽しくなる。そして、思いついた。

「グイード様に闇夜斬りを、ヨナス先生に氷蜘蛛《アイススパイダー》の短杖《スタッフ》をお渡しして、そこからそれぞれ手渡ししてもらうのはどうでしょうか？」

「それがいいね。それぞれ依頼主なわけだし。時期的には冬祭りのプレゼント交換みたいだけど」

冬祭りのプレゼント交換――一番は恋人同士で、そして友人、家族でもやることはある。

学院時代、イルマと髪飾りとコーヒーカップの交換をしたことを思い出し、とてもなつかしくなった。

「ダリヤ、なにか楽しい思い出？」

いつの間にか顔に出ていたらしい。イルマとの思い出を話すと、ヴォルフに笑みが伝染した。

「楽しそうでいいなぁ。俺の場合、ランドルフとドリノと酒の交換で、飲んで終わるという……」

それは飲み会であって、冬祭りのプレゼント交換ではない気がする。

元々は今年を無事過ごした記念に、形に残るものをお互いに渡すもので――そこで、まだ慣れずにじんわり痛い耳朶《みみたぶ》を感じる。

そこで金色に光るのは、ヴォルフから贈られた雪の結晶のイヤリング。作業のため、長く伸びる鎖は外しているが、鏡や窓に映る度、そのきらめきに目がいく。

「あの、冬祭りのプレゼント交換って、この前したことになるんじゃないでしょうか？　ヴォルフはこのイヤリングをくれたじゃないですか。私は仮眠ランタンですが――」

そこまで言いかけて、迷う。イヤリングに対して仮眠ランタンとは、アクセサリーに対して実用家電的なものである。ロマンチックさが欠片《かけら》もない。

いや、それはなくていいとしても、プレゼントとして釣り合いはとれるのかが心配だ。

「……あ、そうだね！　ちゃんと冬祭りのプレゼント交換だ」

黄金の目が輝いた後、ぱっと表情《かお》が明るくなった。

「あの仮眠ランタン、すごくいいんだ。余計なことを考えず、すっと眠れて。これで夢も見なくなれば……」

不意に、ヴォルフがきつく唇を結ぶ。

魔物との戦いを夢見て起きてしまうのか、それとも母であるヴァネッサを亡くす夢をまだ見るのか――ダリヤはそれを尋ねられず、そっと話題を変える。

「ええと、ヴォルフは、今年の冬祭りはどうするんですか？」

「夕方から王城で待機だね。独り身がなるべく警備に残るから。昼は何も。ダリヤは？」

「特にないので、塔の掃除をして、料理の作り置きでもしようかと」

前世の年末年始を思い出しつつ答えると、ヴォルフが唐突に言った。

「ダリヤ、俺と一緒に冬祭りに行かない？」

「え……？　ヴォルフと一緒に冬祭りですか？」

思わず聞き返し――しばし、二人で無言になった。

オルディネの冬祭り。それは恋人同士で行く、あるいは恋人を探す場として有名である。

よって、『一緒に冬祭りに行かないか？』と尋ねるのは、恋人として付き合うかの問いかけとして使われることがあり――待て、自分、それはない。

ヴォルフは友人である。彼が冬祭りに恋人を探しに行くとは思えない。それに夕方からは王城で待機と言っていた。

冬祭りは家族や友人と行くこともある。屋台や出店での買い物が目当てだ。

幼い頃、自分も、父とイルマと西区の屋台を回ったことがあったではないか。

ぐるぐると回る思考を懸命に整えていると、ヴォルフがおずおずと口を開いた。

「その、一緒に屋台を回らない？　冬祭りはめずらしい食べ物や酒の屋台が多いって、ドリノが」

「いいですね！　ぜひ行きたいです！」

「じゃあ、冬祭りは一緒に屋台をハシゴしよう！」

とても明るく言うヴォルフに、ダリヤも笑ってうなずく。

なお、最初から屋台巡りだと言ってもらえれば、とんでもない想像をしなくて済んだのだが、それは言いがかりというものだろう。

炭酸水を飲み終えると、ヴォルフは黒いコートを羽織って帰り支度を始める。

塔を出る前に慣れた手つきでかけられるのは、ダリヤの作った妖精結晶の眼鏡だ。父に似た緑の目の彼も、すっかり見慣れた。

「ヴォルフ、遅くなってすみませんが、そろそろその眼鏡のスペアを作ればと。今の魔力数値にも慣れてきましたので……年明け、時間があるときに付き合ってください」

「ありがとう！　助かるよ。あと、魔物料理の店の予約がとれたから、来週行こう」

「ありがとうございます。楽しみにしています」

その魔物料理の店では、ワイバーンのステーキや、クラーケンのムースなどが出てくるらしい。大変に興味深い。

それにしても、年末の予定が一気に増えた。グイード達に魔導具を渡しに行くのも、魔物料理の店に行くのも、冬祭りの屋台巡りも——どれも楽しみだ。

そんなダリヤの向かい、黒髪の青年はなぞるように言った。

「約束がいっぱいで——とても楽しみだ」


夜半、レオーネとオズヴァルドは馬車で帰路についていた。

家紋も入らぬ小さめの黒い馬車には、二人しか乗っていない。緑の塔に来たことが目立たぬよう、護衛は後続の馬車に乗っている。

レオーネはタイを少し引き、シャツの襟元をゆるめた。背中をつたう汗が少々不快だ。

顔は汗をかきづらいよう若い時分から薬を塗っているが、今夜は久々に役立った。

「本当に、カルロに似ているな……」

「ええ、娘は男親に似ると言うのは、本当かもしれません……」

「剣に両面、短杖《スタッフ》に四面で、あの回路図か……」

「予想の斜め上をいきましたね……」

向かいのオズヴァルドとため息に似た声を交わし、その後に苦笑する。

考えていたことは同じだったらしい。軽く試した片手剣と短杖《スタッフ》は、予想をはるかに超える出来だった。さぞかしスカルファロット家の主従は喜ぶことだろう。

いろいろと想像すると、実戦で使わずに済むことを祈りたいが。

「しかし、あの細かい鏡面回路を一回で成功させるとは、大変驚きました。魔導具師の看板は下げておきながら、腕は上げていらっしゃるのではないですか、レオーネ様？」

「腕を上げすぎているのはお前だ、オズヴァルド。短杖《スタッフ》の手前で、あんな立体魔力を構成できるとは知らなかったぞ」

あれは見ていて胸にきた。

自分の付与は魔力で押しきる形にすぎない。

それに対し、このオズヴァルドの付与は緻密で繊細で——もはや、芸術の域だった。

「……正直、限界ぎりぎりでした」

「……じつは、私もだ」

互いに視線をそらして白状すると、整えていた姿勢が崩れた。

レオーネは足を組み、背もたれにだらりと身を寄りかからせる。

オズヴァルドは背中を少し丸くすると、銀枠の眼鏡を外し、眉間を揉《も》んだ。

「魔力にも老眼にも、じつに優しくない回路図でしたね」

「同感だ。カルロも細かい回路を組むのが好きだったが、あそこまで似るとはな」

「ダリヤはさらに細かいですよ、自覚はないようですが。私は図面を見て頭を抱えましたが、魔力の心配をされましたし」

「カルロの教育のせいだな。あれが『ロセッティ家』の当たり前なのだろう。だが、あの板通しの練習を幼子にさせるとは、まったくもって『付与の悪魔』だ」

『付与の悪魔』——それは魔導具師仲間での、カルロ・ロセッティの二つ名である。

学院時代、歳に合わぬその精密な魔力制御に、生徒も教師も驚いたものだ。

もっとも本人は、父にまるで及ばぬ、魔力が欲しいと笑いながら言っていたが。

多い魔力より制御力の欲しかった自分に、少ない魔力の代わりに制御力を欲しがったオズヴァルド。若人のないものねだりは、皆、似たようなものらしい。

「あの練習をやり続けているダリヤも、いずれ同じようになるでしょうね」

「やり続けている？」

「棚によく磨かれたあの板がありましたよ。髪の毛よりやや太めを練習中というところですか……私も小さい頃からやっていれば、学院で何度も爪を飛ばさなくて済んだのかもしれませんが」

「あの練習で、私は三度医務室の世話になったな。リーナ先生には魔力暴発と間違われて、だいぶ心配されたものだった」

「先輩方が治癒魔法を使えていなかったら、二桁は医務室行きだったと思いますが」

気がつけば、それぞれ指先を見つめていた。

板通しの練習――魔封銀を塗った板に穴を開け、そこに己の魔力を通すだけ。

簡単そうに聞こえるが、己の魔力を制御し、方向性を絞るのはなかなかに難しい。制御できぬ魔力が跳ね返る衝撃は、忘れようのない痛さだ。

魔力の強い者、制御が下手な者ほど痛みと怪我《けが》はひどく、己の制御の甘さを思い知ることになる。

「あの練習で、魔力を橙瓜《だいだいうり》から拳《こぶし》より小さくなさったのです。大きな進歩ではないですか」

「まったく褒めていないぞ、それは」

レオーネは隠さず渋い顔をする。

魔力量は誇れても、情けないほどの制御力のなさだった。

だが、高等学院時代にカルロから教わったおかげで、制作中の魔導具を壊すことは大幅に減った。

確かに大きな進歩と言えるだろう。それでも、いまだ指三本より下にはできぬが。

「先ほどは、ずいぶん簡単そうにこなされていましたが」

「仕方ないだろう。カルロの先輩であれば当たり前にできる、そう信じきった目だったぞ。その横でヴォルフ殿まで同じ目で——あの場で『できない』などと言えるか。お前とて同じだろう？」

「私は仮にもダリヤの先生役をしていますからね。『できない』などという言葉はありえませんよ。まあ、あの付与も先週できるようになったばかりですが」

優雅に答えたオズヴァルドだが、中身がひどい。

じっとその顔を見れば、乾かぬ汗が光り、目元に隈《くま》がくっきり浮き出ていた。

「相当無茶をしたな。失敗したらどうするつもりだった？」

「『失敗』という言葉も存在しません。『昼の仕事で思うより魔力を使っていて、魔力不足だった』なら、冒険者ギルドで月狼《ハティ》の骨を探させ、氷龍《アイスドラゴン》のウロコを輸入してもらって練習し、それからまた緑の塔へ伺うだけです」

「お前の『格好つけ』は、変わっていないな……」

「貴族男子が格好もつけられなくなってどうします？　それに——私は、カルロ先輩の歳を超しますから」

長く生きる分、魔導具師として研鑽を積み、カルロを超えなければいけない、レオーネにはそう聞こえた。

言葉を返せずにいると、銀枠の眼鏡を再度かけ、オズヴァルドが言葉を続ける。

「グイード様もヨナス殿も、きっとあの短杖《スタッフ》をお気に召すでしょう。ダリヤの今後も安泰ですね」

「二つ名を短杖《スタッフ》につけられて、氷蜘蛛《アイススパイダー》の機嫌が悪くならねばよいが」

「ヴォルフ様が名を決定したと言っておけば、グイード様は問題ないでしょう。話は合わせますよ」

「そうしてくれ」

正直、グイードが息子に近い年齢で助かった。

同世代のあれと戦《や》り合うのは、とても骨が折れそうだ。

「あの片手剣の方はどなたから来たか、ヨナス殿にお話はなさらないのですか？」

「私が話すことではない。いずれ、話すべき者が話すだろう」

声をかけたイシュラナの『とある商会長』は、二つ返事であの片手剣を届けてきた。

用意してあったかのようなそれは、どうみても請求金額の桁が少なく——それでも、何も聞かずに仲介した。

その商会長との付き合い故だが、はたして、スカルファロット家の二人はどうとるものか。

正直、レオーネにも予測がつかない。

「……そんなに気に入ったのか？」

「ええ、大変興味深いです」

自分が考えを巡らせる間、オズヴァルドはダリヤから受け取った細雪《ささめゆき》のマドラーを試し始めていた。少々冷えるというのに、手のひらに氷の粒を積んで、いい笑顔だ。

家に帰ったら即、改良案を模索しそうな気配がひしひしとする。

「お前のことだ。同じものを作り、威力限界を試し、破損させるところまではやるのだろう？」

「魔導具師として性能限界の確認は当然のことだと思いますが。それに破損に関しては、私など比較にならぬでしょう、大いなる『破壊者《デモリトーレ》』？」

「その渾名《あだな》はやめろ。学院の壁の賠償額を思い出す」

破壊者《デモリトーレ》――なつかしくも聞きたくない自分の二つ名に、レオーネは渋い顔をする。

「私もカルロ先輩も出すと申し上げましたのに……」

「我々にも、先輩としての矜持《きょうじ》がある」

魔導具研究会の仲間で調子にのりまくり、半ば確信犯的に壁の洗浄用魔導具を強化した。結果、洗浄を通り越し、学院の壁に大穴を開けた。

その後、顧問のリーナ先生の責任問題とならぬよう、年齢は違うが、入った学年もクラスも一緒だったウロス――現在は王城の魔導具制作部長だが、彼と自分ともう一人の友人、卒業学年の貴族家出身の学生で、全額弁償した。

当時、なにかとやりくりに必死だった自分には、なかなか痛い出費だった。

もっとも、その後にウロスも友人も、このオズヴァルドも、素材が余った、学用品を買いすぎたなど、何かとあれこれ届けてきたし、最終的には王城の壁の洗浄魔導具として売り込み、結果としては大幅に黒字にしたが。

なお、カルロには魔力制御を教えてもらう時間を思いきり追加した。おかげで手と目の痛まぬ日が、しばらくなかった。

「イヴァーノが身につけている足輪《アンクレット》は、レオーネ様の作でしょう？　もう一度、魔導具師として復帰なさいませんか、『破壊者《デモリトーレ》』？」

「私は魔導具師にはなれん。もう身内のためにしか作らん」

もう二度と、自分で考えた新しい魔導具を作ろうとは思わない。作りたくない魔導具を作るのもごめんだ。商《あきな》いで金貨を動かすことの方が、自分ははるかに合っている。

「先ほどのお話ですが——王城よりの伯爵上がりの打診を、ずっとお断りなさっていると伺っております」

「……記憶にないな」

「王都貴族の半分が、ジェッダ子爵家から『融資』を受けているという噂《うわさ》もありますが」

「その噂は間違いだ。私が貸し付けたことのある家は、まだ三割一分しかない」

オズヴァルドが目を見開いた後、喉からくつくつと笑い声をあげた。

「すばらしい腕の広さです。伯爵になる必要などないというわけですね」

実際、その通りだ。自分は爵位を上げ、国政に口を出したいとは思わない。オルディネ王国の一子爵である以上、その責務はきっちり果たすが、それ以上を望まれるのはお断りだ。

「爵位は息子達が悩めばよい。それよりも、お前の陞爵《しょうしゃく》を祝わねば。一人で二爵上がりとは、世辞なしにすばらしいことだ。『子爵同格となったら言葉を改めましょうか、オズヴァルド殿？』」

「寒気を感じますので全力でご遠慮申し上げます。それと——カルロ先輩がいれば、先の陞爵《しょうしゃく》は先輩だったでしょう」

「かもしれん。今はあちらでさぞかし娘に気を揉んでいることだろうが」

「大丈夫でしょう。来期侯爵のスカルファロット家、それに派閥違いのドラーツィ侯爵家前当主が、ダリヤの応援者ですから」

オズヴァルドは涼やかな声で言った。

だが、レオーネはそれにうなずけない。

商業ギルドで、商会として、王城で、『魔導具師ダリヤ』はあまりに目立ち始めている。

「オズヴァルド、もし、それより『上』が出てきたら、お前はどうする？」

「私はカルロ先輩に『借り』がありますので」

一切の躊躇《ちゅうちょ》なく言い切った後輩に、思わず目を細めた。

それは侯爵家以上が出てきても、ダリヤ側につくつもりだということ。

オズヴァルドはオルディネ王国の子爵となる。己の商会も持ち、家族もいる。それでもなおダリヤを守るために手を伸ばすと言い切るのだ。すでに自分よりその手は長く、太いのかもしれない。

魔導具研究会に入って来たとき、その顔と頭の良さ、そして家柄と経済力がそろっていることで、『かわいくない後輩』と呼ばれつつ、かわいがられていたオズヴァルド。

魔導具の失敗でよく苦悩していた彼は、今や風格のある商会長。そして、王城どころか、王族に直接魔導具を納める魔導具師。功績を重ね、来期は子爵に上がる。

実家は名門・裕福な子爵家で、貴族の知識と嗜《たしな》みは一通り。『銀狐《シルバーフォックス》』という二つ名通りの優雅な笑みは、味方としてなら安心感がある。敵に回すと厄介この上ないが。

その銀の双眸《そうぼう》が、静かに自分を見返した。

「レオーネ様は、どうなさいますか？」

「私は——家族を守ると決めている」

「そうですか」

非難も同意もなく、オズヴァルドはただうなずいた。

学生時代には、共に笑い、騒ぎ、ずいぶんと馬鹿な真似もした。

それがついこの前のように思い出せるのに、今やそれぞれの立場は大きく隔たった。

やりたいことが似ていても、取れる方法、動ける範囲は大きく違う。それが選んだものの差だ。

だが、たまには――そういったことを押しのけて、思い出話の一つもしたいと思うのは、高魔力で魔導具二つを作った高揚感か。それとも、緑の塔、カルロの家に共に行ったからだろうか。

死者は歳をとらない。

カルロと歳が離れていくばかりになったことを改めて認識し、ようやくに口を開く。

「オズヴァルド、助手と付与をしてもらったことだし、久しぶりに酒はどうだ？　奢《おご》るぞ」

「大変うれしいお言葉ですが、『お前とは二度と飲まん』と言われたのは、よろしいのですか？」

「……撤回しよう、『オズ』」

「ありがとうございます、『レオ先輩』。喜んでご一緒させて頂きます」

答えたオズヴァルドが、ようやく襟元のタイをゆるめた。

一段やわらかく笑う後輩に、レオーネは共に飲まなくなった原因を思い返す。

「だがな、オズ。普通、娘が自分の友人に刺繍《ししゅう》を入れたハンカチを贈るなどと言ったら、全力で止めるだろう？」

それはもう昔のこと。まだ高等学院生だった娘がゾーラ商会に行ったとき、こともあろうにこのオズヴァルドに一目惚《ひとめぼ》れ、貴族でいう初恋のハンカチを刺繍して渡そうとしたのだ。

「そうですか、レオ先輩？」

わざとらしく聞き返す銀の目は、悪戯《いたずら》っぽい光に満ち――嫌な予感は確信に変わる。

「私は、うちの息子がガブリエラに赤い花を贈ると言っても止めませんが」

「そこは止めろっ！」

かわいくない後輩は、どうやら磨きをかけてかわいくなくなったらしい。

変わらぬ銀の目を細め、レオーネの説教を楽しげに聞いていた。

幕間　銀狐の振り返り

朝日はまだ見えないが、紺色の空の端は淡く赤い。

貴族街の道を、馬車はカラカラと軽い車輪の音を響かせて進んでいく。

「飲みすぎたな……」

オズヴァルドは座席に寄りかかり、酒混じりの吐息をついた。

久しぶりに、若い頃のような底なしの飲み方をした。レオーネも一緒である。

昔は『守銭奴《しゅせんど》』と渾名《あだな》された彼が、飲みきらないうちに次のワインのコルクを抜くなど、若い頃の自分が聞いたら、笑い飛ばしたに違いない。

日付を超えてのこれほどの深酒は、今日の仕事への影響が懸念される。

だが、内ポケットの酔い覚ましの腕輪を、まだつけたくはなかった。

久しぶりにレオ先輩と飲めたこと、学生時代の尽きぬ思い出話。

酒と共に、貴族の立場を忘れての楽しさにも酔い——もう少し醒《さ》めたくはないところだ。

目を閉じれば、車輪の音は子守歌に変わっていった。


「お前の左腕になってくれるような魔導具師が、見つかればいいのだが……」

ひとり言のような父の言葉に、高等学院生のオズヴァルドは曖昧にうなずいた。

オズヴァルドは貴族にしては魔力が低い。その上、四大魔法も治癒魔法もない。未来の選択肢に、魔導師も騎士もなかった。

幸い、家は裕福な子爵家だ。高等学院の魔導具科に進んだ自分に、父は言った。

『お前の名で魔導具を扱う商会を立て、魔導具師達を雇う立場になればいい。魔導具科の学友や魔導具関連の部活動で、気が合う者がいれば声をかけておけ』と。

オズヴァルドはそれに従い、高等学院入学後、魔導具科で交友を広げると共に、魔導具研究会に入ることにした。

緊張しつつ魔導具研究会のドアを開けると、すぐに声がかけられた。

「ようこそ、魔導具研究会へ！　ああ、俺には気軽に話してくれ。入った年が少し違うだけじゃないか」

新緑のような明るい目をした青年は、先輩風を吹かせることもなくそう言った。互いの名乗りと入部手続きは呆気《あっけ》なく済んだ。

カルロ・ロセッティは、初対面の後輩に、素で笑いかけてくるような人だった。

貴族の裏表に慣れつつあったオズヴァルドには、その笑顔はとても鮮やかに見えた。

「よろしくお願いします、ロセッティ先輩」

「こちらこそよろしく！　俺のことは『カルロ』でいい」

「では、私のことも『オズ』とお呼びください、カルロ先輩」

カルロの父は、有名な魔導ランタンを開発したロセッティ男爵。

息子であるカルロもすでに魔導具制作に携わっており、付与に関してかなりの腕を持っていた。けれどそれを驕《おご》ることはなく、明るくなごやかな性格で、困っている者を放っておけない優しさがあった。魔導具が絡むと激しく踏み外すことがあるが――それさえも彼の個性に思えた。

初等学院で友人の少なかったオズヴァルドにとって、高等学院と魔導具研究会は、なかなか居心地のいい場所だった。

先輩から魔導具について話を聞き、魔導回路を解説され、魔導具の試作をして騒いだ。

クラスメイトとは得意科目を教え合い、ノートを交換し、課外授業で盛り上がった。

休日は魔導具師の師匠となってくれた者の工房へ行くか、新しくできた友人達と過ごした。

魔導具科だけではなく、学院内の少女達から声をかけられたり、初恋を表す刺繍《ししゅう》入りの白いハンカチを受け取ることもあった。

いかにも青春といえる毎日は確かに楽しく、きらめいているように見えた。

それでもオズヴァルドは、どこかで冷めた自分を感じていた。

初等学院の頃、自分は太っていて、内向的で、友人も少なかった。成績はそれなりによかったが、容姿を陰でけなされていた。

初めて告白されて付き合った少女にいたっては、からかいのための嘘《うそ》の付き合いで、ずいぶんと落ち込んだものだ。

あのときは家族のおかげで立ち直れたが、再び太ったら、今、周囲にいる少女達はきっと消えるだろう。これから先、ずっと体重を気にし、見た目を気にしていかなければならないのだ。

魔導具科に入って、魔導具づくりの楽しさに目覚めたが、魔力の少ない自分はいい魔導具師にはなれないにちがいない。父に商会を立ててもらい、腕のいい魔導具師を雇い、彼らに何を作るのかを指示していくことになるだろう。

オズヴァルドは少しの苦さを感じつつも、どちらも仕方がないことだと、己の未来を達観したつもりになっていた。

だが、それを壊したのはカルロだった。

「オズ、お前、子供の頃に吸った花の蜜で、一番うまかったのってなんだ？」

魔導具研究会の部室で紅茶の砂糖壺《つぼ》を持ったカルロは、唐突にそう尋ねてきた。

「花の蜜を吸う、ですか？」

子供の頃にそんな記憶はない。

花は屋敷の庭で咲いているか、店で花束にしてもらうものだ。花の蜜はガラス瓶に入ったものを買ってくるものだ。オズヴァルドがそう説明する横、貴族家生まれの先輩方も同意した。

「蜜蜂任せで、花から蜜を吸ったことがないなんて、皆、人生損してる！」

無茶な説明をされた気がしたが、妙に気になった。

結果、次の休日、魔導具素材の採取という名目で集まることになった。

カルロとオズヴァルド、魔導具研究会の希望者で、緑の塔と王都の門近くを回った。花を見つけて蜜を吸うためである。

緑の塔の裏にはサルビアがたくさん植えられていた。カルロの母親が、優しく笑んで勧めてくれた。

おそるおそるむしった赤い花、その根元の蜜はほんの数滴。それなのに、そのやわらかな甘さは忘れられないものとなった。

次に向かったのは、王都の門近くの草原だ。

青空の下、野の花を探し、花をむしって蜜を吸う。まったく蜜のないものもあれば、先客の蜜蜂に追いかけられることもあった。

ようやく口にした蜜は、花ごとにずいぶん香りや味わいが違っていて、やはり甘かった。

参加者はオズヴァルドを含め、貴族の子息が多かったので、護衛騎士達も来ていた。最初は硬い表情をしていた彼らも、気がつけば花の蜜を吸い、味の好みの話になっていた。

「ロセッティ君、蜜のおいしい花にお勧めはあるんだろうか？」

「俺のお勧めは、サルビアとスイカズラ、レンゲソウです！」

底抜けに明るい笑顔で言ったカルロに、護衛騎士達も笑っていた。

オズヴァルドが一番気に入ったのは、レンゲソウだった。

鮮やかなピンク色と白のかわいらしい花で、うまくむしるのも難しく、蜜はほんの少し。それでも、花の芳香の残る蜜は、まろやかで極上の甘さだった。

その日は皆で夕暮れまで花を渡り歩き、ようやく帰路についた。

それからしばらく、オズヴァルドは蜜が気になるようになってしまった。

家でもつい、パンに薄く蜂蜜を塗ってしまう。ここまでダイエットしてきたのだから、やめた方がいいのだが——そう思いつつ食べる蜂蜜は、あまりおいしくなかった。

たまたま学院のエチケットルームでカルロと一緒になったとき、オズヴァルドは鏡の中の自分を見つめていた。

体重は毎日確認しているが、少し頬《ほお》に肉がついたように見えてならない。そのどうしようもない不安が口をついて出た。

「カルロ先輩、最近、私は丸くなったと思いませんか？」

「オズは元々丸いだろ。優しいし、めったに怒らないし。もうちょっと楽にしてもいいと思うくらいだ」

緑の目を丸くしてそう言われた。性格の話ではない、見た目の話である。

オズヴァルドはつい、思い出したくもない頃の話をしてしまう。

「その、私は今でこそ『銀狐《シルバーフォックス》』などと渾名をつけられていますが、初等学院の頃は『灰色子豚』と呼ばれていました。だいぶ太っていましたので……」

「そうか。体重なんて上下するもんだし、その髪は灰でも銀でもきれいなのにな」

からりとそんな台詞《せりふ》を吐かないでもらいたい。悩んでいた自分が小さく思える上、ちょっと気恥ずかしいのかうれしいのか、よくわからなくなったではないか。

オズヴァルドはつい口を尖《とが》らせてしまった。

「カルロ先輩……」

「あ、すまん！　二つ名として嫌だよな。灰色より『銀狐《シルバーフォックス》』の方がかっこいいもんな！」

カルロに見当違いに謝られたが、なぜかうなずいてしまった。

それ以来、オズヴァルドは体重が気にならなくなった。

代わりに銀狐《シルバーフォックス》らしく前向きに、髪型、体型、服装はかっこいいを目指し続けることにした。

そこからは、女生徒からもらう刺繍入りハンカチと、男子生徒からの恨みがましい視線が、さらに増えた。


ある日、魔導具研究会の者達がそろう部屋で、進路の話になった。

貴族家の先輩方は就職先が決まっている者が多かったが、王城魔導具師や魔導具工房への弟子入りを目指す者もいた。話の流れで尋ねられたオズヴァルドは、素直に答えた。

「卒業したら魔導具を扱う商会を立てる予定です。私は商会の取り回しをして、制作を担当してくれる魔導具師を探す予定です」

「なんだ、オズも作ればいいじゃないか。お前なら新しい魔導具も作れそうだし」

魔力が足りなくても魔導具は作れる、入ったばかりの自分にそう教えたカルロは、今度は魔導具開発を勧めてきた。

「無茶を言わないでください、カルロ先輩。この前の大海蛇《シーサーペント》の手鏡の仕上がりを見たでしょう？」

少し前に実習で作ったそれは、色はまだらで気泡は多数。とても実用に耐えうるものではなかった。

もっとも、レオーネが魔導具ではなく、新進気鋭の芸術家の作品として売り捌《さば》いてきたので、元は取れたが。

「魔力制御は時間！　付与は回数！　ま、親父の受け売りだけどな」

「じつに『ロセッティ』らしいよ……」

カルロの言葉に、部室にいる者達は納得せざるを得なかった。

カルロの付与は見事だが、父であるロセッティ男爵にはまったく叶《かな》わぬと聞いている。

魔導具制作の上達は時間をつぎ込み、数をこなすのみ。近道は一切ない。まだ若い学生達はそれを突きつけられ、遠い目になっていた。

だが、オズヴァルドは我知らず目を輝かせていた。

魔導具師を目指すのが遅かった自分だが、魔導具づくりは楽しく、付与の練習も苦ではない。

むしろ、先生や先輩方に教わって、作れる魔導具が増えていくのはとても楽しい。

ここからひたすらに練習と数をこなせば、自分も一人前の魔導具師になれるのではないか。

カルロの勧め通り、商会を持ちながら、自分で新しい魔導具を作り出すのも面白そうだ。

オズヴァルドは、己の進路を大きく修正することにした。

本当は、カルロこそ一緒に仕事をしたい者ではあったのだが——これだけは口にできなかった。

学業と魔力制御の練習と魔導具づくりに懸命に打ち込み、魔導具研究会の仲間と笑っては騒ぎ、恋愛にも泣き笑いした。

その間も、カルロはよく自分の相談に乗ってくれた。勉強や魔導具に加え、恋愛に家のことまで、情けない話も遠慮なくできた。

彼から相談を受けたこともあった。魔導具と魔力のことがほとんどだったが。

いつの間にか、すべてに冷めた感覚は薄れていた。

オズヴァルドは胸に焼き付くほど、鮮やかな学院生活を送った。


カルロが卒業した一年後、オズヴァルドも続いた。

若くして商会を立てた後は、商会長としての商売も、魔導具師としての仕事も必死だった。

無理をして倒れ、両立はあきらめろと家族に言われたことも何度かある。

だが、どうしてもあきらめられなかった。どちらもこの手にしたかった。

恋をして破れまくり、結婚して失敗し、商売を傾けた。魔導具師としてようやく新しい魔導具を作ったと思えば、次は技術と魔力の壁にぶち当たった。貴族相手の商売では辛酸を嘗《な》め、溺れかけるようにして泳いだこともある。

オズヴァルドは、高山と渓谷《けいこく》が交互にくるような日々を送り続けた。

中でも、一番の深い谷は、一度目の結婚の失敗だ。妻と弟子に店の資金を持って駆け落ちされ、すべてを終わらせるのが一番楽ではないかと思った日がある。

誰から聞いたのか、カルロは突然やってきた。屋台に連れていかれ、飲まされて愚痴った。その後は緑の塔に連れ帰られ、帰りには娘ダリヤのために新しい魔導具を作れと背中を押された。

自分は勢い込んで魔導具の冷風扇を作り、商会も店も何事もなかったかのように、いや、以前よりも拡大していった。

冷風扇を見る度に思う。あの日、カルロが来てくれなかったら、自分はおそらく消えていた。

いつか、恩を返そう。先輩の背を追う後輩ではなく、彼と隣り合えるほどの魔導具師となろう。そう思っていた。

カルロとはそれからも、男爵会や商売関連での交流はあった。

ただ、ここ幾年か、なんとなく避けられているように思えた。その度、お互いに忙しいからだ、気のせいだと流していた。

なぜそこで、自分はカルロを捕まえてまっすぐ尋ねなかったのか、今になってそう思う。

彼と最後に会ったのは、ある伯爵の主催する男爵会だった。

壁際にその姿を見つけ、オズヴァルドから声をかけた。

「お久しぶりです、カルロ先輩」

「ああ、オズ、久しぶりだな」

自分を見るその顔は、少しばかり青白かった。

「お仕事がお忙しいですか？　少々顔色が冴《さ》えないようですが」

心配になって尋ねると、カルロはいつもの苦笑を返してきた。

「ただの二日酔いだ」

「飲みすぎにはご注意を。緑の塔の姫君のためにも」

「昨日はたまたま、友人と飲みすぎてな」

うらやましい、不意にそんなことを思ってしまった。

オズヴァルドは一度目の結婚の失敗以来、カルロとは男爵会でしか飲んだことがない。

商業ギルドで一緒になったときなど、昼食を共にしたことは何度もあったが、夜通し語り合うようなことはなかった。

最近は仕事もようやく少し落ち着いた。カルロと昔話の一つでもゆっくりとしてみたい。

「カルロ先輩、そのうちに——」

飲みませんか、そう言いかけたとき、彼を呼ぶ声がした。

こちらに歩んできたのは、本日の男爵会を主催する伯爵家当主だった。

「ロセッティ男爵、別室で話したいという方がいらしてね。なんなら、そちらの——ゾーラ男爵もどうかな？」

本日の男爵会は立食形式、場合によっては個室での歓談になる。伯爵家当主に声をかけられたなら、受けないという選択肢はない。

了承を返そうとしたとき、自分の前、カルロが左手で制した。

「すまない、『ゾーラ商会長』、俺の待ち人がいるようだ」

オズ、と呼んでいたのを、ゾーラ商会長と切り換えて呼ばれた。

会わせたくないのは大切な取引先か、それとも女性か——オズヴァルドは素直に引くことにした。

「私は挨拶回りが終わっておりませんで、次の機会をお待ち致しましょう」

特に自分に用はなかったらしい。伯爵はカルロを伴って広間を出ていこうとする。

「オズ、体に気をつけて、奥さん達と仲良くな！」

不意に振り返り、カルロはそう言った。

珍しく先輩風を吹かせるような言い方で——それでもいつもの笑みだった。

その日、カルロが広間に戻ってくることはなかった。

いや、自分の前に彼が現れることは、二度となかった。

亡くなったと聞いたのは春の終わり。オズヴァルドは商会の仕事で王都を離れていた。

「早すぎますよ、カルロ先輩……」

自分は一人遅れて墓に行き、残念さを嘆いた。

それでも、人の死はどうにもならぬこと、それを知っているオズヴァルドは、カルロの死で落ち込むことはあっても、生活を大きく変えることはなかった。

だが、人の縁というのはわからぬものだ。商会の顧客であるスカルファロット家の四男、ヴォルフレードが、カルロの娘を伴って店に現れた。

まるでカルロの予言だった。彼との約束通り、娘のダリヤに店の魔導具店のカードを手渡した。

ダリヤからは、カルロが自分の開発した魔導具である冷風扇を使い、オズヴァルドの名を呼んでいたこと、友と思ってもらえていたことを聞いた。長らくの胸のつかえがとれた、そう思えた。

そこからも彼女との縁は続いた。

魔導具師の教えの道半ばで逝ったカルロに代わり、娘ダリヤの先生役になる、それはオズヴァルドにとってうれしいことだった。

世話になり、助けてもらったカルロに、少しは恩返しができるような気がした。

努力家のダリヤは、魔力値はそれほど高くないが、吸い取り紙のように知識と技術を吸収していく。そこに、息子のラウルエーレもいい影響を受け――まあ、熱い憧れも入っているようだが、微《ほほ》笑《え》ましく見守っていた。

だが、ダリヤのはばたきはあまりに早い。商会を立ち上げ、新しい魔導具を複数開発、王城に出入りし、魔物討伐部隊の相談役、男爵の叙爵予定者となった。

まるで、カルロがこれまで娘を隠していたように思える活躍ぶりを、オズヴァルドは危惧《きぐ》した。

王国の魔導具師――ウロス部長を筆頭とする王城魔導具制作部に入り、生活魔導具や魔物討伐部隊関連の武具開発をするのであれば問題ない。いずれ子爵に上がるか、スカルファロット家に入るかして、魔導具師としての研鑽《けんさん》を積んでいければいい。

だが、王国には、それ以外に欲される魔導具師もいるという。

誰がそうなのか、どこでどう制作をしているのかはわからない。自分が知ったのは、破格の報酬を与えられ、国を守る武器を作る魔導具師もいるらしい、ということだけ。

それでさえ、それなりに貴族界を泳いでから知ったことだ。

カルロは学生時代、王城から魔導具師にならないかと、声をかけられたことがあるという。

オズヴァルド自身も翌年、父から『お前に王城から魔導具師の話があった』と聞いたので、魔力が低くとも成績がよければあることなのだろうと思い込んでいた。

『王城魔導具師は、家の爵位や魔力値に左右されることがある。子爵家の出身で魔力値の高くないお前では、活躍の場が狭くなる。商会の方が自分の自由が利いていいだろう』、父に言われて納得し、勧め通りに断った。

だが、カルロが断った理由は自分とは違っていた。

「好きなものは作れないだろうから断った」

そう言った彼は、あのとき、オズヴァルドの目を見ることはなかった。

続けられたのは、ひとり言のような低い声。

「酒がまずくなるような魔導具は、作りたくないよな……」

自由を好むカルロだ。そのときは堅苦しい王城が苦手か、あるいは面倒な魔導具づくりより自分で開発したいのだろうと思い、軽い相槌《あいづち》を打っただけで終わった。

だが、今になって妙にひっかかる。

カルロの急死は、本当に自然なものか、酒がまずくなるような魔導具づくりを断ったからではないのか、あるいは、高位の者からの取り込みを断り、消されたのではないか、そんな疑いがくすぶり始めた。

父が自分の王城魔導具師への勧誘を止めたことも気にかかったが、確かめたくともすでに亡くなっている。

さっきまで飲んでいたレオーネにも、遠回しにカルロの死因の話をしたが、『私が話せることはない』、としか言われなかった。子爵家当主である彼に、それ以上を尋ねても無理だろう。

カルロの死につながる糸を手繰《たぐ》り寄せれば、相手にも気づかれる可能性がある。

糸の先が王族や高位貴族だとしたら、今のオズヴァルドが対等にわたり合えるわけもない。

だが、容姿に縛られかけ、身動きがとれなくなっていた自分を自由にしてくれたのも、商会運営だけとあきらめていたときに、魔導具師の道を教えてくれたのもカルロだ。

最初の妻に逃げられ、死を考えていた自分を救ったのも彼である。

先輩とはいえ、天秤《てんびん》を傾けられすぎた。

返しきれるとは思わないが、その娘のダリヤが望まぬ道に引きずられそうになったら、それを止める杭《くい》の一つぐらいにはなろう。

幸いにも、自分は間もなく子爵に上がる。子爵家当主、王族御用達魔導具師、ゾーラ商会長、すべての手札を広げていけば、糸の先がわずかでも見えてくるかもしれない。

もっとも、今のダリヤには、スカルファロット家の守りがある。彼女がこのままつつがなく過ごしていけるならそれでよし。自分の取り越し苦労であればそれでもいい。

だが、万が一、そうでなければ――馬がいななき、馬車が止まった。

「お帰りなさいませ、旦那様。お疲れはありませんか？」

馬車のドアを開けたのは黒髪の女性――妻のエルメリンダだった。

オズヴァルドが馬車を降りるのが遅かったので、心配させてしまったらしい。

「少々飲みすぎました」

頭を軽く振ると、内ポケットの酔い覚ましの腕輪をつけ、魔力を流す。強い酔いは引き剥《は》がされるように薄くなった。

「エル、遅くまで待っていてくれたことにお礼を言います。ですが、次からは無理をせず先に休んでください。夜番の護衛騎士もいるのですから」

「せっかく夜に会える機会、いえ、朝一番に会う機会を逃したくないと思いまして」

そう笑んだ妻の背後、朝日が昇りつつある。どうやら、久々の朝帰りになってしまったようだ。

「昨日は何かありましたか？」

オズヴァルドは馬車を降りて尋ねた。

「初めて、指輪に付与ができました」

エルはそう言うと、少し誇らしげに笑った。高い魔力を持つ、元上級冒険者の彼女にとって、それは簡単なことではない。魔導具に付与する最適な魔力に絞るのは、逆に難しいこともあるのだ。

「それはすばらしいです。頑張りましたね」

「ラウルの教え方がとても上手だったのです」

「ラウルの――」

息子に嫉妬するつもりはない。人に教えると覚えが早まるので、ぜひ続けてほしい。

ただ、おそらくは自分よりラウルの方が人に教えるのがうまい。それに関しては、少々残念な思いがあるが。

「いつか、私も旦那様のお手伝いができるようになればいいのですが……」

魔導具師の仕事を手伝ってもらうのはありがたいが、エルはまだ若い。

オズヴァルドは、ここから未来の一つになるかもしれない提案をしてみる。

「努力家のあなたです。本気で取り組めばいい魔導具師になれると思います。ここから魔法理論関係の家庭教師をつけますが？　魔導具関係の勉強でしたら私が教えましょう」

「知識は欲しいので勉強はしたいと思います。ですが、私は魔導具師になるつもりはありませんの。あなたの妻が一番ですから」

「それは、心からありがたいことです」

にっこりと笑った妻に、オズヴァルドも笑み返した。

屋敷に入ると、階を上がり、廊下を二人で進む。

窓の外、朝焼けに輝いていく空に、オズヴァルドは足を止めた。その赤さに重ねたのは、カルロの娘の髪の色だ。

「旦那様？」

エルが自分に呼びかけ、少し眉を寄せた。

心配されているのはわかるのだが、オズヴァルドはそこに輪をかける問いを投げる。

「もし、私が――今の地位を天秤にかけてもやりたいことがあると言ったら、どうしますか？」

「カテリーナ様であれば、『家と子供は私にお任せを』、フィオレ様であれば『商会は私にお任せを』、そうおっしゃるでしょう」

カテリーナもフィオレも自分の妻だ。おそらくその通りだというのもわかる。

カテリーナは貴族の流儀に明るい。いざとなればゾーラ家の全権譲渡ができるようにしてあるので、子供達を守り、オズヴァルドを表向き病気か病死にするぐらいのことはできる。後ろ盾になってくれる貴族家も国内外に一定数あるので、存続の心配はない。

ラウルエーレへの魔導具師としての教えも、裏で連絡を取り、それなりの魔導具師達に願うことはできる。その教育は他に譲りたくないというのは、父としての本音だが。

フィオレは商人の流儀に明るい。オズヴァルドが手を離しても、商会を取り回すのに問題はない。もしオルディネで圧力をかけられたところで、隣国には自分の弟が運営する兄弟商会がある。商人は国を選び、国境を越えられる。

けれど、答えには目の前の妻の返事は入っていない。

「エルは、どうしますか？」

「私は、旦那様が傷つくのは嫌です」

予想通りの、まっすぐな声が返ってきた。

「では、あなたは止めますか、エル？」

「いいえ、そのときは旦那様の隣で戦います。相手が魔物でも、人間でも。旦那様はやりたいようにし、進みたい道へ行かれればいいのです」

元上級冒険者らしい返事が返ってきた。なんとも頼もしい妻である。

「そちらの道で下手を打つと、私は隠居しなければいけないかもしれません。もう少しあなたへの分与を増やしておきましょう」

自分に何かあっても困らぬだけの財は、すでに妻それぞれの名義にしてある。

だが、万が一もあるかもしれない。もう一段足しておく方がいいだろう。

「私には不要です。旦那様が隠居するなら、そちらについて参ります。もしもオルディネを出るなら、冒険者に復帰して、値のいい魔物を狩ってきます。その素材で旦那様が魔導具を作れば、どこの国でも自由に暮らせるでしょう。ずっと旅を続けるのも、きっと楽しいですわ」

まるでそれを楽しみにしているかのような表情《かお》で言われた。

だが、それは国を出るオズヴァルドについてきて、二人で逃避行をするというようにも聞こえる。

まったく、妻達に隠し事は無理らしい。

「その『もしも』の提案は、カテリーナですか？」

自分がどれだけカルロに助けられたか、その話は妻達にしたことがあった。

共に貴族界を泳ぐ妻、カテリーナであれば、自分の思いと迷いは気づかれていたかもしれない。

エルメリンダは微笑むだけで答えない。

それに対し、今の自分はとても情けない表情《かお》をしていることだろう。

「あなた達を守れないかもしれない、それだけが怖いのですよ……」

糸の先がわからない以上、妻子を巻き込む可能性がないとは言えない。それだけが怖い。

ここから王族御用達魔導具師としての信頼を積み、貴族家につながりを深くし、国境を越えて商売を広げ、もっともっと腕を伸ばさなければ——そう気負う自分の冷えた頬に、妻の温かな指が触れる。

「エル……」

美しい萌葱《もえぎ》の目が、一切の迷いなく自分を見た。

「オズ、迷う必要などありませんわ。私達は、とうに一つですもの」

プレゼント交換とダンスパートナー

今世、大安吉日というものはないが、本日はめずらしいほどの快晴だ。

冬とは思えぬほどの青空の下、ダリヤは緑の塔に迎えに来たヴォルフと二人、スカルファロット家の別邸に足を踏み入れた。

ヴォルフが抱える大きな布包みの中、グイードとヨナスの依頼品が入っている。

紅蓮《ぐれん》の魔剣と氷蓮《ひょうれん》の短杖《スタッフ》——その仕様を別の素材に応用し、使い手に合わせた付与がされた、『魔剣闇夜《やみよ》斬り』、『氷蜘蛛短杖《アイススパイダースタッフ》』だ。

案内されたのは屋敷の奥まった場所だった。おそらく客室なのだろう。紺色を基調に金の装飾がなされた豪華な調度が並んでいる。

すでに三人掛けのソファーに座っているのは、笑顔のグイード。その斜め後ろには、いつもの従者服姿のヨナスが立っていた。

「ようこそ、と、私が言うのもおかしいね。ここはヴォルフの屋敷なのだから」

「いえ、家の屋敷ですから」

ヴォルフはもはや笑顔が隠し切れていない。グイードに応える声も弾《はず》んでいる気がする。

「本日はお時間をありがとうございます」

ダリヤはなんとか型通りに挨拶をした。

これからのことを考えると、自分も素知らぬふりをするのに必死である。

「さて、急ぎの用向きがあるとのことだが、なんだね？」

グイードも待ち遠しさが伝わってくるような表情《かお》で尋ねてきた。内容は予測しているだろう。ただし、半分だけだが。

ヴォルフはローテーブルの上、黒い布包みを置いてほどく。

並んで載るのは、細長い濃紅《こいくれない》の箱と、濃い青の艶《つや》やかな鞄《かばん》の二つだ。

「おや、二つかい？」

「二つ、ですか？」

グイードとヨナス、完全に同時に問うた二人は、互いをちらりと見、そっと口を閉じた。

「こちらは『魔剣闇夜斬り』です。兄上からヨナス先生へどうぞ」

「こちらは『氷蜘蛛短杖《アイススパイダースタッフ》』です。ヨナス先生からグイード様へお渡しください」

馬車の中で話し合ってきた通り、ヴォルフがグイードに濃紅《こいくれない》の箱を、ダリヤがヨナスに青い鞄を、それぞれ渡す。

「ありがとう、ヴォルフ、ロセッティ殿」

「ダリヤ先生、ヴォルフ様、重ねて御礼《おんれい》申し上げます」

自分達に礼を言って受け取った二人が、共にばつが悪そうに笑み崩れる。

「まさか、かぶるとはね。ヨナスもヴォルフも何かしているのはわかっていたが……」

「やられました。私もお二人が何か隠されていらっしゃるとは思いましたが……」

うれしいのかそうでないのか判断のつかぬ表情《かお》の二人だが、見ていると、どうしても笑いがこみあげてしまう。

必死に唇を結んでいると、グイードが先に動いた。

ヨナスの元へ歩み寄り、まっすぐ向かい合う。軽く咳払《せきばら》いをすると、濃紅《こいくれない》の箱を差し出した。

「男爵の叙爵、おめでとう、ヨナス」

「ありがとうございます、グイード様。ありがたく頂戴致します」

箱を受け取ったヨナスが、そっとローテーブルに置く。そして、青い鞄を両手で持ち、グイードに捧《ささ》げ渡す。

「代替わりと共に陞爵《しょうしゃく》をお祝い申し上げます、グイード様」

「ありがとう。大切に使わせてもらうよ、『ヨナス男爵』」

「……まだですが」

少年のような笑みのグイードと、どこか恥ずかしそうな笑みのヨナスという、大変めずらしいものが見られた。

なお、ダリヤの隣、ヴォルフはただひたすらににこにこしている。

懸命に抑えてはいるが、おそらく自分も近い表情《かお》だろう。

「ぜひ、この場でお確かめください」

「そうさせて頂きます」

ヴォルフの勧めで、先に箱を開けたのはヨナスだ。

そっと取り出す片手剣は、砂漠の国イシュラナのもの。通った銘《めい》があるほどだ。武具に詳しいヨナスであれば、その価値は一目瞭然にちがいない。

「これは、また……」

長い吐息の後、その右目の赤黒い瞳孔《どうこう》が縦になりかかった。よほど驚いたか、気に入ったらしい。

「失礼致します」

ヨナスが手袋を外した。素手で剣の持ち具合を確かめると、部屋の端へ移動する。

ゆっくりと鞘《さや》から抜かれた刀身は、窓からの陽光を朝焼けのように刃に宿す。

赤みの強い金に、青い光が揺れた後、魔力を通したのだろう、ゆらりと火が灯《とも》った。薄赤から鮮やかな深い赤までの、とてもきれいなグラデーションだ。

炎はそのまま一定の大きさでしばらく維持され、その後に呆気《あっけ》なく消された。

「じつにすばらしいです……材質も強度も、以前の魔剣より魔力が入りそうですね」

「説明書きで取り扱いに関することをまとめておりますので、お読みになってください。持ち手と鞘の色がお気に召さない場合、お好みの色に張り替えもできますので」

「いえ、このままで。朝焼け……いいえ、夕焼けのような、美しい赤です」

錆色《さびいろ》の目を細め、ヨナスは酔ったように答えた。

従者として目立つことを避ける彼は、赤い剣では使いづらいかもしれない——ヴォルフとそうも話し合ったのだが、杞憂《きゆう》だったらしい。

魔剣闇夜斬り——赤い鞘の剣はヨナスにとても似合っていた。

彼がまだ剣に見入るうち、グイードも青い鞄から革のケース、そこから短杖《スタッフ》を取り出していた。

「美しい短杖《スタッフ》だね！」

グイードの青い目は、白に水色の光をのせた短杖《スタッフ》に釘付《くぎづ》けだ。

その隣へ歩んだヴォルフが、うれしげに説明を始める。

「兄上、この部分から伸縮しますので、お試しください」

「伸びる短杖《スタッフ》か、これは面白い……」

早速、氷蜘蛛短杖《アイススパイダースタッフ》の上部を伸ばしたグイードだが、その目が子供のようにきらきらしている。

魔剣を見ているヴォルフとそっくりな光に、ダリヤは顔のゆるみを必死に抑え込む。

「こちらが説明書です。表裏四面に魔導回路が組まれています」

「四面!?　ロセッティ殿に無理をさせたのではないかい？」

いきなりグイードに名を呼ばれ、少々あせった。

「いえ、そちらの付与は私ではなく、レオーネ様にお願いしましたので」

「それとゾーラ商会長ですね。知らせを受けております。片手剣の方は一切伺っておりませんでしたが」

　すでに依頼主であるヨナスには、報告がいっていたらしい。もっとも半分だけだが。

「ならばいいのだが。ロセッティ殿に何かあっては、次にイヴァーノとお茶を飲むとき、私が叱《しか》られるからね」

　グイードに真顔で言われ、冗談として笑い飛ばせなかった。

　うちの副会長は、確かにグイードとお茶を飲むことはあると聞いている。しかし、いつの間にそこまで親しくなったのか。

　服飾ギルド長のフォルトといい、王城財務部のジルドといい、イヴァーノの交際範囲が広すぎる。そのあふれる対人スキルを、ちょっとでいいから分けてほしい。

「グイード様、万が一の盗難が怖いので、こちらに紅血《こうけつ》設定をしてもよろしいでしょうか？」

「その方がいいね。せっかく私達のためにと作ってもらったものだ。他の者に渡したくはないからね。この場で紅血《こうけつ》設定をしてもいいかな、ロセッティ殿？」

「その方が安心してお使い頂けるかと思います」

　ダリヤは安堵《あんど》しつつ答える。先に二人から言ってもらえてよかった。

　レオーネからも言われており、取り扱い説明書にも願っていたことだ。万が一、盗難にあうなどして、悪用されることは避けたい。

　グイードは指に針を刺し、短杖《スタッフ》に数滴の赤を滲《にじ》ませた。水色の光を放ったそれを見て、ヨナスが確認するかのように言う。

「それで正式に、『氷蜘蛛短杖《アイススパイダースタッフ》』になったわけですね」

「そうだね。私専用の、いい短杖《スタッフ》だ」

うれしさに笑みを堪《こら》えているのか、グイードの口角が微妙に上がっている。

『氷《アイス》蜘蛛《スパイダー》短杖《スタッフ》』は、彼専用の名称になりそうだ。

「では、こちらも紅血《こうけつ》設定を致します」

ヨナスは針を持つことはせず、己の左の小指をがぶりと強く噛《か》んだ。

ダリヤは思わず声をあげそうになり、なんとか耐える。

ヨナスは表情を変えぬまま、指から流れる血を魔剣に移す。つうと糸のように流れた赤は、魔剣闇夜斬りの刀身をつたっていった。

チリチリと、小さく震え鳴くような音がして、剣は赤い光を放ち出す。

彼は光が落ち着くのを見終えると、満足げな笑みを浮かべ、刀身を鞘に納めた。

「……」

ヴォルフが隣で静かに吐息をついたのがわかる。

ある意味、完成した人工魔剣である。見惚《みと》れるのも無理はない。

いずれ、ヴォルフ専用に、闇夜斬りを超える魔剣を作りたいが——ダリヤの腕はまだまだ足りない。試行錯誤と共に、ひたすら付与の修練に励むしかないだろう。

だが、とりあえず、これで剣と短杖《スタッフ》の納品は完了である。

「グイード様、ヨナス先生、こちらはささやかですがお世話になっているお礼です。よろしければお納めください」

ダリヤが持って来た鞄の中、一本ずつ白い革ケースに入った細雪《ささめゆき》マドラーが六本ある。

持ち手の一番上には、円形の小さなガラス飾りがあり、花や鳥、氷の結晶模様が描かれている。

革ケースはフェルモ、ガラス飾りはその妻、バルバラの作である。

「かわいい細工物だね」

「『細雪《ささめゆき》マドラー』です。先端から小さい氷の粒が出ますので、飲み物を冷やすのにお使いください」

「兄上、蜂蜜や果物酒をかけて、氷菓子のようにするのもお勧めです」

「それはありがたいね。妻も子も喜びそうだ」

グイードが青い目を細めて破顔した。と、ヴォルフがはっとした表情《かお》になる。

「グローリアは家庭教師からすでに氷魔法を学んでいると伺いましたが、氷の粒はもう出せるのでは？」

「娘はまだ制御がうまくないんだ。コップごと凍らせてしまうので、砕くのは護衛騎士の役目だよ」

「グイード様もコップの半分は凍りますが」

「ヨナス……」

しれっといらぬ補足をのべた従者に、グイードが少々不機嫌な顔になりかけ――あっさり切り換えた。

「妻と娘、三人で氷菓子を堪能するとしよう。ああ、一人きりはさみしいだろう。ヨナスも一緒にどうだい？」

「いえ、私は温熱座卓に浸《つ》かり、酒を冷やして飲むことに致します」

「また、あそこに浸かりきって出ないつもりだね……」

温熱座卓は入るものであって、浸かるものではないのだが、何が何でもコタツムリ――いや、ヨナツムリになるつもりらしい。

少し苦笑していたグイードが、ダリヤへと向き直った。

「さて、剣と短杖《スタッフ》の方だが、これだけのものを作ってくれたのだ。前金では到底足りないだろう。追加料金はどのぐらいかな？　他に望む素材や物があれば、そちらでもかまわない。遠慮なく言ってほしい」

「いえ、私の方のお支払いは十分頂いておりますので。できましたら、付与魔法をお願いしたレオーネ様とオズヴァルド様へ追加をお願いできればと……」

「わかった。こちらで話をしておこう。でも、ロセッティ殿にも、やはりお返しはさせてもらいたいね」

グイードの視線がヴォルフにずれ、自分に、そしてヨナスへと一周した。

「ロセッティ殿が男爵になったときの正式なお披露目を、私が侯爵に上がる祝いの会と一緒にさせてもらうというのはどうだろう？　この際だ。ヨナスもこの短杖《スタッフ》のお礼に、男爵授与のお披露目を一緒にしようじゃないか」

「グイード様……」

止《と》めたさがありありとわかるヨナスの表情《かお》に、ダリヤも内心で同意する。

グイードが侯爵となってのお披露目――それなりに大きな規模になるだろう。そんな目立つ日に一緒にされるのは、正直落ち着かない。

「なんだい、ヨナス？　どうしてもという希望があるなら別日にするが。ロセッティ殿の貴族後見人は私だし、スカルファロット家の武具工房長はヨナスだ。二人の男爵のお披露目をするのは当然、うちの役目だろう？　それなら三人まとめた方が、予算的に無駄がない。なんといっても、三人いたら、それぞれへの風当たりが減るじゃないか」

「……風当たりが、減る……」

なんだろう、いつもは一定の距離を感じるグイードが、今、とても近く感じられる。

予算もそうだが、一人ではなく三人。少しでも自分への注目が下がるなら、ぜひそうして頂きたい。ダリヤはつい拳《こぶし》を作ってしまう。

「グイード様、お願いできればうれしく思います……！」

「そうか、それはよかった！　私は臆病者なので、自分だけ目立つというのは苦手でね。三人一緒なら心強いよ」

「……グイード様」

返事の前に決められたヨナスが、再び低く名を呼ぶ。しかし、まるで気づかぬように流された。

「ヴォルフ、私がスカルファロット侯爵としての初めての催しになるから、前もって休みをきっちり取りなさい。私は妻をエスコートするから、ロセッティ殿のパートナー役はお前に任せるよ」

「はい、今度こそ俺が必ず……！」

ヴォルフの声が一段大きくなった。拳を白くなるほど握りしめて言うことではない。

それでも、ダリヤはちょっぴりうれしかった。

「戻りました」

部屋を出ていったヴォルフとダリヤは、これから食事に出かけるそうだ。

ヨナスは廊下で騎士達に指示を出し、二人の護衛態勢を確認してから戻ってきた。

ソファーには、いまだ手から氷蜘蛛短杖《アイススパイダースタッフ》を離さぬグイードがいる。己の二つ名と同じそれが、よほど気に入ったらしい。

もっとも、自分も本日は、魔剣闇夜斬りを自室に持ち帰り、夜通し観賞したいところだが。

「ヨナス、ロセッティ殿の耳元を見たかい？」

「はい、なかなかの細工物ですね」

赤い髪で時折隠れながらも、金のイヤリングが細やかな光を放っていた。

「金で雪の結晶イヤリングとは――ヴォルフもがんばったものだ。あれなら、家《うち》の庇護《ひご》と、ヴォルフの存在がわかる」

「よほどの愚か者でなければ、ダリヤ先生に挨拶より先に進むことはないでしょう」

「まあ、よほどの愚か者というのは、そういったことをやるから愚か者なのだけれど――それにしてもヴォルフもようやく前に進めたか。ロセッティ殿も自分から一緒のお披露目をと願ってきたし」

グイードは早口になるほど機嫌がいいらしい。

しかし、水を差すようで悪いが、事実関係は正しく認識してもらいたい。

「そちらの進展はないと思います。叶《かな》っていたなら、お二人とも顔は作れないかと」

「二人ともそれなりにいい笑顔だったじゃないか」

「それは私とグイード様への納品のせいです。あのお二人に希望的観測はなさらぬ方がいいでしょう。それに、ダリヤ先生は婚約破棄から一年たっておられません。早すぎる交際の発表は悪い噂《うわさ》になりえます」

「そんなもの、丸ごとつぶせばいいだけだろう。逃がす方がヴォルフには痛い。この際、そういった者をまとめてふるいにかけ――」

「落ち着け、グイード」

普段は冷静沈着なのに、ヴォルフのことになると判断力が鈍りまくる『兄馬鹿』。

ヨナスは仕える主《あるじ》、そして友に対し、ひそかにそう判断している。

あと、妻子に関する『夫馬鹿』『親馬鹿』などもあるが、今は横に置いておく。

「しかし、ヴォルフはどうして足踏みしているのだろう？　一言告げれば、うまくまとまりそうな気がするんだが……」

「今までの女運の悪さだろう。俺も人のことは言えんが」

「女運か……確かにわかりはするが。だが、何の苦もない女運の男などいるのだろうか？」

「俺に真顔で聞くな。あと、酒も入らないうちからそんな話をするな。それと、お前に関しては女運はいいだろうが」

「妻に出会えた幸運は神に感謝するが、多少の苦労はしたよ」

グイードのとても爽やかな笑顔が気に入らない。

自分の記憶にある限り、あの程度は苦労の範疇《はんちゅう》ではない。

しかし、この話を進めると大体妻への惚気話《のろけばなし》につながるので、さっさと方向を変えることにする。

「ところでグイード、まだ俺は養子先が決まっていないんだが？」

ヨナスは実家からの離籍が決まっている。だが、養子となる家はまだ見つかっていない。

スカルファロット家に迷惑をかけぬためにも、そろそろ本腰を入れて探したいところである。

「ヨナスの家は待ってくれるそうだよ。まあ、叙爵までに見つからなかったら、うちの分家の男爵に名を借りるから心配ないよ」

「家に話したのか？」

「王城でヨナスの兄上と偶然会った。その――すまない。ヨナスが隠れて何かしているようだからもしかしたら、家ともめているのかと思って、うっかり釘を刺しかけてしまってね……」

グイードが、ついと青の目をそらした。

自分の兄に釘を刺しかけたのではなく、きっちり根元まで刺したのだろう。

なんとなくおかしいとは感じていた。家からも親戚筋からも、あれから自分の離籍について何一つ言われていないのだ。

どうも友は近しい者に関しては過保護になりやすい。

守るべき主《あるじ》が、護衛に対して『主《あるじ》馬鹿』は避けて頂きたいものだ。

「侯爵のお披露目に、男爵二人のお披露目か……俺はお前の後ろで影に潜《ひそ》みたいところだな」

「そうはいかないよ。ヨナスもロセッティ殿も、スカルファロットの身内としてしっかり目立ってもらうさ」

「一番目立たなければいけないのは、侯爵になるお前だろうが」

代替わりの上に上位貴族への陞爵である。挨拶に来る者も多ければつながりを持ちたい者も増え、面倒事もまちがいなく増える。

「憂鬱《ゆううつ》だ……」

青い目がゆらりと光を弱める。それが本音だとわかるほどには、付き合いは長い。

グイード本来の性格としては、人の目にさらされること、派手なことをあまり好まない。

それが通らぬのが貴族という生業《なりわい》だ。まして侯爵家当主となれば、目立ってこその一面もある。

「仕方ない。どうせやるならとことん有効活用しよう。この前のお披露目では、ロセッティ殿の隣にヴォルフをおけなかったからね、今度こそ二人で組ませよう。ダンスを三曲踊ることはなくても、せめて服はそれとなく揃《そろ》いにしたい」

ダンスを三曲続けて踊るのは、恋人か婚約者――あの二人にはまだ無理そうだ。

だが、服に関してはなんとかできるだろう。

「服飾魔導工房のルチア嬢がダリヤ先生のドレスを引き受けているそうだ。ヴォルフの服について話を通しても？」

「そうしてくれ。ああ、ヨナスのパートナーも必要だね。どなたか、誘いたい方はないかい？」

友の声に記憶をたどり、ふと――純真《じゅんしん》無垢《むく》な笑顔を思い出した。

「ダンスの名乗りを上げてくれたご令嬢は一人だけいるが、まだお若く、父君の許可が出そうになくてな……」

「ヨナスにもそんな方ができたのか！　年下というのには驚いたが、年齢差など些細《ささい》なことだろう。なんなら私の方からも口を利くよ」

勢い込んで言われたが、ヨナスは首を横に振る。

「それも難しい相手だ」

かわいいご令嬢に声をかけてもらったのはありがたい。

だが、どうにも無理な相手であることを、自分はよくよく知っている。

「よほどの箱入り娘か。もしかして高位貴族かい？」

「まあ、そうだな」

「思い浮かぶ方がいないのだが……ヨナスを口説いた、見る目のあるご令嬢はどなただい？」

ヨナスは思いきり整えた笑顔を浮かべると、不思議がる友に向かって言った。

「グローリア・スカルファロット嬢とおっしゃるんだが――『父君』、ご許可は？」

「……」

頬《ほお》に当たる冷気が冷たい、というか痛い。だが、氷のようなそれにも、ヨナスは笑みを崩さない。

目の前のグイードが、両手をきっちりと組んだ。

「――まだ、まだまだ早いよ、絶対に、絶対にね……」

五歳の可憐《かれん》なご令嬢とのダンスは、その父親に全力で拒否された。予想通りである。

ただ、部屋の温度は予想より下がり、少々背中が冷えた。

それでもつい、くつくつと喉の奥で笑ってしまい――恨めしげな青い目を向けられた。


その後は爵位祝いを理由に、酒を酌《く》み交わすこととなった。

左手に琥珀《こはく》を薄めたグラスを持つグイードは、右手の短杖《スタッフ》を持ったままだ。

ヨナスは受け取ったばかりの細雪《ささめゆき》マドラーで、彼のグラスに氷の粒を目一杯注《つ》ぎ入れた。

「伸び縮みは片手でできるのか。なんとも考えられているね……魔力の通りは、こうか。こちらもなかなか面白いな……」

グラスに氷の粒が山盛りになっているのも気づかず、グイードは取扱説明書と短杖《スタッフ》を交互に確認している。

会話をあきらめて向かいに座ると、先ほど片手剣をしまった赤い箱を、そっと開いた。

飲みながら触れるのがためらわれ、グラスの濃い琥珀は一息に喉に流し入れる。

そして、手をよく拭き、椅子を後ろにひいてから、剣をゆっくりと抜いた。

砂漠の国イシュラナから来た片手剣は、絶妙なバランスだ。流麗なその形、赤みの強い金色の美しさ、時折、青い光を反射させる意外性。

恐ろしく手に馴染《なじ》むのは、己のウロコを付与に使ってもらったせいもあるのだろう。

魔剣闇夜斬り――その名にふさわしく、斬れぬものなどない、そんな錯覚すらしそうだ。

取扱説明書にあった銘《めい》は、『暁《あかつき》』。イシュラナの言葉では、暁《あかつき》は『ファジュル』である。

母の国だ、それなりに言語は学んだが、それがよくある名前なのか、めずらしいものか、ヨナスには判断がつかない。ただ、悪くない響きだとは思う。

「これで加減ができそうだ」

うれしげな声に視線を上げると、氷蜘蛛《アイススパイダー》短杖《スタッフ》に氷をまとわせ、短剣に変えている友がいた。

柄を氷で作り出して持っているが、冷たそうな表情《かお》はしていない。

「グイード？」

「驚いたかい？　魔力の通りがとてもよくてね、氷の成形が楽なんだ。これなら何かあっても、ちゃんと手加減できるよ」

どや顔で言うグイードに、ヨナスは隠さぬため息をつく。

この主《あるじ》は、魔力の制御——特に弱めるのが少々苦手だが、剣で戦う場合、手加減はさらに下手である。大概は自分がすぐ前に出るので、上機嫌の今、指摘する気はないが。

「ロセッティ殿にはよくよくお礼をしなければいけないね。レオーネ殿達にも」

「そうだな。それなりのものをお返ししたいところだ」

これだけのものをそろえてくれたのだ。先渡しの金銭では足りるまい。

かといってさらに金を積んだところで喜ぶとは思えず、喜ぶ品物も咄嗟《とっさ》に思い浮かばない。

いっそヴォルフに赤いリボンをかけて塔に投げ込みたいところだが、魔導具制作の助手にされるのがせいぜいな気がする。まったく、ままならぬものだ。

「魔力はまだ入りそうだけれど、ここでは部屋を汚してしまうね」

友の声が、じっとしていられぬ子供のように聞こえるが、仕方がないだろう。

自分も剣を試したい気持ちは重々あるが、この部屋ではためらわれる。

話し合いの結果、屋敷の裏庭で二人、片手剣と短杖《スタッフ》の性能試しをすることとなった。


夕暮れの下、ヨナス達は屋敷の裏手に移動した。

同行した部下達が、離れた場所から興味深そうに自分達を見ている。

無理もない。見たこともない赤い剣に、白に近い水色の短杖《スタッフ》。護衛騎士にも魔導師にも気になるだろう。

「では、確かめるとしよう」

グイードが容赦なく魔力を込めた。ゆらいだ魔力の波の後、氷の刃《やいば》が急激に伸びる。

もはや、短杖《スタッフ》とは呼べない、完全に長剣の長さ。それをさらに伸ばして身の丈、まるで細い槍《やり》である。

馬車の中での取り回しは完全に無理だ。相手を一気に刺し貫くのには便利そうだが。

「伸ばしすぎだ、グイード」

「試しだよ」

地面を氷の刃で叩《たた》き、ばらりと氷を外す。短杖《スタッフ》の氷は鋭利な断面を見せて、地面に落ちた。

「紅蓮《ぐれん》の魔剣に似たこともできそうだ」

グイードはにこやかにそう言うと、右手の氷蜘蛛短杖《アイススパイダースタッフ》を軽く振った。

短杖《スタッフ》の周りから斜め上に氷が伸び、花弁のように咲いていく。

「やはり氷は、炎と違ってそれなりに重さが出るね」

魔力を遮断して外せるのか、すでに制御も慣れたらしい。

氷は水晶の花弁を散らすように、ぱらぱらと細かい破片となって地面に落ちた。

ヨナスはそこまで見届けると、自分も鞘から闇夜斬りを抜いた。

夕暮れのこの時間でも、刀身は無駄に光を反射しない。それも自分の好みだった。

試しに上段から構えて振り抜いてみる。軽く風の斬れる音がしたが、腕への負担は予想外になかった。

そして、部屋にいるときよりも多めの魔力を入れてやれば、刀身の赤い炎はゆらりと簡単に大きくなる。

視界の隅の魔導師が、硬い表情でじりじりと下がっていく。

加減を覚える必要があるのは、むしろ自分かもしれない。

炎のグラデーションに見惚れていると、グイードが口を開いた。

「それにしても驚いたよ。ロセッティ殿が、剣よりすごい短杖《スタッフ》を作ってくれるとは」

「グイード、言っておくが、瞬時の攻撃力なら剣が上だぞ」

友の言葉に、思わず素で声が出た。

「ヨナス、気持ちはわかるが、こちらは内と外、上と下、四つの魔導回路を組んでもらっているのだよ。発動時間もかなり短縮されている。二面だけの剣と比較するのはどうかと思うよ」

グイードは再び氷の刃を出して微笑《ほほえ》んだ。

心からそう思っているのであろう、その諭《さと》すような表情《かお》に納得がいかない。剣の表面積を考えたら短杖《スタッフ》よりもあるではないか。

そもそも、この剣は暁《あかつき》という立派な銘付き——そこに付与をした魔剣である。

そのへんの剣とはまったく違う。ミスリルと紅金《こうきん》の刃が、月狼《ハティ》の骨ごときに負けるわけがない。

「俺には、そちらとこれを比較すること自体がおかしいと思うが？」

「こちらがいいということに、納得してなさそうだね？」

「まったくな。そもそも氷は炎で溶ける」

言い切った瞬間、グイードが笑みを消して見つめてきた。

「炎は水で消えるが。なんなら、一度、『武器比べ』をして確かめてみようか？」

「そうだな、一度はっきりさせておく方がいいかもしれんな」

「そうか……」

久々にいい冷気が足元からまとわりついてきた。

返事の代わり、ヨナスは友の目の前で魔力をゆるく揺らす。

グイードの青い目に好戦的な光が宿ったが、おそらく自分も似たようなものだろう。

以前、いろいろとあったときはよくこうやって――気分転換の『鍛錬』をしたものだった。

「グイード様、ヨナス殿、おやめくださいっ！」

「そうです！　お怪我《けが》をなさったらどうなさるのですか！」

周囲の魔導師が悲鳴に似た声で止める。

自分達の大きな魔力の揺れは離れた場にも及んでしまったらしい。皆、顔が青ざめている。

「大丈夫だ。そこまで派手にはしないよ」

「そうだな。魔力を一撃合わせるだけだ、問題ないだろう」

厚く白い氷を、消えぬ赤い炎で焼き割れば、それで済む。

「ああ、加減はするが――皆、一応下がっていてくれ」

おろおろしつつも、近づくことすらできぬ部下達に笑み、グイードがその杖《つえ》を二度振る。

白く長い剣となったそれで、彼は騎士の如く構えをとった。

その向かい、ヨナスは片手剣を両手で持ち、遠慮なく魔力を込める。

そこから互いに魔力を入れ続けていると、ちりちりと額が痛み始めた。

二つの剣に生まれたのは、巨大な花。紅炎《こうえん》と白氷《はくひょう》、二つの蓮《はす》。

全開にした大きさではないが、互いの身の半分は超している。

密度が上がるその花、濃密な魔力に己まで酔いそうだ。口角が上がるのを止められない。

「行くぞ！」

「応！」

氷の華と炎の華がぶつかりあった瞬間、ドン！　と、大気が揺れた。

強い衝撃に、構えていてもこの身は飛び——氷が周囲にぱらぱらと四散し、熱い白煙が強い風と共に流れる。

馬場の馬達が、驚きと怯《おび》えに高くいななき始めた。

「グイード様っ！　ヨナス殿っ！」

「ご無事ですかっ⁉」

余波でひっくり返った魔導師達が慌てて起き上がり、二人に駆け寄る。

そして、グイードに治癒魔法をかけながら、大きく叫んだ。

「上級治癒魔法の使える者をグイード様へ！　ヨナス殿にハイポーションを持ってこいっ！」

「はっ、すぐに！」

ヨナスはグイードと共に、動けぬまま地面に倒れ伏していた。

強化魔法をつけているはずの服が破れ、身体のあちこちから白い煙があがっている。それでもお互い、片手剣と短杖《スタッフ》は手から離していない。

まあ、引き分けというところか。

「攻撃力が、あるな……なかなかに、いい剣だね……」

「耐久性が、な……思ったより、いい感じの杖だ……」
騒がしくなる周囲の中、低く賞賛し合い、二人笑って目を閉じた。

翌日、グイードはめずらしく王城の魔導師会議を休んだ。

理由は、急な風邪による病欠。従者と共に罹患《りかん》したとのことで、三日間、二人一室に詰め込まれ、大変手厚い看護を受けたという。

魔物愛好店でのディナー

貴族街の一角、四階建てのレストラン——看板さえ出ていないので、外側からそうとはわからないのだが、そこへ到着し、ヴォルフのエスコートで馬車を降りた。

アイボリーのきれいな煉瓦《れんが》で組まれた建物は、とてもお洒落《しゃれ》な感じがする。

「ここの三階と四階が、魔物料理の専門店で『魔物愛好店』」

「……魔物が聞いたら泣きますね……」

「うん、俺も最初に来たときはどうかと思った……」

魔物を愛好——ただし、可食部分に限る。

いや、確かに魔物を食材としているので、それが好きであれば表現的におかしくはないのかもしれない。食肉でも『鶏が好き』『豚が好み』といった言い方はするのだから。

そんなことを考えつつ、ヴォルフに続いて建物に入る。

濃茶の制服の店員に案内され、入り口から四階へと上がった。

案内されたのは茶系を基本とした落ち着いた個室――とはいっても、庶民のダリヤには広く感じられる部屋だ。

大きめの丸テーブルをはさんだら、ちょっと会話も大変そうかもしれない、そう思ったが、テーブルのセッティングは窓に向けて隣同士にしてあった。

金色のカトラリーがちょっとまぶしい。あと、グラスが一人分につき五つ並んでいるのが気になる。

店員がグラスにそっと氷を落とし、薔薇色《ばらいろ》の飲み物を少量注《つ》いでくれた。そして、これから料理をお持ちします、と言って部屋を出ていく。

二人きりとなった部屋で、ヴォルフは妖精結晶の眼鏡を外した。

「魔物愛好店はほとんどが個室なんだって。料理によっては、少し匂いがきついから。俺からすると、干物を焼いたときほどじゃなかったけど」

それは比較していいものなのか。干物がすでにヴォルフの食生活に定着している気がする。

なお、魔物討伐部隊員にも完全に定着しているが、今はそこまで考えが及ばなかった。

「ヴォルフ、乾杯します？」

グラスの底、指二本分の薔薇色を見つつそう言うと、ヴォルフがその黄金の目を細める。

「ああ、そうしよう。あまりおいしくない、解毒剤だけど」

「解毒剤……」

「毒消しが足りないときに備えてらしい。二人とも対策はしてきているけど、念のために飲もう」

微妙な思いになりつつ、健康と幸運を祈りつつ乾杯した。

薔薇色の解毒剤は、少し甘苦く粉っぽい、風邪薬を思わせる味である。

口直しも兼ね、二つ目のグラスで少し甘い白ワインを飲んでいると、ノックが聞こえた。

「失礼します」

先ほどの男性店員が、大きめのワゴンを引いてきた。

半球の銀色の蓋《ふた》を開けると、ダリヤはわぁと声を出しそうになり、そっと抑えた。

オードブルは、まるで小さな花畑のようだ。白い皿の上、白、赤、黄色の薔薇を模《かたど》ったハムとチーズ、そして葉のように飾られた野菜が並ぶ。

「こちらのハムは魔羊《まよう》、紅牛《クリムゾンキャトル》、そして、角兎《ホーンラビット》にサフランで色づけしたものです」

魔物料理ということで構えていたが、どれも食べやすそうである。ヴォルフと共に口に運んだ。

魔羊《まよう》はちょっと癖があるが、味はいい。

紅牛《クリムゾンキャトル》はそのまま牛のハムっぽく、角兎《ホーンラビット》はサフランのせいか生臭さがまったくなく、風味と味わいが際立っていた。

チーズも通常のものと紅牛《クリムゾンキャトル》のものがあったが、どちらも濃厚だった。

「紅牛《クリムゾンキャトル》は、王都で出すお店が増えましたね」

「はい、秋から輸入量が増えましたので。隣国ではさらに紅牛《クリムゾンキャトル》牧場が増える予定だそうです」

ヴォルフの言葉に店員が笑顔で答えている。

店員は隣国の出身で、親戚が牧場を経営しているという。

ちなみに、紅牛《クリムゾンキャトル》は身体強化魔法が使えるので、柵は金属製、世話をする者達も防具は欠かせないそうだ。さすが、魔物である。

「森大蛇《フォレストラスネイク》の干し身と、干しキノコのスープです。滋養強壮に大変よく、疲労感がとれ、活力が増すと言われております」

店員が説明の後、目の前のテーブルに湯気の立つスープ皿が置かれた。

『緑の王』と呼ばれる森大蛇《フォレストラスネイク》、そして香り高い森のキノコ。キノコの豊かな風合いに、わずかに白身魚を思わせる香りが混ざっている。説明からすると、疲れを取る効果が高そうだ。

『緑の王』のスープ――頭の中をずるずると這《は》っていく緑色の蛇に関する想像をうち捨て、ダリヤはスプーンですくった。

透明度のある薄茶のスープは、鶏とも魚とも形容できる味と、キノコの香りの良さ、味に深みがあって大変においしい。

後味に生臭さもえぐみも一切ないのは、下ごしらえの丁寧さか調理の工夫なのだろう。

ヴォルフは途中まで普通に食べていたが、半分ほどでスプーンを止めていた。

前にも『身体に合わない』と言っていたので、控えているのかもしれない。もしかしたら、食べすぎるとかゆくなるなど、アレルギーの問題もありえる。

食後は体がとても温まり、安心する味なのだが――ヴォルフが苦手なのであれば、塔では森大蛇《フォレストラスネイク》料理は出さぬ方がよさそうだ。

それからちょっとだけ間を空け、店員が再びワゴンを引いてきた。

半球のクローシュを開けると、思わず後ろに下がりたいものが皿の上に鎮座していた。

「漆黒蠍《しっこくさそり》の焼き物でございます」

「……漆黒蠍《しっこくさそり》というと……あの、一匹で千人が危ないという……」

「はい、別名を『千人殺し』とも言われております」

にこやかにお答え頂いたが、本当に大丈夫なのか。ダリヤは思わず指輪と腕輪を確認してしまった。指輪はヴォルフからもらった毒消し効果のあるもの、腕輪の方の制作は、あのオズヴァルドである。両方とも毒消し効果はまちがいないのだから、安心だと思いたい。

中型の蠍《さそり》は皿に飾られているだけで中は空洞、食べるのは真ん中にある白い身だ。丸くボール状になっている。思わずじっと眺めていると、横のヴォルフがささやいた。

「……蠍って可食部分は少ないよね」

待ってほしい、そこについては悩んでいない。

しかし、隣のヴォルフが迷いなく手をつけたので、ダリヤも気合いを入れ、ボール状のそれをほぐす。わずかにフォークにのせて口に入れ——拍子抜けするほど、素直においしかった。

甘さのない海老《えび》というか、すっきりした大人味の海老である。

正直、黒胡椒《くろこしょう》をたっぷりかけ、黒エールと合わせたい味わいだ。ヴォルフが好むのがわかる気がした。

「こちらは、クラーケンのムースです」

続いて出された皿には、カリカリに焼いたミニパンと、赤茶色のムース状のものが盛られている。

「ダリヤ、これがクラーケンのムース……」

「ヴォルフが言っていたムースですね」

以前、ヴォルフが苦手だと言っていたのが、この一皿らしい。

クラーケンのムース。赤茶色のふわふわしたムースの中、細い短冊に切られたクラーケンが混じっていた。苦手だと言いながらも、これに関しては、ヴォルフは避《よ》けずに食べている。

ダリヤも気合いを入れて食べることにした。

「あら……？」

一瞬鼻に抜ける風合いは、磯の香り——生臭いと受け取る人もいるかもしれない。

クセがあるが、ダリヤには、これはこれでありだと思える味だ。

そして、噛《か》みながらようやく思い出した。これは前世の『塩辛』に近い。

もうちょっとだけ塩みが濃いと食べやすいかもしれない。あと、これに甘い白ワインは合わないだろう。きりりと辛く、アルコールの味がはっきりした白ワインの方がいい。

「ヴォルフ、それに少しだけ塩を足して、次のワインを辛口で、アルコールのわかるものにしてみるといいかもしれません」

小さくささやいたつもりだが、テーブルから少し離れたところにいた店員が、すぐにワインを準備してくれた。ちょっと申し訳ない。

出されたのは、ヴォルフともたまに飲む、お手頃価格の白ワイン。きりりとした辛さで、年代は若く、アルコールの味がしっかりわかる。

焼けたミニパンの上、クラーケンのムースをのせ、少しだけ塩を足して味わう。その後にそのワインを飲むと——臭みはまったく上がらなかった。

「……同じなのに、おいしくなった……」

ヴォルフが不思議そうな顔をしている。

「ダリヤはクラーケンのムースは食べたことがあった？」

「いえ……イカやタコを食べたときのことを思い出しまして」

ここでいきなり前世の『塩辛』の話をするわけにはいかない。

それに、ここオルディネでは、イカやタコに関して、生臭いと苦手にする人も意外に多いのだ。

塩や香辛料で味を調え、食べやすくするのは調理人の工夫になる。

「これ、東酒《あずまざけ》と合うかもしれないね」

ヴォルフがとてもいい組み合わせを思いつき、店員が『東酒《あずまざけ》』とぼそりと復唱し――クラーケンのムースは完食された。

次にワゴンを引いて部屋に入ってきたのは、壮年の男性だ。

日に焼けた小麦色の肌に濃いオレンジの髪、一段深いこげ茶の目をしていた。白いシェフコートを着て、長めの髪は後ろにまとめてある。

「スカルファロット様、美しいお嬢様、ご来店、ありがとうございます」

そのイントネーションはどことなく隣国の響きを残していた。

挨拶して知ったのは、この男性が魔物愛好店の店長だということ、そして、次の皿は彼が焼いてくれた緑冠《グリーンクラウン》だということだ。

白に金で飾りの入った皿の上、緑冠《グリーンクラウン》のソテーが白い湯気を立てている。

緑冠《グリーンクラウン》は鮮やかな緑で、頭に烏帽子《えぼし》のような長い羽がある鳥である。

魔物図鑑で見た姿は、前世の動物園で見た緑色のエボシドリとそっくりだった。

ただし、魔物なので怖いところはある。敵から逃げるときや戦いのときは、魔法加速し、緑の矢の如く飛ぶという。その勢いは木に刺さるほどだそうだ。

「ドリノの腕に刺さった鳥か……」

「どうしてそういう怖いことを言うんですか……？」

ささやきにささやきで返し、ダリヤはあせる。

魔物討伐部隊の隊員仲間で友人のドリノに、この緑冠《グリーンクラウン》がぶつかって刺さった話は聞いた。しかし、ここでその話題を蒸し返さないでもらいたい。

ダリヤはなんとか表情《かお》を整えて、ナイフを入れた。

噛んだ感じは、鶏肉のソテーに似ている。そうジューシーでも、脂がのりまくっているというわけでもない、上質な鶏のお肉を食べた感じだ。

しかし、飲み込んだ後、はたと気づいた。後味が違う。

木の実——近いのはアーモンドだろうか。香ばしさと甘さが遅れてふわりと鼻に抜ける。

食べてからその後がおいしいという謎に、首を傾《かし》げてしまった。

気がつけば、隣でヴォルフも指で顎《あご》を押さえている。

「食べた後においしい……風味が上がる？　違うな……」

「おいしいのですが、表現が難しいです……」

おいしいながらも表現に迷う二人に、店長は満足げな笑顔だった。

「素晴らしい一皿ですね」

「ありがとうございます。魔物のおいしさは見た目ではわからないです。育つ地域、大きさでも変わります。だから、面白いです」

「なるほど……」

調理は難しく、まだまだ試行錯誤。だが、予測がつかない味が生まれるのが楽しいのだという。

ダリヤはとても納得した。

「まだまだ、たくさん、料理したい魔物がいます」

「今、気になっている魔物などはいますか？」

楽しげに言った店主に、ヴォルフも楽しげに尋ねた。

「はい、一番料理してみたいのは、ワイバーンです」

「ワイバーン、ですか……」

いきなりの大物である。いや、隣国では飼っているのだから、けして夢物語ではないのだろう。

「ワイバーンの丸焼きを、いつか焼きたいです！」

「ワイバーンの丸焼き、ですか……」

「ワイバーンは皮を剥《は》ぎ、内臓を取れば、肉は火の通りがいいです。きっとできると思うのです。いつか、大きなオーブンを準備し、オルディネ王国の魔導師様をお雇いして、こんがりと焼いてみたいものです」

ワイバーンの丸焼きについて語るこげ茶の目は、大変輝いている。

「ワイバーンを丸焼きだと、建物の二階か三階までは要りそうですね……」

横のヴォルフが遠い目で答えた。

確かにそれには魔石や薪《まき》のオーブンでは足りるまい。魔導師の仕事になるだろう。

遠征のとき川原で鎧蟹《アーマークラブ》の大鍋を火で温めていた魔物討伐部隊の魔導師なら、上手に焼けるかもしれない――そんなことを考えていると、店長が挨拶をして、次の皿を取りに行く。

緑冠《グリーンクラウン》のソテーを堪能し終えたとき、ヴォルフがカラの皿を見つめているのに気がついた。追加のお肉は断っていたが、食事量的に足りないのではあるまいか。

「どうかしましたか、ヴォルフ？」

「いや、俺はワイバーンにお持ち帰りされたけど、解体されなくてよかったなって」

またも怖いことを言わないでほしい。やはり、ヴォルフの悪い夢は、魔物と戦うといったような恐ろしいものなのだろう。ダリヤはどうにも落ち着かなくなり、ワインを口にする。

「やっぱり、思い出すと怖くなったりしますよね……」

「いや、いい思い出だよ。おかげでめでたくダリヤに拾われたんだから」

「……っ！」

危うくむせるところだった。お前は捨てられた小犬か、緑の塔で飼われてくれるのか。そう思いきりツッコミを入れたいが――いい笑顔でグラスを持つ彼に、何も言えなかった。

「お待たせしました」

店長が次に持って来た皿を前に、ダリヤはここが魔物料理の店であることを痛感した。

黒とも濃灰とも言える、うねりとした蔓草《つるくさ》。海藻のようにも見える。その周囲に飾られるのは、外側が漆黒、中が血のように赤い果実。

黒と赤のコントラストの中、蔓草の上にのる黄と緑の野菜らしきものがアクセントに――なりきれていない。色彩のインパクトの強い一皿である。

「棘草魔《ネトルデビル》と、ブラッドオレンジのサラダです」

「棘草魔《ネトルデビル》……」

思わず眉間に皺《しわ》が寄る。

棘草魔《ネトルデビル》というのは、蔓草の形状をした魔物だ。近づいてきた獲物に巻きつき、死ぬまで血を啜《すす》る。道を誤った旅人や馬が犠牲になる、なかなかに怖い魔物である。

現在は立て看板や柵で対策もしているが、被害はゼロにはなっていないそうだ。

オルディネ国内には生息域が点在し、街道沿いの草原地帯にもある。

絶滅させないのは、何年かに一度流行《はや》る冬の流行病の特効薬だからだ。採取してから四日で効力がなくなるため、棘草魔《ネトルデビル》の群生地は保護されている。

しかし、こうして食用として見るのは初めてだ。正直、おいしそうには見えない。

あと、気になることが一つある。ここまで育ったということは、その栄養源は――

「こちらは隣国で栽培しました。温泉地で棘草魔《ネトルデビル》の周りを熱湯で囲んで増えすぎないよう、魚介と薬液で育てたそうです」

店長の説明に安心した。と同時に、隣国はこういった栽培までしているのかと驚いた。

そして、ダリヤはようやく皿に向かう。

食べやすく切られた棘草魔《ネトルデビル》には、すでにドレッシングがかけられていた。

フォークに少量をのせて口に運び、そっと噛みしめる。それなりの硬さに、ダシを思わせる風合いを感じた。東ノ国《あずまのくに》の調味料を使ったらしいドレッシングが、すばらしく合う。

「ひじき……」

思わぬなつかしい味に声を出しかけ、思わず口に手を当てた。

ひじきよりだいぶ太くて大きいが、味わいが似ている。野菜風味のひじき、と評したいところだ。

ダリヤは、なつかしさを噛みしめるように食べ続けた。

「こちらは食感が楽しくて、魔魚《まぎょ》とよく合いますね」

ヴォルフの言う通り、上にのる黄と緑の色合いは野菜ではなく、からりと揚げ、細く切られた魔《ま》魚《ぎょ》だった。ウロコは外し、皮の色合いを活かしてあるらしい。

白身魚のさらりとした味わいと、ひじき、いや、棘草魔《ネトルデビル》はよく合った。

そして周囲に飾られたブラッドオレンジもよかった。外が真っ黒で、中が真っ赤なこの果実は、オルディネの海に浮かぶ島の特産品である。

さらりとした酸味と甘みが共存した味は、サラダのいいアクセントになった。

「小さい魔物が、とても好みます。引退した冒険者が島に住み、ブラッドオレンジを守る仕事をすることがあります」

店長がそう教えてくれた。

おいしいものには、魔物も人もないらしい。ブラッドオレンジを狙う魔物も食材になるという話を聞きながら、棘草魔《ネトルデビル》とブラッドオレンジのサラダを完食した。

グラスを替え、店長お勧めの、きりりとした赤ワインを口にする。

ここまでの料理の充実度に浸っていると、最後のワゴンが引かれてきた。

「デザートは紅牛《クリムゾンキャトル》のバターとコカトリスの卵を使ったスポンジケーキ、紅牛《クリムゾンキャトル》のミルクアイス添えです。ミルクアイスにはお好みで、蜂蜜、ブランデーをおかけになってください」

赤い花が大きく描かれた皿の上、左に三角のスポンジケーキ、右に半球のミルクアイスがのる。見ただけでおいしそうだ。

ダリヤはスポンジケーキから食べることにした。

見た目はシンプルで、やや黄色みの強いスポンジケーキといった感じだ。ジャムやクリームもないので、隣のアイスとのバランスを取るのだろう、そう考えて口にする。

しっかりした甘さの後、濃い卵の味わいと、バターのとてもいい香りが同時にきた。

高級洋菓子の上品な味とは違う、みっちりとした密度を感じるケーキである。これはジャムやクリームもいらないわけだと納得した。

「このアイスは濃厚でおいしいですね。あまり甘くないのもいいです」

隣では、ミルクアイスにブランデーをたっぷりとかけたヴォルフが、しみじみと味わっている。

アイスの甘さはかなり抑えてあったので、ダリヤは蜂蜜をしっかりかけた。

本日、カロリーは考えたら完敗である。

「どちらもとてもおいしかったです」

食べ終えたダリヤがそう言うと、店長は目尻を下げて笑った。

「お気に召して頂けてよかった！　こちらはサービスです。よろしければお召し上がりください」

ワゴンに載っていた最後の半球のクローシュ。それが開けられると、純白の皿の上、半透明の赤がふるりと揺れた。

「……レッドスライム？」

「おわかりになりましたか！　こちらは『レッドスライムの唇』と名付けたゼリーです」

店長にさらに笑みを大きくされ、否定できない。

ダリヤはそのままミニサイズのレッドスライムかと思ってしまっていた。

「レッドスライムのこの弾力は、お若い方の唇ぐらいですので、そう名前をつけました」

自分の唇をつい意識したが、よくわからない。

それにしても、レッドスライムの唇――スライムはどの部分が口なのか、溶解液を出す面が全部そうだろうか？　答えの出ぬことを考えていると、ヴォルフが目の前の皿に微妙な表情《かお》をしていた。

「……お若い方の、唇……」

おそらく自分と同じく、よくわからないのだろう。

しかし、ダリヤとしては、弾力よりもこの赤さに目を奪われる。

「清潔な場で養殖したスライムを加工、完全無毒化した上、安全な粘体部分だけをゼリーと合わせました。飼育時には新鮮なリンゴと焼き小麦、バターを与えています。どうしても赤が薄くなるので、レッドスライムの色素を追加しました」

まさかのスライム入りゼリーだった。この透明度、この色合い――本当にスライムっぽい。

いや、材料にスライムが入っているので当然かもしれないが。

「では、いただきます……」

スプーンで分けようとすると、思わぬ弾力に阻まれた。

小さくスプーンで削り、恐る恐る口に含む。食感はゼリーより少し硬めだ。

噛んでいると、口の中で突然ぽわんとほどけるのが面白い。リンゴの風味がかすかに、そしてどこか焼き菓子の風味もあり――不思議な味わいに、いい喩《たと》えが出てこない。

「おいしいですね……」

「ああ、おいしい……味は、アップルパイ風味のゼリー？」

「なるほど……！」

ヴォルフの言葉に、深く納得した。これはなかなか癖になりそうな味である。

二人の感想に、店長は満足げに笑み、こくこくとうなずいていた。

おそらく、この後も他の客を回るのだろう。ごゆっくりお話しください、そう挨拶をして部屋から出ていった。

皿の上には、あと半分ほどのレッドスライムのゼリーがある。それをゆっくり味わっていると、ヴォルフに問いかけられる。

「他のスライムも、加工したらゼリーになるんだろうか？」

「そうですね。グリーンスライムは葉物が好きですし、鳥も食べますから、加工次第じゃないでしょうか？」

グリーンスライムは、うまくするとサラダっぽくなりそうだ。

「ブルースライムは水らしい感じですし、イエロースライムは蜂蜜なんかが合いそうです」

レッドスライム、グリーンスライム、ブルースライム、イエロースライム——とゼリーになるところを想像し——最終的に行き着いた先が同じだったらしい彼が、先に口を開いた。

「ブラックスライムだけは無理な気がするし、無理であってほしい……」

「ブラックスライムの場合、調理前にこちらが溶かされる可能性の方が高いかと……」

黒さが欲しいならコーヒーゼリーにしようではないか！　安全だ。

怖い話を横におき、ダリヤは違う話題を振った。

「そういえば、この前の付与で、レオーネ殿が第二形態の魔剣の話をしていたよね」

「ええ、していましたね」

「ある意味、兄の短杖《スタッフ》もそうだよね……」

その黄金の双眸《そうぼう》がうるりとゆるんだ。

あの短杖《スタッフ》は単純に一段伸びるだけなのだが、魔剣も一段長くする方がいいのだろうか。

いや、それともヴォルフの魔剣には、違う機能を入れるべきか。

「ヴォルフの魔剣も第二形態を入れたいですか？」

「ぜひそうしてほしい！　いや、危なくない範囲で、できればだけど……」

勢い込んだ後に踏みとどまったようだが、希望ははっきり聞いた。

魔剣にふさわしく、ヴォルフの役に立つ機能をぜひ考えてみたいところである。

「第二形態で思い出したけど、最近、地域に特化した魔物が増えて——沼蜘蛛《マーシュスパイダー》なのに火が効きづらいとか、牙鹿《ファングディア》が風を放ってくるとかもある。スライムも、いつかそんな進化をするんだろうか？」

何とも怖い話だが、魔物も生きるのに必死だ。環境による進化もあるだろう。

そして、ダリヤも一つ思い出すことがあった。

「イデアさんのところにも、どのスライムか判定できない『グレースライム』がいましたから、ありえない話ではないかと……」

「『グレースライム』……あれってブラックスライムが薄まっただけじゃないかな？」

「薄まる……」

ヴォルフの言葉にふと考える。スライムの色合いは時間を経て薄まることがあるのか、それで特性も変わったり魔力が違ったりするのだろうか。

これに関しては、スライム研究に邁進《まいしん》するイデアが、いつか解明してくれるかもしれない。

そういえば、先日塔に来たイデアには、『ダリヤさんのブルースライムは、ますます色艶《いろつや》がよくなっていますね！』と褒められた。

塔のスライムには餌である栄養液に加え、食事の残りをあげるようになったので、そのせいかもしれない。

「食べ物でも変わってくるのかもしれませんね」

「食べ物……」

黄金の目を細め、ヴォルフはスプーンの上の透明な赤を、ぷるりと揺らした。

「おいしいアップルパイを毎日食べさせたら、いつか『アップルパイスライム』が生まれるかもしれないね」

「そのときは、塔で飼いましょうか」

ダリヤは笑いながら答えた。

二人の頭の中を、大変おいしそうな赤いスライムが跳ね逃げていった。

時間をかけた食事を終えた後、ダリヤはヴォルフと共に店を出た。

すでに月と星が夜空を飾る時間である。

馬車に乗り込むと、ダリヤは満腹のお腹を圧迫しないよう、そっと背もたれに身を預けた。

魔導ランタンの灯《とも》る馬車の中、向かい合わせで座ると、再び話を始める。

「今日は以前に来たときより、おいしかった気がする」

「とてもおいしいお料理ばかりでした」

「今度来たときも、クラーケンのムースがあるといいな。そしたら最初から辛口を頼もう」

苦手だと思えたクラーケンのムースは、ヴォルフのお気に入りになったらしい。あと、再来店も確定しているようだ。

「ダリヤが気に入ったメニューはある？」

「そうですね、どれもおいしかったので迷いますが……緑冠《グリーンクラウン》のソテーと、棘草魔《ネトルデビル》とブラッドオレンジのサラダが特によかったです」

「棘草魔《ネトルデビル》には驚いたよ。なんだか不思議な味と食感だった」

ヴォルフには食べ慣れないサラダだったようだ。

ダリヤにとってヒジキを思わせるそれは、なつかしさが強く、とても味わい深かった。

だが、違う形ではヴォルフも自分もお世話になってきたと思う。棘草魔《ネトルデビル》といえば、流行り風邪の薬の原料だからだ。

「棘草魔《ネトルデビル》ってああやって食べるとおいしいのに、薬になると苦いですよね」

「ああ、濃い紫の粉薬だよね。子供の頃、水に溶かして飲まされたんだけど、すごく苦くて。葡萄《ぶどう》ジュースと交互に飲んで……」

遠くなる金の目に、魔導ランタンの光が映り込む。

「ああ、母と一緒に風邪をひいたときだった。兄達にうつさないように、二人で同じ部屋で寝てて、そろって薬を飲んで。次の日には熱は下がったのに休んでいるようにって言われて、母に騎士と魔物の物語の本を読んでもらってた。母は次の日も声のかすれが治らなくて、そのまま一緒に部屋にいて――あれは風邪のせいじゃなくて、俺がもっと本を読んでほしいと、ねだったからだった……」

「やさしいお母様だったんですね」

「わがままな息子は、ずっと忘れてたよ。やっと思い出せた……」

それは母を亡くした辛《つら》さがずっとヴォルフを苛《さいな》んでいたからではないか、そう思えたが、口にはしない。ただ、つぶやくように言葉をこぼしてしまう。

「お母様とのことを思い出せて、よかったです」

「ああ。きっと、もう忘れない」

聞こえるかどうかわからぬほど小さく言ったのに、ヴォルフには大きく笑まれた。

しばらく馬車の車輪のカラカラという音を聞いた後、話は自然に再開した。

「薬草煎餅って本当にすごいよね、八本脚馬《スレイプニル》が飛ぶように走れるし。次の遠征から、非常用にある程度の数を持っていくことになったんだ」

薬草煎餅があれば、八本脚馬《スレイプニル》で休みを最小限にした高速移動が可能だ。伝令はもちろん、万が一の重い怪我《けが》や急病の者を王都まで早く運ぶのにもいい。隊でそういった話になったという。

一通りの説明を聞いた後、ダリヤもそれについて話しだす。

「薬草煎餅のために、冒険者ギルドで、グリーンスライムをより多く量産する準備をしているそうです。ただ、日光を取り入れる関係で建物や窓の問題があるらしく、簡単ではないですよね」

イデアの観察により、グリーンスライムは日光を当てた方が発育がいい、その確認がとれた。

生育促進のため、日光をたっぷり取り入れたいところだが、他のスライム養殖との兼ね合い、建物そのものの場所の制約もあるので難しい。

「そのうち冒険者ギルドで、南向きのグリーンスライムの塔を立てるかもしれないね」

緑の塔ならぬ、グリーンスライムの塔。確かに日当たりの問題は解決しそうである。

スライム嫌いのイルマが知ったら、とても嫌な顔をされそうだが。

「ただ、遠征先で食料を狙う魔物なんかもいるから、食べられないようにしなきゃいけないっていう話もしてるんだ」

「空蝙蝠《スカイバット》みたいな感じでしょうか？」

以前、鎧蟹《アーマークラブ》の討伐に同行したとき、巨大な蝙蝠《こうもり》のような魔物に遭遇したことがある。

体の小さい子供や家畜、旅人の食料、魔物討伐部隊の保存食まで狙うことがあると聞いた。

「うん、それぐらいならいいけど、ワイバーンあたりが薬草煎餅を食べに来たら厄介だよね」

「ええ。食べられたらさらに厄介ですし……」

全力で戦う気満々の、持久力高きワイバーン。心からやめてほしい。

眉を寄せていると、ヴォルフが思い出したように続けた。

「養殖っていえば、エリルキアの養殖技術ってすごいよね」

「ルチアも言ってました。魔羊《まよう》の品質は、エリルキアの方が上なんだそうです。その後すぐ、オルディネもそのうち追いつくと力説されましたが……」

服飾ギルドでは魔蚕《まかいこ》や魔羊《まよう》など、魔物の布や革も多く使われる。そうした素材の扱いは難しいが、とても丈夫なのだそうだ。

昔は王族や高位貴族の服にしか使えなかったそれは、養殖で大幅に範囲を広げている。

ダリヤも魔導具で魔物の糸を使うことがあるので、養殖で品質が上がり、価格が下がるのはありがたいばかりだ。

「オルディネでもスライムならもう養殖してるわけだし、ここからも増えそうだよね。ダリヤは養殖や飼育できたらって思う魔物はいる？」

「無理だとはわかっていますが、水魔馬《ケルピー》でしょうか……」

先日から山のように試作と実作を繰り返した水魔馬《ケルピー》の短杖《スタッフ》。もう少し手頃な値段であれば、庶民がどこでも冷たい飲み物を手にできるのだが。

製品における材料の入手のしやすさ、価格、維持コストの壁は、前世でも今世でも高い。

「できたらいいよね。隊でも水魔馬《ケルピー》に乗れたら、水場での戦いが有利になりそうだ」

魔物討伐部隊ならではの視点でヴォルフが言う。しかし、続く言葉は二人とも似てしまった。

「飼育って、やっぱり水の中ですよね……」

「水中で世話をするのは、難しいかな……」

水魔馬《ケルピー》の生態はいまだ詳しくわかっていない。だが、基本、水中か水の近くにおり、陸上で長く活動できないという。人間が飼育するのは困難だろう。

「ヴォルフは、養殖や飼育したい魔物はいますか？」

「ワイバーン。そしたらきっと、遠征が全部日帰りか一泊で済む」

きっぱりと言われた。魔物討伐部隊が龍騎士になる形である。

確かに空の移動ができれば、討伐は楽になりそうだ。ワイバーン自体もいい戦力になるだろう。

だが、肝心のワイバーンは王城でも数匹と、多くはない。

「王城のワイバーンは、今より増えないんでしょうか？」

「王城は番《つがい》がいないんだって。あと、一番大きいワイバーンは高齢で引退も考え始める歳らしい。一番若いワイバーンは人間で言うところの初等学院生ぐらいだって聞いてる。隣国からも、なかなか買えないみたいだし」

「エリルキアには、ある程度、数がいるんですよね？」

ワイバーンジャーキーがあるほどの国なのだ。ワイバーンがそれなりの頭数いるにちがいない。

「数はいるらしいけど、なかなか売ってもらえないんだって。あっちは魔物討伐部隊じゃなく、龍騎士部隊が魔物討伐に行くから。やっぱり頭数がいるし、他国に出したくないんだと思う」

国が絡む問題だった。魔物討伐部隊用にワイバーンを購入するのは難しいようだ。

かといって、ワイバーンはスライムと違い、森で捕まえてくるわけにもいかない。

卵や雛を持ち去ろうとした日には、親、そしてワイバーンの群れとの戦いになるだろう。

「現実的なところで増えるとうれしいのは、八本脚馬《スレイプニル》と緑馬《グリーンホース》かな。ただ、どちらも普通の馬より相性の条件が厳しくて、お見合いをさせても失敗することが多いそうだから」

八本脚馬《スレイプニル》と緑馬《グリーンホース》も魔物である。馬より速く、長時間駆けることができる。

ただ、馬と比べて数が少なく、調教も大変だと聞く。そして、購入費用もやはりお高い。

「八本脚馬《スレイプニル》と緑馬《グリーンホース》も、難しいものですね……」

ダリヤがそう言うと、向かいでヴォルフがうなずく。

「そうだね。初めて会った日に仲良くなって、そのまま一緒になるっていうのは、人間でも難しいから仕方な……」

言葉を途中で切り、彼は浅い咳《せき》を二度した。

ダリヤは表情を変えぬよう、頬《ほお》に力を入れる。

その難しいことをしているのが自分達のような気もするのだが、口に出せない。

ヴォルフと初めて会った日、魔導具と魔剣の話で盛り上がり、共にいる間じゅう、喋《しゃべ》り続けた。

その後は約束もなしに街中で再会、飲食を共にした。

そして、いろいろありつつも、今は親しい友人となっている。

偶然の重なりだが、魔導具が好きな自分と、魔剣が好きなヴォルフは、相性がよかったのかもしれない。

ここからも一緒にいられればと思うが——いや、あくまで友人としてだ。番《つがい》のような話ではない、

ダリヤはそう己に言い聞かせる。

いや、もしかすると、ヴォルフが言葉を止めたのは、自分への気遣いかもしれない。

元婚約者とは、仕事仲間としてはそれなりにいい関係で、二年も共にいた。

だが、続く人生を一緒に生きることはできなかった。

今は、その方がお互いによかったと思えるけれど。

「ダリヤ……？」

「魔物討伐部隊に、これから八本脚馬《スレイプニル》と緑馬《グリーンホース》が増えるといいですね」

ちょっとだけ心配そうな彼に対し、ダリヤは話を戻して微笑《ほほえ》む。

ヴォルフは隣にいても、自分らしく自然体でいられる大切な友人だ。

願わくば少しでも長く、共に在ることができますように――

馬車は魔導ランタンの光を揺らしながら、緑の塔への道を進んでいった。

番外編　父と娘の魔導具開発記録　～製薬用粉砕機～

「父さんの作った『製薬用粉砕機』が、このあたりにあったはず……」

塔の仕事場、ダリヤは膝《ひざ》をつき、棚の一番下の段を確認していた。

しばらく使っていなかったので、記憶が曖昧だ。

少し前、魔物討伐部隊で鎧蟹《アーマークラブ》の討伐をした。ダリヤはその殻を分けてもらった。

革の防具に鎧蟹《アーマークラブ》の殻を付与すると、ある程度、熱を遮断する効果が生まれる。

背後の作業机には、大きめの革のミトンが載っている。それに鎧蟹《アーマークラブ》の殻を粉にしたものを薄く付与し、動きを阻害しない形で熱遮断できないか、本日はそれを試す予定だ。

うまくいくようなら弓騎士の手袋に応用できないか、そうヴォルフとヨナスに話すつもりである。

以前、ダリヤが魔物討伐部隊の訓練を見学中、ベテランの弓騎士が若い隊員に注意をしていた。

「その指、放置しないで、きちんと治療しろ」

「大袈裟《おおげさ》ですよ、ミロ先輩。ちょっと擦《こす》れた痕《あと》です。剣ダコのようなものじゃないですか」

「それは騎士の剣ダコじゃなく火傷《やけど》と一緒だ。治さずに放置すると、後々、撃つときの感覚が鈍くなることがあるぞ」

弓騎士の先輩の言葉に、隊員は素直に治療に向かっていた。

その後、隊の弓騎士達に話を聞く機会があったが、そういった火傷はよくあることだという。

身体強化を入れて大剛弓《だいごうきゅう》を撃つときなどは、指の摩擦が通常より強い。個人差も大きいが、革手袋をしていても、摩擦で軽い火傷状態になることがある。連射の練習などでも多いそうだ。

かといって、熱遮断のついた手袋は、革が厚かったり硬かったりで、指の動きと感覚が合わないものが多い。

熱遮断のある魔物素材、あるいは熱遮断の付与のある薄く柔らかな革手袋もあるにはあるが、高級品。お高い上に耐久性不足であったりする。

ダリヤとしては、任務で魔物を討伐するのだ、多少高くてもいいではないかと思う。

だが、弓騎士の予算は矢の比重が重いので、なかなか難しいそうだ。

そこからは、一番年上の弓騎士に若い頃の話も聞いた。

「昔は矢を今の三分の二の本数しか、矢筒に入れられなくてなぁ。遠征で、矢のない弓騎士など、何のためにいるのかと嘆いたよ……」

命中率も大事だが、本数がなければ戦いにならないこともある。魔物の数がいればなおさらだ。

時間はかかったが、矢の本数は増え、一本あたりの単価も安くなった。

弓騎士の手袋に関しても支給枚数は増えた。ただ、熱遮断などの改善はあまりなかったらしい。

個人差があるので、一律は難しかったのだろう。

だが、今の魔物討伐部隊は違う。魔物討伐部隊の武具相談役のヨナスにより、盾や鎧《よろい》の裏には各自に合わせた衝撃吸収材が張られている。弓騎士でも手袋の裏に付けている者がいる。

そこに熱遮断のある手袋が加わっても、個別対応はできるはずだ。

なお、ちょっとお高い騎士の手袋はどれぐらいするのか、ダリヤはオズヴァルドの工房へ行ったときに尋ねてみた。

彼は弓騎士ではなく、王城の近衛騎士の手袋の一例を教えてくれた。熱遮断、冷気遮断で、一角獣《ユニコーン》の革に炎龍《ファイヤードラゴン》と氷龍《アイスドラゴン》のウロコを複合付与。他にも少々細工をし、指の動きを阻害せず、デザイン性も高いそれは、一双《いっそう》で金貨二十枚。

素材も付与も素晴らしいが、お値段もすごい。魔物討伐部隊の弓騎士の人数を考え、ダリヤは遠い目になってしまった。

ここはなんとしても、弓騎士の手袋にリーズナブルに熱遮断を付ける方法を考えたい。できるかぎり指の動きを阻害せず、感触も変えず、希望者全員に行き渡るように、それが目標である。成功したら冬向けの冷気遮断も考えたいところだ。

幸い、討伐によって鎧蟹《アーマークラブ》の殻はそれなりに在庫があり、今後も継続して入手できる予定だ。問題は手袋にどこまで薄く、硬くならないように付与できるか——ということで、まずは台所で鍋をつかむミトンで試すことにした。

そうして、冒険者ギルドで鎧蟹《アーマークラブ》を粉にしてもらったものを、さらに細かくしようとしているのが今である。その作業のために探しているのが、父が開発した魔導具『製薬用粉砕機』だ。

さらさらと細かくなる上に、熱が上がらぬよう、氷の魔石で冷やす機能も付いた便利な魔導具である。ただ、残念ながらあまり売れなかったと父には聞いていたが。

「あ、これかしら？」

長方形の木箱を引き出すと、上の埃《ほこり》をざっと払う。ずっと使っていなかったせいか、右下のラベルは滲《にじ》んで読めなくなっていた。

きつい蓋《ふた》をようやく開けると、麻布包みの中身をそっと取り出す。くるんでいた布をほどいていくと、中から銀色の円筒型の魔導具が出てきた。

「『製薬用粉砕機』じゃないわね。『馬の蹄《ひづめ》洗浄機』……？」

　一見すると小さめのバケツ、その内側側面にはブラシ状の毛、外側横には水の魔石を付けるポケットがある。

「父さん、これもあまり売れなかったって言っていたわね……」

　ダリヤは銀の円柱の表面を、指でそっと撫《な》でた。

　父の友人に馬場で働く者がいた。馬全体を洗うのは大変な重労働だ。だから、馬の足や蹄鉄《ていてつ》の確認のため、汚れた足だけを洗えるものがあれば……そんな話になって開発したのだという。

　このバケツ型の容器に、馬の足を一本ずつ入れて洗う形である。こうして見ると、場所も取らず水も最小限、便利そうだ。

　だが、製品として販売したところ、馬がなかなか足を入れてくれない、お腹がすいて早く移動したいときなどは蹴り飛ばすことがあるなどの理由で、あまり売れなかったという。

『カルロの家には馬がいないんだから、知識も経験もないんだろう。馬向けの魔導具はやめた方がいい』、魔導具師仲間にもそう言われたそうだ。

　そうして、馬の蹄洗浄機はあまり知られない魔導具の一つになっていた。

「次にお墓に行ったとき、売れ始めたって報告しなきゃ」

　ところが、これまであまり売れなかった蹄洗浄機が、最近になって一定数出るようになった。

　イヴァーノが貴族向け、そして馬の品評会用にと、関係者へ売り込みをかけたからだ。

　貴族は、自分の馬をどこででも美しく優雅に見せたいという思いが強い。加えて、馬の品評会では、たとえ蹄でも汚れはマイナスになるそうだ。

父が開発した当時も、売り込み先や営業方法を変えれば売れたのかもしれない。

庶民向けの魔導具がほとんどだった父には、貴族向けという考えはなかったのだろう。

ちなみに、蹄の洗浄中、馬が蹴り飛ばさないのか心配になったが、その間はリンゴや角砂糖などのおやつをやるようにしておくと、進んで足を入れるようになるとのことだ。

なお、先日のディールス家でのお披露目のお礼は、筒の外装に華やかな飾り模様を入れた蹄洗浄機十二台となった。

本当にそれでいいのかとイヴァーノに確認してしまったが、ジルドの希望だという。彼が大変な馬好きであることを知って、ちょっとだけ驚いた。

そういったことを思い返した後、ダリヤは馬の蹄洗浄機を箱に戻し、再び棚に向かう。

今度は迷うことはない。一つ隣の箱が本来の探し物、『製薬用粉砕機』だ。

箱は同じような大きさだが、こちらの方が少しだけ重かった。

作業机の上で箱を開けると、麻布に包まれた製薬用粉砕機が出てきた。

艶《つや》なしの銀の円柱は二段、上は蓋付きで粉を入れる容器であり、底部分に攪拌《かくはん》の刃がある。下は駆動部分で、中には刃を動かす風の魔石と、熱が加わらぬように冷やせる氷の魔石が入れられる。

以前使ったときの名残だろうか、きれいだが、少しだけ薬の匂いがする気がした。

「あら？　予備の部品かしら？」

製薬用粉砕機を包んでいた麻布の端、硬いものが触れた。布をほどくと、小さな皿が入っていた。

「まだあったんだ……」

ダリヤは白い小皿をそっと持ち上げる。なつかしさに、胸の奥がぎゅっとつまる感じがした。

手のひらにのるほどのそれには、黒い犬のシルエットが描かれている。縁のわずかな欠けには、指が当たっても怪我《けが》をしないよう、クラーケンテープで補修されていた。

自分が幼い頃に使っていたお気に入りの皿だ。

陶器店では男の子向けだと言われたが、黒い犬のシルエットに前世の飼い犬を重ねたダリヤは、きれいな花やかわいいリスの模様には目もくれず、これを選んだ。

父はダリヤが気に入ったならいいと、そのまま買ってくれた。

使ううちに落とし、縁を少し欠けさせてしまったが、気に入っていた自分が絶対に捨てないと言い張った。それで、父がクラーケンテープを巻いてくれたのだ。

やがて、小皿はダリヤが薬を飲むときの皿になった。

オルディネは丸薬よりも粉薬が多い。子供でもそれは同じだ。そして、乾燥剤のない今世、ざらついたり、ダマになったりすることもあった。

ダリヤが具合を悪くしたとき、カルロは粉薬をさらに細かくして蜂蜜と混ぜたり、水飴《みずあめ》と混ぜたり、少しでも飲みやすいよう工夫してくれた。

最後に粉薬を飲まされたのは、父が亡くなる少し前、自分が風邪で熱を出したときだ。

あのときはこの皿ではなかったけれど、さらさらの粉薬と共に、蜂蜜の皿まで並べられた。

もう子供じゃないと言い返してしまったけれど、父にとって、自分はずっと心配な子供だっただろう。今になってそれがわかる。

そして、もう一つ。皿の欠け、その上に貼られたクラーケンテ―プを指でなぞりながら、ダリヤは思い出を振り返る。

幼い自分が風邪をひき、メイドのソフィアにもうつし、休ませてしまったことがあった。

父は数日、一人で自分の看病と仕事をこなしていた。

おそらく話を聞いたのだろう、そこへ父の友人が昼食を届けに来てくれた。

彼は寝癖頭のカルロ、そして、昼でもパジャマのままのダリヤを心配したらしい。父に向かって真顔で言ったのだ。

「カルロ、そろそろ考えたらどうだ？　母親がいないなんて……家族が欠けたままでは、ダリヤちゃんがかわいそうだろう？」

幼かったダリヤは、何を言われたのかよくわからなかった。

ただ、母がいないことで自分が同情されている、それだけはわかった。

「私、かわいそうなんかじゃないわ！」

幼い子が突然、声高く叫んだせいか、父の友人はそこで話をやめた。

思えば、自分は父の再婚を、その幸せを邪魔していたのかもしれない。

謝れるものなら謝りたいけれど――それはいつかあちらに行ってからの話。

それまでに研鑽《けんさん》を積み、魔導具師として、父に誇れるようになりたいのだ。


だが、ダリヤにははっきり言えることがある。

自分は、かわいそうな子供などではなかった。母がいなくとも幸せだった。

父と二人、確かに幸せな家族だった。

「欠けてなんかいなかったわよね、父さん」

ダリヤは小皿に向かって笑顔を浮かべた後、製薬用粉砕機を動かす準備を始めた。

◆ ◆ ◆ ◆ ◆ ◆

防水布を作るべく準備をしていたダリヤが、首を横に振る。だが、動きは散漫で、顔は少し赤かった。その声も少しだけかすれている。

「ダリヤ、具合が悪いのか？」

「たいしたことはないわ、父さん」

「熱があるんじゃないか？」

言いながら娘の額に指で触れ、その熱さに慌てた。

「やっぱり熱がある。今日は休め、一日ベッドから出るな」

「これぐらい、熱冷ましを飲めば平気よ」

「無理するな。今日の防水布の納品は間に合うから、とにかく休んで風邪を治してくれ」

「もう、過保護なんだから。春なんだし、これぐらい平気よ」

「親父が流行《はや》り風邪で亡くなったのも春だ。大丈夫だ、たいしたことはないって、ベッドで寝酒までして、母さんに怒られてた」

自分の父、ダリヤにとっての祖父は、春の暖かな時期に風邪をこじらせて亡くなった。

そして、その看病をしていた母も、月をまたいですぐ、同じく風邪で亡くなった。

戻れるものなら、それほど心配していなかった自分を殴りつけたいほどだ。

ダリヤが万が一にもそうなったらと思うと、死ぬより怖い。

「父さん……わかったわ。今日は部屋で寝ている」

己がどんな表情《かお》をしていたのかわからない。

だが、自分をじっと見つめた娘は、素直に部屋に向かっていった。

「おはようございます、師匠」

ダリヤと入れ代わりに、弟子のトビアスが防水布用の布入りの木箱を運んできた。

自分には腰にくるようになった重さのそれを、壁際にあっさり積み重ねると、周囲を見渡す。

「ダリヤは？」

「風邪をひいたようだ。うつると悪いからな、今日は全員、作業休みにしよう」

「わかりました。でも、師匠も風邪気味じゃないですか？　顔色が少し……」

とても心配そうに言われ、隠せぬ不調がついに顔に出たのを理解した。

だが、それを隠すため、カルロは作り笑顔で答える。

「昨日の深酒だ。あ、もし俺も風邪で寝込んだら、若いお前の作業量に期待するからな」

「わかりました。そのときは頑張ります」

からかいを混ぜたつもりだったが、トビアスに素直にうなずかれてしまった。

緑の塔に通い始めたばかりの頃は、緊張で魔力を一方向にまとめることすらできずにいた。

だが、今のトビアスなら、現状の三割増しの作業を預けても難なくこなすだろう。作業の合間に取引関連のことや、父であるテオの思い出話を教えているから、時間が多めにかかっているだけだ。

均一さが必要な付与に関しては、自分にほぼ並ぶ腕になった。

魔導具に関してまだ教えたいことは山とある。だが、トビアスとダリヤ、弟子二人とも、魔導具を必要とする国ならどこへ行っても食べてはいける、師匠としてそう言い切れる。それだけは間に合ってよかったと、心から思う。

トビアスは言われた通りに帰ったと思いきや、しばらくして戻ってきた。

柔らかい白パンに卵、数種の果物、屋台の蒸し鶏、そして風邪薬。木箱いっぱいに詰めたそれを作業机の上に置き、『今日は師匠もしっかり休んでください』と、強い声で願われた。

カルロはつけていた作業手袋を外し、弟子の言葉にありがたく従うことにした。

そうしているうちに昼食の時間となった。

カルロはダリヤ用にパン粥《がゆ》を作り、風邪薬の準備をする。風邪薬を確認しながら、ふと、以前作った製薬用粉砕機を思い出した。

「乳鉢《にゅうばち》だとざらつきがひどかったり、時間がかかったりしてな。それと、熱がかかると効果が半減してしまうものもある。熱をかけずに細かくできたらいいんだが……」

若い頃、歳の近い近所の医者に、そう相談されたことがある。

王都では、高額なポーションや神殿での治療を控えたい庶民、そして風邪や腹痛といった身近な病気は、医者にかかるか、薬師ギルドの薬が頼りだ。

医者が薬師ギルドから薬を預かり、患者に処方することも多い。自分の医院や自宅で調合することもあるが、ざらつきやダマ、時間かかるなどでなかなか大変らしい。

混ぜるときに熱が入ると薬効が下がるものもあり、作業自体ができないこともあるそうだ。

薬師ギルドにすべてを任せられればいいのだが、二種、三種の混合の薬や、個人に合わせる場合はそうもいかない。何より、費用が上がってしまうのだそうだ。

　カルロは医者に聞き取りと何度かの試作を重ね、製薬用粉砕機を開発した。以前、食材刻み器を作ったことがあったので、その技術がある程度転用でき、期間はそれほどかからなかった。

　薬の粉をさらに細かくでき、氷の魔石によって熱をかけないようにもできる、薬品向け魔導具だ。

　医者は喜んで購入、使ってくれた。そして、薬師ギルドへも持ち込んでくれた。

　だが、残念ながら製薬用粉砕機の評価は低かった。薬師ギルドでは個人別の調合は担当者が行い、熱をかけたくないときは薬の知識があり、氷魔法を持つ魔導師が担当するというのが理由だ。

　実際、若く薬剤知識もない魔導具師の作ったものは、信頼度が低かったのだろう。

　とりあえず、何年かに一度の流行り風邪のとき向けなどにはいいかもしれないと、備えとして数台を購入してくれた。持ち込んだ医者の顔を立ててのことかもしれない。

　カルロはそういうものだろうと納得したが、医者からは手間と時間をかけて開発させたのに申し訳ないと詫《わ》びられた。

　一度、食事を奢《おご》ってもらい、魔導具師として勉強になったからいいと答え――時間を経て、幼い娘が風邪や腹痛で、度々世話になることになった。

　ダリヤの投薬にも製薬用粉砕機が活躍していたので、作った甲斐《かい》はとことんあった。

「ダリヤ、昼食だ」

「ありがとう、父さん。もうそんな時間なのね……」

　自室のベッドで横になっていた娘が起き上がる。朝よりも赤い顔に、心配度が一気に上がった。

「ダリヤ、少しでも食べて風邪薬を飲んでくれ。口直しの蜂蜜もあるぞ。あ、氷を作ってきた方がいいか？　辛《つら》いようならすぐ医者を呼ぶから――」

早口になってしまった自分に、娘は苦笑して答える。

「父さん、心配しすぎよ。子供じゃないんだから……くしゅん！」

「ダリヤ！」

思わず悲痛な声が出てしまった。

「もう、そこまで私を心配するなら、父さんこそお酒の飲みすぎに気をつけて」

「ああ、善処する……」

「それ、絶対しないわよね？　私は父さんには長生きしてほしいんだから」

娘に逆に叱《しか》られてしまった。そして、答えられぬ願いが、胸にとても痛い。

「確かに、死にたくないもんだな、まだ――ゴホッ」

自分の口から、本音と共に薬の効かぬ咳《せき》がこぼれる。胸が焼けるような痛みを覚えたが、表情《かお》はなんとか取り繕った。

けれど、ダリヤはその澄んだ緑の目で、自分をしっかりと捉えた。

「もしかして、私の風邪がうつったんじゃないの？　父さんも、もう休んで」

「……違う違う、書斎の埃だ、きっと」

「もう、少しは片付けてよね。それとも、私が片付ける？」

ダリヤに入られぬよう、姿絵をわざと積んだ書斎。部屋の奥にはトビアスへの手紙がある。

もう少し片付けなければいけないものもあるが、今日はいいだろう。

「いや、そのうちにまとめて片付けるから大丈夫だ！」

風邪の娘を放置してまでやることなど、自分には何もない。

「よし、とりあえず氷を準備してこよう！」

「父さんも休んでって言ってるでしょう！」

互いの身を心配しながら、休みとなった一日はゆっくりと過ぎていった。


ダリヤの風邪が治って数日、カルロは久しぶりの男爵会に来ていた。

日に日に胸の痛みが増している。まだ平気を装えるうちに、仲間の魔導具師の顔を見ておきたい、そう思っての参加だった。

けれど、大広間での立食形式だったために立っているのが辛く、壁に寄りかかってグラスを持つ形となった。

そんなカルロに声をかけてきたのは、オズヴァルドだった。すぐに自分の不調を見抜くあたり、相変わらずの観察眼である。

最後にもう一度、オズと飲んで話がしたいものだ、そう思ったとき、彼が口を開いた。

「カルロ先輩、そのうちに――」

だが、その先を聞く前に、ロセッティ男爵、と自分を呼ぶ声がした。

やってきたのは男爵会を主催する伯爵家当主だ。カルロを指名して別室に呼んでいる方がいるという。これで誰だか想像がつくあたり、付き合いも長くなったものだ。

ゾーラ男爵も一緒にどうかと言われたが、自分が断った。

もう一度、オズとグラスを傾けたかったが、巻き込むのは絶対に避けたい。

優しい後輩は、身を投げ打ってでもなんとかしようとしかねない。

オズヴァルドはいい後輩で、いい友人で、大切な仲間で――いずれ自分を超えていく魔導具師だ。

「オズ、体に気をつけて、奥さん達と仲良くな！」

最後の挨拶代わり、笑って先輩風を吹かせ、大広間を出た。

屋敷の奥の客室に、案内役の伯爵は足を踏み入れることはなかった。

カルロだけが客室に入ると、予想通りの者がいた。黒髪黒目に上等な黒の三つ揃《ぞろ》え、艶《つや》やかな黒の革靴がじつによく似合う。

「久しぶりですね、ロセッティ男爵」

「本当にお久しぶりです。もうお目にかかることはないと思っておりました、ザナルディ様」

わずかに皮肉を込めてしまったが、彼は整えた笑みをわずかにも崩さなかった。もっとも、その目は蛇のように冷えた色だったが。

「仕事のお誘いではありませんよ。ただ、お茶をご一緒したいと思いまして」

彼が視線をずらすと、斜め後ろにいたの従者が木箱を持ち、テーブルの上で開く。ポーションの瓶に似ていたが、ガラス瓶の色は緑、ハイポーションらしかった。

蓋を開けた従者は、白に金縁のカップにそれを注ぎ入れ、カルロの前に置く。一杯大銀貨十五枚の、なかなか高級なお茶である。

従者は空箱を持つと、音もなく部屋を出ていった。

残ったのはザナルディと自分だけ、従者も護衛騎士も見えない部屋、カルロは背筋を正す。

「せっかく淹《い》れて頂きましたが、私には高級すぎ——何のお返しもできません。元々庶民ですので、ザナルディ公爵様とお話をするにも失礼なことを申し上げてしまうかもしれませんので」

「ここでどのようなことを話しても、一切不敬は問わないとお約束しましょう。それと、このお茶で見返りを願うほど、我が家は不自由しておりませんよ」

そりゃあそうだろう、公爵様なのだから。そう言いたいのを堪《こら》え、カルロは素直にカップを持つ。

残す弟子達に声をかけない約束は交わしたが、機嫌を損ねるのはまずすぎる相手だ。

喉を通るのは微妙に緑臭い液体。グリーンスライムを煮溶かしたらこんな味になるかもしれない、そう思える。それでも、内を焼いていた痛みはすうと消えた。

思わず長く息を吐いてしまったのは、ずっと魔力過多による胸の痛みを我慢していたからだろう。すでにポーションは焼け石に水、薬局で売っている痛み止めでは、効きが悪くなっていた。

そんな自分に、ザナルディはその目を細める。

「魔力過多は痛みが辛いでしょう。温存の治療費をもちます。痛みなしで半年は延ばせるはずです」

突然、貴族の回りくどさを取っ払われた。

大変魅力的な提案ではあるのだが、おそらく自分はその代価を払えない。

「その半年で、魔導具を作れということでしょうか？」

「いえ、そのような無理はさせません。うちの魔導具師——カルミネあたりに、あなたの知識を少しだけ与えて頂ければ結構です」

絶対に己の言うことを聞くだろう、そんな確信を宿した闇色の目。

死が目の前にちらつき、耐えきれぬ痛みと戦っているときは、死神の誘いにも乗りたくなるだろう。自分の前にも似たような者達がいたかもしれない。

もっとも、目の前のザナルディが悪いというわけではない。

彼の望みは王を、王国の平和を守る兵器。国の上に立つ者であれば、きっとそれが正しい。

だが、自分は男爵位をもらっても、つくづく貴族向きではなかった。

オルディネ王国の平和より、守りたいものがあるのだ。

ザナルディの望む、新しい知識――それはダリヤの『天の愛《いと》し子』の記憶につながりかねない。

娘の自由、娘の平穏、娘の幸福――それこそ、死んでも渡すものか。

「『不敬は問わない』は、本当でしょうか？」

「ザナルディの名にかけて約束しましょう」

「では、お断りします。魔導具師は少し知識が増えたところで、新しい魔導具が作れるわけじゃない。魔導具師は自分が本当に欲しいと思うもの、望むものしか『作りきれない』ものです」

「それなら、あなたはこのまま終わると？」

「私がいなくなっても、私の作った魔導具と、私が教えた弟子達は残ります。魔導具師仲間も、私を超えていくでしょう。彼らの望まぬ知識や使えもしない発想を残したところで、枷《かせ》になるだけです。俺は、継いでいく者達の枷になるのはごめんです」

言葉は少し乱れたが、精一杯の笑みを作って言い切った。

返ってきたのは沈黙だけ。蛇のように温度のない目が、じっと自分を見つめている。

言葉の嘘《うそ》か真《まこと》かの確認か、それともすべてを吐かせる算段か。

手段を選ばずに来られたら、今ここで終わる以外の選択肢はない。

ならばいっそ、自分のわがままを通しきる魔導具師として、心から笑おう。

カルロはそう決めて、闇色の目にまっすぐ向き合った。

「継いでいく者達、か。あなたは、そう言えるのだな……」

不意に自分から視線を外したザナルディの表情《かお》が、仮面のように割れた。

そこにあったのは、疲労の濃い、老いた男の表情《かお》。貴族の高貴さも、強者の自信も見えない。

続いて長く吐かれた息は、ひどく重く——

まるで、己の役目を継がせられる者がいない、そう深く嘆いているかのようにも聞こえた。

オルディネ王国を陰から守っている諜報《ちょうほう》部。その上部であろうこの男が、背に負う重責はどれほどか、カルロには想像もつかない。

王城で作った魔導具が原因で、自分の体は壊れた。それについて思うところがないと言えば嘘になる。けれど、もう憎しみも恨みも感じない。

ザナルディは国を守ろうとし、自分は娘を守ろうとしている。

守ると決めているものが違う以上、その道が重なることはない。

それでも今、少しだけ、彼という人が知れたような気がした。

長い沈黙の後、ザナルディは上着の内ポケットに手を入れ、茶色の小瓶を取り出した。

「効きがいい痛み止めだ。一日一錠、二ヶ月は痛みを気にせずに動けるだろう。念のため言っておくが、口止めの毒ではない」

　この男が口調を崩すのを初めて聞いた。そしてなぜか、嘘を言っていないとわかった。

　カルロは立ち上がり、テーブルに置かれた小瓶を受け取る。

「ありがたく頂きます」

　頭を下げた自分が姿勢を戻したとき、ザナルディはすでに仮面を作り直していた。

　ソファーに背を預け、長い足を組み、両の指を優雅に合わせる。

「長らく口説いてきましたが、残念ながらお付き合い頂けませんでしたね、カルロ・ロセッティ殿」

　その台詞《せりふ》につい表情《かお》を崩しかけ、なんとか笑みに整え直す。

「意外に長いお付き合いでしたね、ファウスト・ザナルディ様」

　初めて名を呼んだ自分の返しに、彼も口角を上げた。

　最初に会ったときと変わらぬ艶やかな黒絹《くろぎぬ》の服で、貴族らしい整えきった笑みで――

　違うのは、その目に別れを惜しむ色が宿っていることだけ。

　もっとも、それは自分の勝手な思い込みかもしれないが。

「では、失礼します」

　カルロはザナルディに一礼し、部屋を後にした。


　窓からの陽光は、すでに翳《かげ》り始めている。

　それでもまだ、闇に包まれるまでには少し時間があるだろう。

　カルロは娘の待つ塔へ帰るため、長い廊下を歩き始めた。

MFブックス

魔《ま》導《どう》具《ぐ》師《し》ダリヤはうつむかない ～今日《きょう》から自《じ》由《ゆう》な職《しょく》人《にん》ライフ～ 10

2024年6月25日　初版第一刷発行

著者　甘岸久弥
発行者　山下直久
発行　株式会社KADOKAWA
〒102-8177　東京都千代田区富士見2-13-3
0570-002-301（ナビダイヤル）
印刷・製本　株式会社広済堂ネクスト
ISBN 978-4-04-683712-7 C0093

企画　株式会社フロンティアワークス
担当編集　河口紘美／正木清楓（株式会社フロンティアワークス）
ブックデザイン　鈴木 勉（BELL'S GRAPHICS）
デザインフォーマット　AFTERGLOW
イラスト　駒田ハチ
キャラクター原案　景

本シリーズは「小説家になろう」（https://syosetu.com/）初出の作品を加筆の上書籍化したものです。
この作品はフィクションです。実在の人物・団体・事件・地名・名称等とは一切関係ありません。

ファンレター、作品のご感想をお待ちしています

宛先
〒102-8177　東京都千代田区富士見 2-13-3
株式会社 KADOKAWA　MFブックス編集部気付
「甘岸久弥先生」係「駒田ハチ先生」係「景先生」係

二次元コードまたはURLをご利用の上
右記のパスワードを入力してアンケートにご協力ください。

https://kdq.jp/mfb
パスワード
hmv87

● PC・スマートフォンにも対応しております（一部対応していない機種もございます）。
●アンケートにご協力頂きますと、作者書き下ろしの「こぼれ話」が WEB で読めます。
●サイトにアクセスする際や、登録・メール送信時にかかる通信費はご負担ください。
● 2024 年 6 月時点の情報です。やむを得ない事情により公開を中断・終了する場合があります。

アクアパッツァとダンスの練習

「ダンスの練習で、講師の方の足を踏むのではないかと不安です……」

前世、貴族のダンスというものは物語でしか知らなかった。

まさか、それを自分が踊ることになるとは――こんなふうに、前世と今世を比べてしまう自分は転生者である。

今世の名は、ダリヤ・ロセッティ。職業は魔導具師。

前世のような電気・電化製品はないが、今世には魔力・魔導具がある。

ダリヤは火の魔石を使った魔導ランタン、火と水の魔石による給湯器、ブルースライムの粉を利用した防水布など、生活向けの魔導具を作る職人だ。

魔法があり、魔物がいるこの世界に転生したが、自分の魔力値はほどほどで、攻撃魔法も治癒魔法もない。

容姿も前世の黒髪黒目から、赤髪緑目と色彩だけは華やかになったが、地味、大人しそうと言われるのは同じだ。

特別感はないけれど、平和な国で物づくりを生業《なりわい》に暮らせているのは幸運だと思っている。

「ダリヤならきっと大丈夫だよ！　あと、俺のことはいくら踏んでくれてもいいから」

目の前で懸命にフォロー、一歩間違うとおかしい言葉をかけてくれるのは、ヴォルフこと、ヴォルフレード・スカルファロット。

魔導具師ダリヤはうつむかない

～今日から自由な職人ライフ～

甘岸久弥
Amagishi Hisaya

10

CONTENTS

魔導具店「女神の右目」店主
オズヴァルド
商業ギルド長
レオーネ
グッドウィン子爵家 次女
ユリシュア
ドラーツィ侯爵家 前当主
ベルニージ

魔物討伐部隊の美形騎士
ヴォルフレード
転生者の女性魔導具師
ダリヤ
仮眠ランタン